Trilogía templaria II
Las trompetas de Jericó

Novela Histórica

Nicholas Wilcox

Trilogía templaria II
Las trompetas de Jericó

Traducción de Juan Eslava Galán

Planeta

Título original: *The templar trilogy (II). The Trumpets of Jerico*

Avinguda Diagonal, 662, 6.ª planta. 08034 Barcelona (España)

Diseño de la cubierta: adaptación de la idea original de Jordi Salvany
Ilustración de la cubierta: foto © Albert Chust
Primera edición en esta presentación en Colección Booket:
diciembre de 2004

Depósito Legal: B. 50.277-2004
ISBN: 84-08-05661-1
Impresión y encuadernación: Liberdúplex, S. L.
Printed in Spain - Impreso en España

Biografía

Nicholas Wilcox (Lagos, 1958) es graduado en Historia por la Universidad de Oxford. Ha viajado por todo el mundo, primero como reportero *free lance* y después como productor de la BBC, y ha residido sucesivamente en Buenos Aires, Marsella, El Cairo, Madrid y Florencia. En la actualidad se dedica exclusivamente a la escritura. Desde que enviudó ha establecido su residencia en un viejo molino rehabilitado del río Wye, en las montañas de Gales, donde vive con un perro y un gato. Gran admirador de España, pasa temporadas en la sierra de Cazorla, Jaén, dedicado a observar pájaros. Es miembro de la *Royal Ornithological Society*.

INTRODUCCIÓN

Una rubia totalmente desnuda, sólo con un sombrero de paja y unas alpargatas de cintas, le guiñaba un ojo desde la página central de la revista masculina *Yanks* de enero del 1943, clavada con chinchetas en la pared.

Bob Handfast, en calzoncillos, sudoroso, contemplaba a la rubia. Estaba echado en el camastro de un barracón prefabricado, en una meseta rocosa del desierto de Eritrea.

«No es un lugar idílico para unas vacaciones —le había escrito Bob Handfast a su familia—, de día te asas, de noche te hielas, y los vientos arrastran partículas de arena que cortan como cuchillos», pero la censura militar había tachado esta parte de la carta. El destino del Segundo Batallón de Transmisiones de la Marina de los Estados Unidos era secreto.

Era mediodía, la mejor hora del día para masturbarse sin peligro de interrupciones inoportunas, pero hacía tanto calor en el barracón que el cabo Handfast sentía su voluntad escindida entre la lujuria y la pereza. A punto de vencer la lujuria, un timbrazo inoportuno lo sobresaltó. El timbre, conectado al receptor de radio SCR44, avisaba de que el transmisor berlinés de la Telefunken acababa de salir al aire. El cabo saltó de la litera, se precipitó sobre el panel de mandos de la radio y accionó el conmutador que ponía en marcha la grabadora. Se colocó los auriculares para oír la transmisión mientras vigilaba la cinta de papel marcada por los puntos y rayas del código morse que brotaba de una ranura de baquelita y serpenteaba sobre el tablero de la consola. El mensaje iba dirigido a Gaimn Dai Jim. Bob Handfast desconocía el significado de aquellas palabras, pero sabía que eran el comienzo de un texto cifrado que requería prioridad absoluta.

Washington D. C.

Catorce horas después, las siete de la mañana en Washington D. C., una ligera llovizna se abatía sobre los tilos, los parterres y los rosales de los jardines de Arlington Hall. El edificio, una antigua escuela femenina, estaba ocupado por la Cuarta Oficina de Criptografía Militar, especializada en descifrar los códigos del Ministerio de Asuntos Exteriores japonés. La cifradora japonesa se llamaba oficialmente T-97, pero los americanos la conocían por *Magia*.

El sargento de comunicaciones navales terminó de transcribir el mensaje en código morse y contempló el resultado: un galimatías de letras dispuestas en grupos de cinco. Retocó un par de ellas con lápiz y llevó la cuartilla al despacho 22, en la zona restringida, donde había una réplica de la máquina cifradora *Magia* conectada a una consola llena de indicadores. El teniente tecleó los grupos de cinco números y las luces de la consola fueron iluminándose al tiempo que el mecanismo interior se ponía en marcha con un rumor de engranajes bien engrasados y el mensaje decodificado, en japonés, iba saliendo en una cinta de papel continuo. El teniente aguardó a que la máquina terminara su trabajo, cortó la cinta, la troceó para pegarla sobre un papel de telegrama y la entregó personalmente en el despacho 12, donde un profesor de lenguas orientales de Nueva York tradujo el texto al inglés. Después el teniente grapó la traducción al original, y los introdujo en una cartera de cuero que cerró con un candado; un ordenanza la llevó inmediatamente a la Sección C de la Rama Especial de Distribución del Subjefe de Estado Mayor del Ejército de los Estados Unidos, que era como se denominaba oficialmente la Oficina de Inteligencia Militar.

El general Douglas Whitaker se estaba afeitando en el pequeño cuarto de baño anejo a su despacho cuando sonaron unos golpes en la puerta.

Un joven teniente de comunicaciones se cuadró ante el general, con la cara enjabonada y en camiseta, y lo saludó llevándose enérgicamente la mano a la visera. El general reparó en la cartera.

—¿De qué se trata, teniente?

—Un mensaje captado ayer por Charlie 22, señor. Es un código Gaimn Dai Jim, señor, o sea, a la Oficina Exterior del Gran Hombre.

El general asintió. Una comunicación directa del embajador Oshima a la casa militar del emperador del Japón.

—¿Lo han descifrado?

—Sí, señor.

—Pues ¿a qué espera, teniente? Abra la jodida cartera y léamelo.

El teniente extrajo un folio mecanografiado, que llevaba, escrito en rojo, la clasificación máximo secreto y el número dos, las copias autorizadas del documento. El embajador japonés en Berlín, Hiroshi Oshima, le comunicaba al emperador que durante una visita al cuartel general de Hitler se había enterado, extraoficialmente, de la existencia de una nueva arma secreta alemana.

El general Whitaker se había cortado. Un hilillo de sangre teñía el jabón; trató de restañarlo delicadamente con el dedo, pero la sangre volvía a brotar de la piel rasurada.

—¿*Jericó*, dice?

—Sí, señor, Jericó.

—Jericó, ¿eh? ¿De qué me suena Jericó?

—Es una ciudad de la Biblia, señor. Me he permitido buscar la cita, general. Está en el libro de Josué, capítulo sexto.

El teniente extrajo un papel del bolsillo de su guerrera y leyó: «Yavé dijo a Josué: Mira, yo pongo en tus manos a Jericó y a su rey. Vosotros, valientes guerreros, rodearéis la ciudad y daréis una vuelta alrededor durante siete días. El séptimo día, cuando suene la trompeta, el pueblo clamará y el muro de la ciudad se vendrá abajo. Y el pueblo se lanzará al asalto.»

—Jericó —masculló el general.

El general tomó el mensaje cifrado y volvió a leerlo como si en sus vagas palabras pudiera esconderse otro significado distinto. El mensaje japonés hablaba de una arma secreta decisiva. Los alemanes preparaban una operación Jericó. Una ciudad de la Biblia cuyas murallas se vinieron abajo.

—¿Y qué pasó en Jericó, teniente?

El teniente volvió a leer su papel: «Los guerreros escalaron la ciudad y se apoderaron de ella. Pasaron a cuchillo a todo lo que había en la ciudad: hombres y mujeres, jóvenes y viejos, bueyes, ovejas y asnos.»

—Un programa estupendo —murmuró el general.

Le acababan de estropear la mañana.

—¿Hago las copias habituales, señor? —preguntó el teniente. Los asuntos importantes se comunicaban a dieciocho personas, entre ellas el presidente, en copias numeradas que viajaban en valijas cerradas.

El general lo pensó un poco mientras se restañaba la sangre del corte.

—No, nada de copias. Llame inmediatamente a la Casa Blanca y consígame una audiencia especial con el presidente.

Una hora después el general Douglas Whitaker se entrevistaba con el presidente Roosevelt en el despacho oval. El mensaje cifrado del embajador japonés en Berlín estaba sobre el escritorio del presidente.

—¿De dónde procede esta comunicación?

—De Charlie 22, señor presidente. Es una estación de escucha del Segundo Batallón de Trasmisiones de la Marina en las montañas de Eritrea, África.

—¿Tan lejos?

—Sí, señor presidente. Las montañas del desierto de Eritrea son un lugar excelente para interceptar las señales telegráficas entre Berlín y Tokio. Los mensajes radiados que la compañía Telefunken transmite desde Berlín se captan y repiten por dos relés intermedios, en Estambul y Bandung, antes de alcanzar Tokio. El Segundo Batallón de Transmisiones capta los que entran en Estambul y sus repeticiones vía Bandung. No se les escapa ninguno. La mayoría de los mensajes son comerciales y carecen de importancia, pero entre ellos van otros codificados de la embajada japonesa.

—Bien —asintió Roosevelt—, ¿y qué le sugiere este mensaje?

—Señor presidente, los alemanes pueden tener una arma secreta definitiva a la que denominan Jericó. Los analistas de inteligencia piensan que este nombre, tomado de la Biblia, podría sugerir algo sobre la naturaleza del arma. En la Biblia dice —el general sacó del bolsillo de la guerrera el papel y leyó—: «Tocaron las trompetas y el muro se vino abajo», y más adelante dice: «pasaron a cuchillo todo lo que había en la ciudad, hombres y mujeres»...

— ... «jóvenes y viejos, bueyes, ovejas y asnos» —completó la cita de memoria el presidente—. «Y prendieron fuego a la ciudad con todo lo que contenía.» Josué, capítulo sexto. ¿Qué te sugiere, Douglas?

El general Whitaker tragó saliva y se irguió solemnemente.

—Una arma secreta que aniquila a todo bicho viviente e incendia la ciudad. Me sugiere que los alemanes podrían tener entre manos algo parecido a nuestro Proyecto Manhattan, señor presidente.

Proyecto Manhattan. Así se llamaba en clave todo lo relacionado con la fabricación de la primera bomba atómica.

—Que Dios se apiade de nosotros si los alemanes tienen esa arma —reflexionó Roosevelt, volviendo a leer el mensaje del embajador japonés—. Creo que debemos informar a los británicos.

Londres, 7 de marzo de 1944

En Whitehall lloviznaba a ratos. Cuando escampaba descendía sobre la ciudad una niebla sucia con partículas de hollín en suspensión procedentes de las chimeneas de las fábricas que alimentaban noche y día la industria de la guerra.

Un coche negro y reluciente como un catafalco enfiló Oxford Road, y tras atravesar los distritos industriales, con sus siniestras naves fabriles de ladrillo oscuro y sus descampados de chatarra y escombros, salió a la verde y ondulada campiña. Desde el cómodo asiento trasero del automóvil, el comandante Kirkpatrick contempló la sucesión de suaves colinas cubiertas de hierba, las hazas cultivadas y los huertos familiares. La guerra parecería lejana si no fuera porque cada pocos kilómetros aparecía, en cualquier recodo del camino, un control militar de la Home Guard, veteranos de la Gran Guerra con viejos fusiles que se cuadraban marcialmente después de comprobar la identidad del pasajero. También se notaba en los jardincillos de las casas sembrados de patatas y coles, y en las trincheras y casamatas que de vez en cuando introducían una nota dramática en el idílico paisaje. Se hicieron dos años antes porque Inglaterra creyó que la invasión alemana era inminente y se preparó para defenderse. Ahora la amenaza de la invasión parecía definitivamente conjurada, las cosas comenzaban a irles mal a los alemanes. Por eso resultaba alarmante que hubieran fabricado una arma secreta, y más preocupante todavía que esa arma se llamara Jericó.

El comandante Kirkpatrick miró la cartera de cuero que guardaba el informe del Servicio de Inteligencia Norteamericano. El paisaje al otro lado de la ventanilla era muy hermoso, a pesar de los signos de la guerra que se veían por todas partes. Atravesaron un tupido bosque y al remontar una colina apareció ante ellos Hanbrook Mannor, el palacete campestre donde Churchill pasaba algunos fines de semana.

—No está mal instalado el viejo león —dijo el capitán Fletcher.

—Sí —concedió Kirkpatrick—, pero se trae el trabajo a casa.

Ellos eran el trabajo. Dos oficiales de la Inteligencia

americana portadores de una misiva personal del presidente de los Estados Unidos.

Atravesaron el último control, donde un sargento les indicó el aparcamiento de los coches civiles, al otro lado del edificio. Rodearon la estupenda mansión dieciochesca de piedra y vieron los barracones de madera de las oficinas militares camuflados en un bosquecillo de robles.

Un mayordomo, con un chaleco de rayas, los hizo pasar a una salita decorada con apuntes de Turner y les ofreció un té. Al otro lado de la puerta dieciochesca, bellamente taraceada, clamó la voz malhumorada del premier.

—¡Déjese de ceremonias, Mortimer, y hágalos pasar inmediatamente!

Churchill hizo las presentaciones. En torno a la mesa de trabajo estaban Hasting Ismay, enlace de Estado Mayor de Churchill, sir Henry Evelyn Ridley, jefe de Oficina Estratégica; Stewart Menzies, director del MI-6; Cecil Caretaker, ilustre físico de Oxford reclutado por Churchill como especialista en fisión nuclear, y otros dos desconocidos con uniformes de general.

—Creo que todos estamos muy ocupados —dijo Churchill—, así que le agradeceré que vaya directamente al grano, comandante,

El enviado del presidente de los Estados Unidos leyó el mensaje interceptado al embajador japonés en Berlín y transmitió la preocupación de su presidente.

—La referencia bíblica de Jericó —terminó— alude a una arma secreta que permitió a los israelitas derruir las defensas enemigas, matar a todos los habitantes de la ciudad y quemarla. Son exactamente las mismas previsiones del arma desarrollada por el Proyecto Manhattan. Eso es lo preocupante.

—¿El arma qué? —se extrañó uno de los generales que acompañaban a Churchill.

—La bomba atómica —explicó el premier, y dirigiéndose a los enviados americanos, aclaró—: el general Flint acaba de incorporarse a su cargo y todavía ignora lo referente al proyecto Manhattan. —Se volvió hacia el general y le dijo—: Nuestros aliados americanos están fabricando un artefacto explosivo de enorme capacidad, un artefacto que equivale a diez mil vagones de trilita.

La mandíbula del general se aflojó.

—¿Es posible?

Churchill asintió solemnemente

—Suficiente para borrar Berlín del mapa, con su periferia en treinta kilómetros a la redonda —añadió, sombrío.

—Y con efectos devastadores quizá en otros doscientos kilómetros —precisó Cecil Caretaker, el físico de Oxford—. Nosotros lo tenemos bastante avanzado, pero siempre cabe la posibilidad de que los alemanes se nos adelanten. La Institución Káiser William de Berlín investiga la fisión nuclear desde hace años y Alemania extrae apreciables cantidades de uranio de las minas checas.

—¿Quién les ha soplado la idea? —se indignó el general Flint.

—Nadie se la ha soplado, Charles —explicó Churchill, lanzando una columna de humo—. En realidad, la idea de fabricar una bomba atómica procede de Alemania. Los usos militares de la fisión nuclear se comenzaron a estudiar hace años en el departamento que dirige el profesor Otto Hahn, en la Institución Káiser William de Berlín. Nuestro equipo es más internacional y procede en parte de europeos huidos del fascismo, el nórdico Bohr, el italiano Fermi, el húngaro Szilard y la señora Lise Meitner, discípula destacada del propio Otto Hahn, que huyó de Alemania porque es judía, y su sobrino Otto Frisch.

—¿Significa eso que los hunos pueden conseguir esa bomba? —se alarmó el general Flint.

Churchill asintió, con lúgubre semblante.

—Sería terrible —añadió Menzies—, porque podrían hacerla estallar en Londres. Incluso podrían destruir Nueva York. Les resultaría fácil llevarla, más de doscientos barcos procedentes de países neutrales atracan cada día en sus muelles.

—Hasta ahora confiábamos en adelantarnos a los alemanes —reconoció Kirkpatrick—. Según nuestros cálculos, tardarían al menos dos años en construir su bomba por falta del agua pesada necesaria para su fabricación, pero la inminencia del proyecto Jericó podría indicar que han acortado los plazos.

—Si se nos adelantan perderemos la guerra, y si el mundo cae en manos de los nazis, que Dios se apiade de la humanidad —murmuró Churchill con expresión sombría. Después le ordenó al que estaba a su derecha—: Start, concede a este asunto prioridad absoluta.

Stewart Menzies, jefe del MI-6, el servicio secreto inglés, asintió gravemente.

Cuando terminó la reunión, los americanos entregaron a Churchill un mensaje personal de Roosevelt y se despidieron. En el aparcamiento, el general Flint comentaba sus dudas con Stewart Menzies.

—No sé, no acabo de entender que los alemanes lo hayan llamado Proyecto Jericó. Por la naturaleza de la explosión atómica hubiese sido más adecuado llamarlo Proyecto Sodoma, la ciudad destruida mediante una lluvia de fuego y azufre. ¿No te parece, Start?

—General, quizá hayan encontrado objetable llamarla Sodoma por las otras connotaciones de la palabra.

—¿Qué connotaciones, amigo Start?

—Ya sabe, general: sodomitas, sodomizar y todo eso.

—Quizá —murmuró el general—; en cualquier caso, se llame Jericó, Sodoma o Manhattan, el que consiga primero esa bomba dominará el mundo.

—Me temo que sí.

1

Venecia, 2 de febrero de 1943

Varias palomas que se habían escapado de los hambrientos venecianos levantaron el vuelo en la plaza de San Marcos cuando Fritz Rutger cruzó a grandes zancadas el pavimento de mármol. De la fachada de la basílica habían desaparecido los cuatro caballos de bronce dorados que decoraban la cornisa. Venecia era una ciudad de pedestales vacíos. Habían desmontado las estatuas para preservarlas de la guerra. También a Fritz Rutger lo habían puesto a salvo. Mientras sus compatriotas luchaban en los campos de Europa o perecían en Alemania bajo los bombardeos aliados, él podía considerarse doblemente afortunado. El ejército lo había declarado inútil para el servicio y su abuelo, un próspero, aunque tacaño, comerciante bávaro, le había dado el dinero necesario, ni un *pfening* más, para escribir su tesis doctoral en Venecia. Sus primos, compañeros y amigos combatían, y morían, en Rusia, en Francia, en África y en el Atlántico, pero su débil corazón necesitaba evadirse de las miserias del mundo presente y el mejor remedio que encontró fue sumergirse en el pasado a través de los antiguos legajos de los archivos de la Serenísima República.

Venecia estaba hecha un asco. Con las drásticas restricciones que imponía la economía de guerra, la recogida de basuras no parecía prioritaria en una ciudad de la que había huido el turismo y en la que muchos se acostaban con el estómago vacío. Los desperdicios se acumulaban en los rincones y los excrementos flotaban en los canales. Con los turistas habían desaparecido muchos venecianos que vivían de ellos. Los gigolós y los gondoleros se habían alistado en el ejército o se habían convertido en *malviventi* que dormían de día para dedicarse al contrabando con las islas y el Torcello, aquella cueva de ladrones, en cuanto se hacía de noche.

Fritz Rutger se detuvo un momento para recuperar el resuello ante la *pietra del bando*, donde se exhibían anuncios desde hacía siglos. Estaba ocupada por un cartel fascista que representaba a un idealizado *bersaglieri* tocado con casco de acero, el cuello más ancho que la cabeza, el mentón enorme, la imponente nariz recta, romana. El lema mussoliniano cruzaba el cartel: *Credere, Obbedere, Combattere*. Quizá él, a su manera, pudiera ofrecer su pequeña contribución a la guerra.

Prosiguió su camino hasta la Mazaria San Zulian, donde estaba la central telefónica. El viejo calvo que atendía el mostrador le sonrió al reconocerlo.

—*Signore Fritz*, apresúrese que tenemos a punto su conferencia con Berlín. Por la tres.

Mientras entraba en la cabina, el débil corazón le saltaba en el pecho: había encontrado noticias inéditas de uno de los antiguos héroes germánicos.

Reconoció al otro lado del hilo la voz del doctor Karl Ulstein, su profesor de Historia Medieval en la Universidad de Colonia.

—¿Herr profesor? Perdone que lo importune tan temprano, pero he pensado que la noticia le agradaría. He encontrado documentos inéditos sobre Lotario de Voss.

Se hizo un silencio al otro lado de la línea:

—¿Te refieres a Lotario de Voss, el héroe de la orden teutónica?

—Al mismo, Herr profesor, el antiguo pirata al que Felipe el Hermoso de Francia envió a Oriente para arrebatarle a los templarios el Arca de la Alianza.

Todos los medievalistas alemanes sabían que Lotario de Voss fue un caballero que, después de convertirse en el héroe de la orden teutónica en Tierra Santa y de recibir su más alta condecoración, la Espuela de Oro (considerada precedente de la Cruz de Hierro), se declaró en rebeldía, renegó de su pasado y de su fe, se hizo pirata al servicio de los sarracenos y sembró el terror en los mares cristianos. Su historia ocupaba media página en la crónica de Edergardo de Sajonia editada por Shoultz en 1852 en Leiden. Un clásico.

—¿Está usted seguro de que se trata del histórico Lotario de Voss? —preguntó Ulstein.

—Absolutamente, Herr profesor. He encontrado la carta de un cónsul veneciano que habla de él. El informe está fechado en Túnez en 1308. La fecha y el lugar coinciden con las últimas noticias históricas de Lotario de Voss.

El doctor Ulstein se tomó un instante para considerar el asunto.

—Si es como dice, es posible que estemos ante un descubrimiento sensacional —aventuró—. No obstante, conviene extremar las cautelas. Consiga usted una copia de ese documento y preséntese con ella en el Ministerio de Cultura, en Berlín.

Fritz Rutger guardó silencio. No sabía cómo plantear la cuestión. Carraspeó ligeramente y dijo:

—Verá, Herr profesor, ¿no podría enviarlo por correo? Me temo que carezco de medios para sufragar el viaje.

—Preséntese ante el cónsul Werner, en el Fondaco dei Tedeschi. Lo llamaré para que le facilite el viaje.

Se acercaba la hora del almuerzo y la biblioteca archivo del Palazzo Ducale cerraba hasta las cuatro. El joven investigador se dirigió a la trattoría dei Pazzi, frente a la iglesia de San Giuliano, donde almorzó una sopa de *tagliale* con seis alubias. La guerra va mal, pensó. Antes entraban más de veinte alubias en la sopa. El segundo plato fue un *fegato alla veneziana*, o hígado con cebolla, su comida favorita, con un vaso de *bardolino*, el vino espeso y corpudo de la región. Después de comer se sintió mucho mejor y caminó por la soleada ribera del río di Palazzo, un paseo agradable, recordaba, antes de la guerra. Ahora no resultaba tan agradable. Venecia apestaba.

Otros días, el descuido de la ciudad lo había deprimido, pero en esta ocasión estaba exultante: tenía algo importante entre manos, uno de esos afortunados azares que hacen a veces el nombre de un historiador. El doctor Ulstein no había ocultado su satisfacción. Sin duda, el hallazgo sería una baza importante en su carrera universitaria. Fritz Rutger atravesó el puente di Paglia para regresar al archivo paseando y tomando el sol a lo largo del muelle ducal. La historia estaba nuevamente de su parte. Años atrás, la comisión médica lo había rechazado, mientras sus mejores amigos del colegio ingresaban en la Orden Negra de las SS y se convertían en los caballeros teutónicos de la Nueva Alemania. ¡Con cuánta envidia había recibido las postales que le enviaban desde las Ordensburger, o burgos de la orden, donde cursaban estudios! Fritz Rutger conocía el programa. Unos meses de Napola o escuela preparatoria y después un recorrido por los cuatro Burgs, híbridos de castillo y monasterio, a semejanza de los antiguos castillos teutónicos: Crossinsee, en Prusia Oriental, para entrenamiento físico y militar; Vogelsang, en Renania, para la preparación política y espiritual; Sonthofen, en Baviera, para la preparación profesional superior: diplomáticos, científicos, Alto Estado Mayor. La habitación de Rutger estaba decorada con postales de aquellos lugares. De todo eso lo había excluido su enfermedad, pero su corazón pertenecía a la Orden Negra, aunque estuviera excluido de su franca camaradería y de su milicia.

El joven dedicó la tarde a transcribir cuidadosamente los siete folios del informe consular que había encontrado. En ellos se aludía a una carta anterior del cónsul que acompañaba a «los testigos del Arca». Estaba fechada en las calendas de marzo de 1308. Fritz Rutger solicitó el legajo correspondiente y encontró lo que buscaba. En su carta primera el cónsul explicaba que había conseguido «por medios secretos» arrebatar los brazos del Arca a un templario llamado Roger de Beaufort y que Lotario de Voss había desaparecido, probablemente asesinado por los templarios.

Fritz Rutger pensó ante el viejo papel.

«Los brazos del Arca», lo que designaran estas enigmáticas palabras, había llegado a Venecia con aquella carta.

Tomó nota de los párrafos más sobresalientes. La carta iba dirigida a Marcos Mocénigo, presidente del Consejo de los Diez a la sazón. Buscó en la lista de los presidentes que pendía de uno de los muros: mil años de historia veneciana. En efecto, Marcos Mocénigo había ocupado el cargo de la Señoría desde 1306 hasta 1310.

El alemán recogió su cosas, devolvió los legajos y solicitó una entrevista con el director de la biblioteca, un burócrata fascista que, aunque había nacido en tiempos de Garibaldi, y era ya viejo cuando Mussolini hizo la marcha sobre Roma, se esforzaba por disimular la vejez tiñéndose el pelo y usando faja. Estaba encantado de tener entre los usuarios de su establecimiento a un joven alemán, representante de aquella juventud rubia que triunfaba en los campos de batalla de media Europa.

—¿Un objeto, dice? ¿Enviado al Dogo en 1308? —meditó—. ¿Qué clase de objeto?

—El cónsul en Túnez lo llama «los brazos del Arca». Debe de tratarse de un objeto religioso.

El bibliotecario meditó un momento.

—¡Hum! Si es religioso podría estar en la basílica. Ahí enfrente hay una extensa colección de reliquias. Incluso tienen un cuerno de unicornio. Falso, naturalmente.

—Muy interesante, *signore* director. Me interesaría mucho comprobar qué clase de reliquia son esos brazos del Arca, y si todavía la conservan, ¿cree usted que me permitirán verla, fotografiarla quizá?

El del pelo teñido sonrió.

—El canónigo prefecto de las fábricas, o sea, el encargado de reemplazar las placas de plomo del tejado para evitar las goteras, es un buen amigo mío y un buen fascista. Aguarde un momento.

Descolgó el teléfono y pidió a la operadora que lo comunicara con la basílica. La operadora acababa de pintarse las uñas en aquel momento y sabía por experiencia que si manipulaba las clavijas necesarias para atender el servicio podría estropearse la manicura con el precio que la laca alcanzaba en el mercado negro, así que dijo:

—Los dos teléfonos de la basílica comunican en este momento.

—¡Vaya por Dios! —se lamentó el del pelo negrísimo—. Bueno, quizá sea más rápido que le escriba una nota de presentación. El reverendo Tomassi lo atenderá estupendamente. Usted lo reconocerá en seguida porque se mantiene gordo y saludable a pesar del racionamiento —añadió sin pizca de ironía.

Un minuto después el joven Fritz Rutger volvía a molestar a las palomas al cruzar el mármol de la *piazza*. El despacho del canónigo Tomassi en la basílica parecía la tienda de un anticuario, a lo largo de los muros se amontonaban los cuadros unos contra otros, según tamaños. En el espacio restante había una colección de Vírgenes dolientes y Cristos ensangrentados, procedentes de las parroquias de la diócesis. El alemán avanzó por el estrecho pasillo libre de obstáculos que conducía al escritorio del padre Tomassi y le entregó la nota de recomendación del bibliotecario. El ademán severo con que el sacerdote había observado la intrusión del visitante en sus dominios se trocó en amable sonrisa en cuanto vio quién firmaba el papel.

—Ya ve el desorden en el que vivimos estos días —se excusó.

Fritz Rutger observó que en el almacén había otros productos, además de las imágenes religiosas. Detrás de una *pietà* barroca se ocultaban un bidón de aceite y una caja de las que se usan para transportar quesos; una de las pilas de cuadros se apoyaba sobre un parapeto de sacos de harina y un san Juan Bautista señalaba con su dedo extendido el reverso de un espejo con marquetería de plata del que pendía un mazo de tripas de salami ahumado. La Iglesia, que había sobrevivido a la caída del Imperio romano y a la del romano-germánico, parecía dispuesta a sobrevivir, igualmente, a la caída de la civilización cristiana occidental.

—Así que usted busca las reliquias de Mocénigo —dijo Tomassi, tras leer la nota—. Hace un par de años hicimos inventario para la Magna Exposición de Arte Sacro

Véneto y creo recordar que me topé con esos «brazos del Arca». Quizá lo decepcionen: son dos piedras sin interés alguno. Acompáñeme y se las mostraré. Esto no se le enseña a nadie, pero con usted haremos una excepción. Soy un gran admirador de Alemania y del Führer y tengo uno de los primeros carnets fascistas de Venecia.

—Muchas gracias, reverendo —dijo Fritz.

El investigador rubio y espigado y el canónigo moreno, más ancho que alto, salieron a la nave basilical, anduvieron bajo los espléndidos mosaicos medievales que retratan la vida de Jesucristo y de san Juan Bautista y recorrieron el crucero del sur, frente a la espesa reja de la tesorería donde se almacenaron las obras de arte que los cruzados saquearon en Constantinopla. Al lado, en una minúscula capilla, se guardaban las reliquias económicamente menos valiosas.

—Ésta es la capilla —dijo el sacerdote—. Los Mocénigo eran una de las estirpes más ilustres de Venecia. El patriarca Sterza donó en 1622 las reliquias familiares a esta capilla.

La verja estaba cerrada con una gruesa cadena y un candado que Tomassi abrió. Dentro de la capilla, encima del altar mayor, en la base del retablo, había cuatro puertas disimuladas con las molduras doradas. Las cerraduras empotradas en la base eran prácticamente invisibles. El canónigo extrajo de una de ellas dos cajas negras de madera. La segunda contenía dos relicarios de plata, uno de ellos en forma de calavera.

—Ésta es la cabeza de una de las Once Mil Vírgenes —dijo Tomassi—. Antiguamente había más vergüenza. Ahora sería difícil reunir a once mil vírgenes aunque rebuscáramos en toda la Cristiandad.

El alemán le rió la gracia moderadamente, estaban en lugar sagrado.

—No, es la otra caja —aclaró Tomassi.

En la otra había un estuche de plata oscura, cincelada, de forma rectangular con un lado redondeado, tal como suelen representarse las Tablas de la Ley.

—El relicario representa las Tablas de la Ley, pero no se haga ilusiones. Lo que hay dentro son dos simples trozos de mármol.

Fritz Rutger contempló dos piedras negras alargadas, pulidas y brillantes que le recordaron vagamente a las hachas prehistóricas.

—¿Puedo? —inquirió, alargando una mano.

—Por supuesto, Herr Rutger, puede cogerlas —lo invitó el canónigo.

Las examinó en una mesita lateral, a la luz de un flexo. Dos piedras lisas con la superficie rayada y tachonada de pequeñas incisiones, probablemente vestigios de la herramienta del orfebre que les dio forma, o quizá solamente accidentes del tiempo. Fritz Rutger las estudió cuidadosamente, ocultando la emoción. Parecían dos palas de remo, ligeramente redondeadas por un lado y en forma de tejadillo, algo más tosco, por el otro.

Las situó bajo la luz de una ventana, las midió y las fotografió de un lado, del otro, de canto y en vertical.

Cuando concluyó, Tomassi devolvió las piedras a su lugar y salieron de la capilla.

—No sé cómo agradecerle su amabilidad.

—¡Por Dios, entre alemanes e italianos no es necesario agradecimiento! Somos camaradas, estamos uncidos bajo el mismo yugo en el sagrado empeño del Führer y el Duce por salvar la civilización occidental.

Se despidieron con un saludo a la romana, el brazo en alto, la mano extendida, por iniciativa del canónigo.

—No se imagina usted, Herr Rutger, cómo lamento que mi sagrado ministerio me impida estar en el frente, empuñando una ametralladora —dijo Tomassi—. En fin, la vida a veces nos exige sacrificios. —Y tras estrecharle efusivamente la mano y rogarle que transmitiera sus saludos al director del archivo, se recogió el manteo y regresó a su despacho entre el aceite de oliva, los jamones y las tripas de salami ahumado.

2

Berlín, 5 de febrero de 1943

Himmler, empequeñecido por las colosales proporciones de su mesa de despacho, bajo un gigantesco retrato de Hitler, pintado por Eibach, se ajustó en los fatigados ojos las lentes de montura de tortuga y le ofreció asiento al visitante en una de las dos incómodas sillas estilo imperio. El profesor Karl Ulstein, descendiente de una próspera familia de industriales de Hamburgo, se sintió inquieto ante aquel hombrecillo. Parecía un tendero de barrio de los que les venden caramelos a los niños, o un funcionario de una pequeña oficina estatal, con sus manguitos para preservar los puños de la camisa. Sin embargo, era el segundo hombre más poderoso del Reich, y el profesor Karl Ulstein le debía su ascendente carrera universitaria y ciertas prebendas reservadas a los escalafones altos del partido.

El profesor Ulstein se sentó y, como otras veces, leyó la inscripción taraceada en letra gótica sobre el tablero de la mesa: *Eine solide Arbeit*, trabajo bien hecho.

El profesor Ulstein estaba allí por ese motivo, por trabajar bien. Había formado bien a uno de sus discípulos, que había realizado un descubrimiento tan sensacional que podía alterar el curso de la historia.

Himmler tomó un par de notas mientras escuchaba al profesor Ulstein. Usaba una estilográfica pequeña, de señorita, pensó Ulstein. Su mano parecía también de señorita, pequeña y blanca, con las uñas cuidadosamente recortadas. Escribía con una letra minúscula, y usaba tinta verde. Una firma de aquel hombrecillo enviaba a la muerte a centenares de miles de deficientes raciales. *Nacht und Nebel*, noche y niebla, era el eufemismo que Himmler y sus SS usaban para condenar a muerte a pueblos enteros. Ulstein, a pesar del aplomo con que exponía su embajada, no podía evitar un leve temblor en la voz. Como muchos alemanes, el doctor era especialmente sensible al poder y a la fuerza.

Cuando Ulstein terminó, Himmler le puso el capuchón a la pluma y la colocó en el precioso plumier de plata, rematado con la figura de un lansquenete, que decoraba la mesa. Después se abismó en sus pensamientos con las manos unidas y las puntas de los dedos corazón apoyadas en los labios.

—El Arca de la Alianza —dijo—, el arma con la que los judíos derrotaron a los filisteos arios y les arrebataron la tierra prometida. La mayor reliquia del judaísmo.

Karl Ulstein hizo un gesto de resignación, como si lamentara que un objeto tan precioso procediera de los judíos. Himmler le adivinó el pensamiento.

—En realidad, toda las reliquias mágicas de Europa proceden de los judíos —añadió, comprensivo—: la Lanza Sagrada, el Grial... Esos truhanes semitas heredaron la magia y la ciencia de la antigüedad, se la arrebataron a los antiguos arios.

Era la explicación oficial y el doctor Karl Ulstein, que era nazi antes que historiador, como tantos profesores alemanes, llevaba diez años reescribiendo la historia al gusto del Führer. Asintió con entusiasmo.

—No obstante... —Himmler se acomodó en su sillón giratorio de lado para poder cruzar las piernecitas oprimidas por las botas de montar—, quisiera entender cómo funcionaba esa magia judía.

—Todo se basa en el conocimiento de una palabra secreta que es el verdadero nombre de Dios —se apresuró a explicar Ulstein—, una palabra que al abarcar a Dios abarca su Creación y tiene fuerza para modificar la naturaleza. Esta palabra se denomina, en hebreo, el *Shem Shemaforash*. En los tiempos bíblicos solamente la conocían dos personas, el *Baal Shem* o Maestro del Nombre, que solía ser el sumo sacerdote, y otra persona designada por él para que la Palabra no se perdiera en caso de fallecimiento súbito del *Baal Shem*. Una vez al año, el sumo sacerdote se revestía con un peto ceremonial en el que había engastadas doce piedras de distinta naturaleza (una por cada tribu de Israel), y penetraba solemnemente en el sanctasanctórum del templo para pronunciar el *Shem Shemaforash* ante el Arca de la Alianza, en voz baja. El Arca de la Alianza era el asiento de Dios. De este modo se renovaba la Alianza entre Dios y la humanidad y se renovaba la Creación para que el mundo continuara existiendo.

Uno de los tres teléfonos negros que había sobre la mesa comenzó a sonar, interrumpiendo al profesor Ulstein. Himmler lo descolgó y le ordenó secamente a su secretario:

—¡Flurbëck, no me pase llamadas hasta nueva orden! —Colgó enérgicamente y se volvió hacia Ulstein con expresión amable, invitándolo a proseguir.

—El rey Salomón —explicó Ulstein— era el segundo depositario del *Shem Shemaforash*, y para evitar que algún día pudiera perderse ideó una especie de jeroglífico geométrico a partir del cual puede deducirse la Palabr... creta.

—Muy interesante —dijo Himmler—. Y ese jeroglífico, ¿se ha conservado?

—No estamos seguros. —Ulstein esbozó un signo de desaliento—. El rey judío lo hizo inscribir en una plancha metálica, una especie de talismán de oro engastado con piedras preciosas que los autores latinos denominan la Mesa de Salomón, y los autores árabes, el Espejo de Sulimán. Este objeto se guardaba en el sanctasanctórum del templo, junto con el Arca de la Alianza y los otros tesoros sagrados. Cuando los romanos conquistaron Jerusalén, en tiempos de Tito, se apoderaron de la Mesa de Salomón y la depositaron en el templo de Júpiter, en Roma, donde permaneció cuatro siglos, hasta que los godos conquistaron Roma y se llevaron el tesoro imperial. Tiempo después, cuando los moros invadieron el reino godo de España, la Mesa de Salomón formó parte del botín que reclamaba el califa de Bagdad, pero en este punto la pista se perdió.

—Y con ella el jeroglífico del Nombre Secreto —aventuró Himmler.

—No exactamente, Herr *Reichsführer*, porque, al parecer, quedaron copias de su jeroglífico en algunos monasterios de la región. Desde entonces, el secreto de la Mesa de Salomón se ha buscado en esos santuarios. Los templarios poseían el *Shem Shemaforash*, la Palabra Secreta, y realizaban cada año los ritos de propiciatorio, oficiando el Gran Maestre como sumo sacerdote. De ahí su interés por encontrar el Arca de la Alianza. Por eso fueron a buscarla a Etiopía, donde Lotario de Voss intentó arrebatársela, comisionado por el rey de Francia.

—Pero los templarios se extinguieron hace cientos de años.

—Me temo que no es tan simple, Herr *Reichsführer*. El papa los suprimió como orden, pero muchos de ellos huyeron de Francia y se establecieron en Escocia; o ingresaron en otras órdenes; pero siguieron manteniendo su espíritu de cuerpo hasta que, finalmente, formaron las Compañías del Santo Deber, una especie de gremios con iniciaciones secretas.

—¿Quiere eso decir que la Palabra que desencadena el poder del Arca ha podido transmitirse entre ellos?

—No es seguro, *Reichsführer*, pero es evidente que esas asociaciones templarias han mantenido cierto poder. Quizá participaran en la caída de la monarquía francesa durante la Revolución. El día que decapitaron a Luis XVI, un hombre desconocido mojó su sombrero en la sangre del rey que chorreaba de la guillotina y lo sacudió sobre los espectadores, diciendo: «¡Pueblo de Francia, te bautizo en el nombre de Jacques de Molay!»

—Una venganza histórica.

—Sí, *Reichsführer*. Es posible que el hombre que lo hizo fuera solamente un loco, pero la leyenda sostiene que los templarios sobrevivieron y que una de sus metas es vengarse de la monarquía francesa y de la Iglesia, los enemigos seculares de la orden. No obstante, yo me permito dudar de que la Palabra Secreta se haya mantenido entre los actuales templarios.

—¿Por qué?

—Porque hace treinta años sus representantes se asociaron con el Vaticano y con los judíos para buscar la Palabra Secreta. Las reuniones se realizaron en el sur de España, cerca de los antiguos monasterios en los que se había depositado la Mesa de Salomón en tiempos de los godos.

—¿Y qué ocurrió?

—Un cabalista experto examinó los datos que consiguieron reunir e intentó deducir el jeroglífico original, el *Shem Shemaforash*. Al parecer, había una copia de la Mesa, tallada por un antiguo templario, sobre una piedra en un antiguo monasterio visigodo.

Himmler se impacientaba.

—¿Y lo consiguieron?

—Parece que no, Herr *Reichsführer*; al parecer, tanto el Vaticano como los judíos hicieron trampas y al final no consiguieron nada.

—¡Ajá, típico de ellos! —dijo Himmler. Meditó un momento con los dedos apoyados en el labio y prosiguió—: Bien, profesor, por lo que me está diciendo, hay una posibilidad de obtener esa reliquia, el Arca de la Alianza, a partir de los descubrimientos de ese investigador, del que habló, en los archivos de Venecia. Y existe, también, la posibilidad de obtener la fórmula del Nombre Divino, que sirve para hacerla funcionar, en esos monasterios del sur de España.

—Sí, más o menos —admitió Ulstein, al que no le agradaba el reduccionismo del *Reichsführer*—. Lo malo es que la comisión se disolvió un tanto abruptamente y luego vino la Gran Guerra, que acabó de dispersarlos.

—¿Había algún alemán entre ellos?

—Dos alemanes, Herr *Reichsführer*, dos dignatarios eclesiásticos, pero han muerto, al igual que el resto de los miembros de la comisión. También había un judío berlinés, un rabino, llamado Moshe Gerlem. Eran todos ancianos. Hemos conseguido la minuta del viaje de uno de ellos, que era obispo de Ulm. Por ella sabemos dónde estuvo cada día, y hemos deducido que la Piedra del Letrero, probablemente con la copia de la Mesa de Salomón, está en un lugar de España, entonces llamado Monte Sión, y hoy Montizón.

—¡Ah, España y los españoles! —El puñito de Himmler se crispó sobre el escritorio mostrando unos nudillos blancos—. Hace dos años visité la montaña de Montserrat, probable escondite del Santo Grial, pero el abad y los curas me trataron displicentemente y se negaron a enseñarme sus tesoros. Fingían ignorar de qué estaba hablando. Esos españoles son unos cazurros malintencionados. La gente inferior sólo atiende al palo. Si vieran aparecer una columna de *panzer* por la mezquina carretera que conduce a su montaña se pondrían suaves como malvas.

Los dos hombres departieron un rato más y, al despedirse, Himmler decidió que se verían de nuevo cuatro días después en el castillo de Wewelsburg.

3

Roma, 10 de febrero de 1943

Luigi Ferrarese, archivero jefe de la Secretaría de Estado, era consciente de vivir un momento histórico cuando cruzó el patio de San Dámaso, subió por la escalinata de mármol y se dirigió a las habitaciones del pontífice por un pasillo que nunca había pisado en sus treinta y dos años de servicio en el Vaticano. Estaba tan nervioso que, a pesar de su interés por el arte, no prestó atención a los frescos de Lucca de Ferrara. Al final del pasillo había una puerta dorada. Consultó su reloj. Faltaban diez segundos para las cuatro y veinte. Aguardó a que transcurrieran antes de llamar. El propio Robert Leiber, el jesuita secretario personal del pontífice, le franqueó la entrada y lo hizo pasar a una rica antecámara cubierta de frescos y mármoles.

—Tenga la bondad de esperar, padre.

Se deslizó sobre la gruesa alfombra dorada que amortiguaba los pasos y desapareció tras la puerta del fondo, más lujosa aún que la anterior, para reaparecer al instante:

—El Santo Padre lo recibirá ahora —le susurró, invitándolo a pasar con un gesto elegante de la mano—. Recuerde que sólo dispone de dos minutos.

Pacelli estaba de pie ante su mesa de despacho, en la pose que adoptaba cuando recibía visitas protocolarias, las afiladas manos plegadas sobre el pecho, hierático e inmóvil. El padre Ferrarese conocía la etiqueta vaticana. Hizo una genuflexión junto a la puerta, se aproximó a cinco pasos del pontífice e hizo una profunda reverencia. Pío XII adelantó la mano del anillo y Ferrarese se lo besó.

—¿Tienes algo que decirme, hijo? —preguntó el papa con su voz algo chillona.

—Santo Padre, puede ser tan grave que prefiero comunicarlo solamente a Vuestra Santidad.

Pacelli le dirigió una mirada severa y por un momento un punto de ira brilló en sus ojos grandes y negros enmarcados por las gafas de oro, pero no descompuso su hierático semblante.

—Espero que sea verdaderamente grave —dijo, e hizo una señal imperceptible a su secretario, que abandonó la estancia y cerró la puerta.

El padre Ferrarese tragó saliva. Las pesadas cortinas de brocado tamizaban la luz procedente de la piazza de San Pedro, pero a pesar de ello la estancia relumbraba de rojos y dorados, de preciosos jaspes y mármoles, de cornisas y marquetería forradas de oro. Al fondo, detrás del escritorio papal, había un gran mapamundi y un mapa de Europa y el Mediterráneo, en los que el pontífice seguía el curso de la guerra con banderitas negras para las posiciones alemanas y rojas para las aliadas.

—Ahora estamos solos —dijo Pacelli—. ¿De qué se trata?

—Santo Padre, un arqueólogo alemán ha encontrado una pista segura del paradero del Arca de la Alianza. Está en Túnez.

Pacelli permaneció inmóvil, mirando fijamente a Ferrarese, pensativo.

—¡El Arca de la Alianza! —murmuró como si la enunciación de las palabras conjurara el prodigio—. ¿Cómo te ha llegado esta noticia, hijo mío?

—Un amigo, canónigo de San Marco de Venecia, me lo ha comunicado por carta, Santo Padre. La tengo aquí. —Ferrarese se sacó un sobre del bolsillo.

—Déjalo sobre esa mesa —indicó Pacelli.

El padre Ferrarese depositó la carta sobre una mesita taraceada que estaba junto a la ventana.

—¿Quién más conoce el asunto de esa carta?

—Nadie más, Santidad.

Pacelli asintió, complacido, y adoptando su pose más solemne le impartió su bendición, dando por terminada la audiencia. Ferrarese volvió a besar el anillo de la mano extendida y abandonó el despacho caminando hacia atrás, en una profunda inclinación.

El secretario del papa, que aguardaba frente a una de las ventanas de la antecámara, enarcó una ceja y contempló la marcha nerviosa de Ferrarese. Se disponía a entrar en el despacho papal cuando una lucecita roja se iluminó sobre la puerta. El Santo Padre estaba meditando y no se le debía interrumpir.

4

Wewelsburg, Alemania, 9 de febrero de 1943

El Graf und Stift, modelo 1934, negro, con las ruedas niqueladas, se deslizaba por la carretera rectilínea que conducía al castillo de Wewelsburg, cerca de Paderborn, en Westfalia. El doctor Karl Ulstein, sentado junto a la ventanilla trasera, se sentía plenamente feliz mientras contemplaba distraídamente el bosque de robles y encinas. Himmler lo había invitado a la casa madre de la Orden Negra alemana, de la que las SS eran la rama militar, un honor que raramente se dispensaba a un simple civil. La carretera era una línea recta como trazada sobre un mapa. «Recta como una flecha —pensó, y en seguida se corrigió—: Recta como el astil de una lanza.»

Porque Ulstein sabía que la carretera que conducía a Wewelsburg representaba exactamente el astil de la Lanza Sagrada, mientras que el castillo de planta triangular constituía el hierro del arma. La estancia principal del castillo, la capilla de la Lanza, cubierta por una cúpula de piedra imitada de la capilla de Carlomagno en Aquisgrán, cobijaba una enorme mesa circular de granito pulido, rodeada por doce sillones medievales tapizados en rojo. En el centro de la mesa había una hendidura que representaba el depositario de la Lanza Sagrada, la máxima reliquia del Sacro Imperio romano-germánico.

Ahora aquel joven investigador de modales tímidos, Fritz Rutger, había encontrado en un archivo veneciano la pista de una reliquia judía capaz de alterar el curso de la historia, una reliquia frente a la cual incluso la Lanza Sagrada del Imperio romano-germánico palidecía.

El Arca de la Alianza.

—Es un honor que el *Reichsführer* Himmler nos reciba en Wewelsburg —comentó Karl Ulstein en tono paternal—. Si le causas buena impresión, puedo asegurarte que tendrás un espléndido futuro como investigador del *Ahnenerbe*.

El joven Rutger sabía que el *Ahnenerbe* era el Instituto de Investigación Secreto de las SS, uno de los círculos más exclusivos a los que podía aspirar un investigador alemán. Sintió tal emoción que los ojos se le arrasaron de lágrimas y disimuló haciendo como que contemplaba el paisaje. El profesor Ulstein se percató y le apretó familiarmente el brazo.

A medida que se aproximaban fueron perfilándose las torres cilíndricas de Wewelsburg, coronadas de conos de pizarra que brillaban al sol. El castillo sólo databa de 1934, pero había sido construido sobre las ruinas de otro más antiguo.

—Es hermoso, ¿verdad? —dijo Ulstein, cuando se aproximaron—. Éste es el verdadero santuario de la raza alemana. El *Reichsführer* Himmler lo construyó en menos de un año con un coste de trece millones de marcos. —El joven Rutger mostró un conveniente gesto de asombro. Ulstein sonrió con suficiencia y añadió—: Y eso que la mano de obra fue gratuita: delincuentes políticos. Cada estancia del castillo está amueblada en un estilo distinto y dedicada a uno de los personajes históricos relacionados con la Lanza Sagrada desde que Carlomagno, en el año 800, la convirtió en la reliquia máxima del Imperio romano-germánico.

El profesor Karl Ulstein debía buena parte de su posición académica a sus trabajos para los nazis sobre la Lanza Sagrada. Había reconstruido su historia desde que sirvió para que el papa sacralizara a Carlomagno hasta el fin del imperio alemán en 1806, en que hubo que sacarla de su santuario de Nuremberg para evitar que cayera en manos de Napoleón. Desde entonces estuvo en Viena hasta que, en 1938, Hitler la recuperó y trasladó a Nuremberg, la ciudad nazi por excelencia. Cuando terminara la guerra, la Lanza Sagrada se depositaría en Wewelsburg, junto con las otras reliquias históricas que buscaba la Orden Negra.

El segundo control era una casamata de cemento, disfrazada de alegre cabaña alpina, con el tejado de paja y parterres de rosas, que vigilaba una barrera de hierro pintada a rayas negras, blancas y rojas. Dos soldados con el uniforme gris de las SS examinaron los pases de los dos pasajeros y del chófer.

—A sus órdenes, doctor Ulstein —dijo el sargento, devolviéndole la documentación—. Pueden aparcar en aquella explanada, junto a los tilos.

El asistente del *Reichsführer*, avisado telefónicamente, salió a recibirlos.

—Buenos días, doctor Ulstein —lo saludó jovialmente, pues eran viejos conocidos—. ¿Han tenido un buen viaje?

—Muy agradable, gracias.

—El *Reichsführer* los espera en la estancia de Enrique el Pajarero.

Un gran honor. La estancia privada de Himmler era la dedicada al emperador Enrique, en el que el *Reichsführer* se creía reencarnado.

El granito, el hierro de forja y las maderas nobles impresionaron al joven Rutger. Los largos pasillos, en los que el suelo pulimentado como un espejo contrastaba con los muros de sillares toscamente terminados, estaban decorados con viejas banderas, escudos y armas. También había lienzos de artistas nazis con alegorías guerreras o patrióticas: Germanias orondas y rubias, valquirias de grandes pechos nutricios y anchas caderas esgrimiendo lanzas doradas... Al *Reichsführer*, como a todos los hombres menudos, le gustan las hembras poderosas, pensó el doctor Ulstein, e inmediatamente alejó el pensamiento, temeroso de que el todopoderoso ministro pudiera captarlo. Las runas de la SS esculpidas y pintadas en negro decoraban las puertas de sólido roble con refuerzos de forja.

La manita del *Reichsführer*, embutido en el uniforme negro de las SS con las insignias de plata en el cuello, estrechó la de los visitantes y les indicó un sofá de cuero, en el que tomaron asiento. Tras varios comentarios banales sobre el viaje, mientras dos camareros vestidos de blanco les servían un té con pastas, Himmler examinó al joven Rutger. Después le preguntó a Ulstein:

—Esperaba que su alumno fuera una persona de más edad, doctor. ¿Cómo es que no está en el servicio?

—Herr Rutger ha sido declarado no apto para el servicio, Herr *Reichsführer* —informó el profesor Ulstein—. No obstante, sirve al Reich preparando una tesis doctoral sobre el comercio alemán de la sal en la Edad Media.

Himmler clavó en el doctorando sus ojillos incisivos y desconfiados.

—¿Y eso se investiga en Venecia?

—Sí, *Reichsführer* —respondió el interesado—. Cada año acudían a Venecia cuarenta mil caballos de Alemania para cargar la sal de Istria. Los mercaderes de la sal se alojaban por ley en el Fondaco dei Tedeschi, un severo palacio que todavía existe.

5

Vaticano, 1 de marzo de 1943

Aldo Doglio cruzó la *piazza* de San Pedro bajo el sol de mediodía, se detuvo a la sombra de la columnata de Bernini, sacó un pañuelo y se enjugó el sudor del cogote y de la frente. El frac le estaba estrecho. Había engordado desde la última vez que lo usó, cuatro años atrás, en la ceremonia de coronación de Pío XII, en la que le cupo el honor de manejar uno de los *flabelli* o abanicos de plumas ceremoniales. En la gran fotografía del papa que presidía el salón de su casa, Aldo Doglio aparecía en segundo término, en un ángulo, con el *flabelli* en la mano. Doglio cifraba su mayor orgullo en el hecho de pertenecer a los *uomini di fiducia* del Vaticano, la reducida aristocracia seglar que servía a los pontífices por tradición familiar. Como tal, estaba dispuesto a hacer cualquier cosa por el papa, incluso a pecar.

En su entrevista, monseñor Doménico Tardini, el encargado de Asuntos Extraordinarios del Vaticano, había alabado la fidelidad y entrega de los Doglio a la causa papal. Aldo se preguntaba si el cardenal conocía verdaderamente el historial de la familia o si le dedicaba los mismos elogios a cualquier *uomo di fiducia* del que solicitara un servicio. No era ningún secreto que su bisabuelo Marco Doglio sufrió presidio por eliminar a media docena de agitadores nacionalistas en tiempos de Garibaldi, cuando los revolucionarios arrebataron sus Estados a la Iglesia.

Por fin llegó su sobrino con el coche. Doglio se cercioró de que nadie lo estaba observando desde las ventanas papales, que permanecían cerradas, antes de despojarse de la chaqueta del frac para entrar en el coche.

—No me preguntes nada, sobrino, y llévame a casa antes de que me estallen los pantalones.

Tardini no le había encargado nada concreto, habían hablado de la guerra, de las dificultades de abastecimiento del pueblo de Roma, de las propias dificultades que la Iglesia tenía con los alemanes. Se había referido, como de pasada, a los trastornos que estaba causando cierto investigador alemán, un joven que estaba sacando de los archivos venecianos noticias que sólo le incumbían a la Iglesia. Pero la Iglesia no tenía autoridad para impedirlo. Ése era el mensaje. Luego habían hablado de varios temas distintos; de la buena cosecha que se avecinaba en la comarca de Florencia, donde Doglio poseía viñas. Le enviaré una caja, monseñor, había dicho Doglio, y el cardenal había respondido:

—¡Ojalá entonces las tribulaciones de la Iglesia se hayan aligerado y tengamos motivos para brindar!

Al llegar a su casa, un palacio vetusto del Trastevere, Aldo Doglio se despojó de la ropa ceremonial, se puso un viejo pijama de rayas y unas chanclas y telefoneó a Piero Tamaretto, un amigo importador de aceite siciliano.

—La madre está enferma —le dijo solemnemente.

Se produjo un silencio al otro lado de la línea. Tamaretto entendió.

—Iré a verte esta misma tarde. ¿Vas a necesitar correo?

—Voy a necesitarlo —confirmó Doglio, exhalando un suspiro.

Colgaron.

Correo. El sinónimo mafioso de muerte o asesinato.

Doglio conectó la radio en *La Voce de Italia*, se arrellanó en su sillón, puso los pies a descansar sobre un cojín y cerró los ojos. Después de las proclamas fascistas ponían música de Vivaldi.

—La nave de san Pedro también necesita quien limpie

de vez en cuando sus sentinas —murmuró. Repetía la frase que había heredado de su bisabuelo. Tres generaciones de Doglio la habían pronunciado antes de pecar contra el quinto mandamiento.

6

Wewelsburg, Alemania

La vehemente *Cabalgata de las Valquirias*, Orquesta Nacional de Berlín, dirigida por el joven Von Karajan, hacía tintinear la cristalería de las vitrinas. Himmler se dirigió al armario musical Grundig y redujo el sonido para que no estorbara la conversación. Se volvió hacia sus visitantes, les ofreció asiento en un sofá de cuero, sonrió complacido y dirigiéndose al doctor Ulstein dijo:

—Bien, Herr profesor, hábleme de Lotario de Voss, ¿qué han descubierto?

—Como sabe, Herr *Reichsführer*, Lotario de Voss, después de ganar la Espuela de Oro luchando contra los sarracenos en Tierra Santa, fue víctima de una oscura conspiración tramada por los templarios y se vio obligado a ejercer la piratería. —Himmler asentía mecánicamente, sólo tenía una vaga idea de aquella historia—. No obstante, al cabo de unos años, los franceses lo apresaron y lo condenaron a muerte, pero el canciller real Nogaret le ofreció perdonarle la vida a cambio de que les arrebatara a los templarios el Arca de la Alianza.

—Una reliquia judía, profesor, el depositario de la religión mosaica —comentó Himmler, mordaz.

—Una reliquia misteriosa, una máquina de poder que los judíos habían arrebatado a los antiguos egipcios.

Himmler asintió complacido al oír de boca del profesor lo que ya sabía. Para la historia oficial alemana, todas estas reliquias judías, la Sagrada Lanza, el Arca de la Alianza, habían pertenecido antes a sociedades arias, eran reliquias arias arrebatadas por los rapaces judíos.

—Lotario de Voss, herido de gravedad —prosiguió Ulstein—, comunicó al cónsul veneciano en Túnez, un tal Renzo di Trebia, el paradero de los *tabotat* del Arca de la Alianza y, gracias a sus informes, Renzo di Trebia les arrebató los *tabotat* a los templarios.

—Un momento —dijo Himmler—, ¿qué son esos *tabotat*?

—Dos piedras mágicas, en las que reside realmente el poder del Arca. Quizá sean las verdaderas Tablas de la Ley. Traemos sus fotografías.

En este punto, a un gesto del doctor Ulstein, el joven Rutger extrajo de su cartera de cuero las fotografías que había tomado en la basílica de San Marcos y las extendió ante Himmler. Éste las observó detenidamente con ayuda de una gran lupa.

—Entonces tenemos localizadas estas piedras —concluyó Himmler sin disimular su satisfacción.

—En realidad no son las piedras auténticas, Herr *Reichsführer* —admitió Ulstein—. En una primera comunicación, Renzo di Trebia enviaba a la Señoría veneciana las que él creyó que eran las verdaderas reliquias, pero unos meses más tarde supo que eran unas copias falsas que el templario Roger de Beaufort, el asesino de Lotario de Voss, había encargado a un artesano del zoco.

—¿Y los verdaderos... cómo se dice? —quiso saber Himmler.

—*Tabotat*, Herr *Reichsführer* —respondió Ulstein—. El cónsul veneciano, en un segundo informe, que también ha localizado Fritz Rutger, expone su sospecha de que el templario los hubiera ocultado en un cementerio pagano donde también sepultó a Lotario de Voss.

Himmler tamborileó, molesto, con los deditos sobre el tablero de la mesa.

—¿Y eso es todo lo que tenemos, una sospecha?

—Esa sospecha confirma otras noticias históricas, Herr *Reichsführer*. Cuando pasaron algunos años y Roger de Beaufort creyó que sus correligionarios se habían olvidado de él, escribió una carta a un abad español, que había conocido años atrás, en la que le rogaba que se la enviara a los templarios refugiados en Escocia. El cónsul veneciano, que lo mantenía vigilado, interceptó la carta y la remitió a la Señoría de Venecia. Fritz Rutger, estimando su tremendo valor, ha sustraído el original del archivo.

—He incurrido en ese pequeño delito para servir al Reich —balbució el joven.

Himmler le dedicó una sonrisa indulgente.

—¿Y bien?

—La carta no está cifrada, pero contiene algunos pasajes en clave que podrían conducirnos a los *tabotat* originales. Dice, por ejemplo, que el Nombre de Dios está sepultado con aquel que quiso arrebatarlo y que su enemigo espera el Juicio Final custodiando la reliquia. Se deduce que ocultó los *tabotat* en la tumba de Lotario de Voss.

—¿Quién puede saber dónde está esa tumba?

—La clave, Herr *Reichsführer*, debe de encontrarse en el archivo veneciano. Si la Señoría estaba interesada en los *tabotat*, hay que suponer que instaron a su cónsul para que los encontrara. Parece providencial que esos territorios estén actualmente bajo control alemán.

Himmler meditó un momento. Las gruesas gafas de miope le daban a su mirada una fijeza inquietante.

—Hay que dar con esa tumba lo antes posible, inmediatamente —urgió—. ¿Qué medios necesita, profesor Ulstein? No repare en gastos.

—El doctorando Rutger está haciendo un buen trabajo, Herr *Reichsführer* —respondió Ulstein dirigiendo una amable sonrisa a su protegido—. Si enviamos más gente al archivo, los italianos podrían recelar. Creo que con él bastará y confío en que muy pronto encuentre lo que buscamos.

—Bien, joven —dijo Himmler—. Sufragaremos sus gastos. Pida lo que necesite, pero obtenga resultados. E infórmenme a diario.

—A sus órdenes, Herr *Reichsführer*.

7

Venecia, 11 de marzo de 1943

Fritz Rutger regresó de la biblioteca por la vía della Fava con objeto de comprar en la tiendecita de la *piazza* Bartolomeo un paquete de uvas y queso *robbiola* para la cena. Había adquirido esa costumbre meses atrás, cuando la asignación del abuelo sólo le alcanzaba para mantenerse precariamente. Ahora los tiempos de penuria quedaban atrás, el *Reichsführer* en persona se había asegurado de que la organización *Ahnenerbe* le concediera una beca de estudio y su economía era francamente boyante. Pero Rutger prefería continuar con su rutina antigua de la cena con uvas y queso y sólo se permitía algún gasto extra en libros y en una buena cerveza suiza Bergens en el Lion d'Or de la *piazza* San Marco.

Aquella noche en la barra del Lion d'Or había poca gente. Las pesadas cortinas de terciopelo rojo cubrían las ventanas para cumplir las normas de guerra sobre el oscurecimiento de la ciudad, pero, a pesar de ello, las luces estaban apagadas y unas velas colocadas en botellas de Chianti iluminaban débilmente el local.

Fritz Rutger, que bebía su cerveza a cortos sorbos en una mesa apartada, ensimismado en sus pensamientos, sufrió un pequeño sobresalto cuando un joven se inclinó junto a él y le dijo:

—¿Le importa que compartamos mesa? Las otras están ocupadas.

El desconocido era bien parecido, incluso guapo a la manera italiana. Vestía un elegante traje de lino y corbata de pajarita color miel, a juego con sus ojos, que eran grandes y alegres.

Rutger hizo un gesto de asentimiento, que el desconocido correspondió con una discreta reverencia antes de sentarse. Era atractivo. Su abundante e indócil cabellera apenas aplastada por la brillantina no resultaba del todo inelegante en una Europa en la que casi todos los jóvenes de su edad lucían pavorosos pelados militares. Rutger también se pelaba al uno cuando regresaba a Alemania, para no desentonar. Pero aquel italiano de modales suaves, casi femeninos, se había escapado de la disciplina castrense. Trabaron conversación. Se llamaba Tonino Sebastiano, era romano, hijo de una familia rural acomodada, y se había librado del servicio de las armas por ser hijo de viuda y hermano de un mártir de la patria caído en África. Tenía los ojos grandes y oscuros y las pestañas tan largas que parecía que se las había retocado con rímel. En algún momento de la conversación su mano rozó la de Rutger y éste no se apartó. Entonces lo miró directamente a los ojos. Se entendieron casi en seguida.

Rutger invitó a su nuevo amigo a otra copa de Strega y salieron juntos. Sin previo acuerdo, tomaron el camino de la buhardilla de Rutger. La luna arrancaba reflejos de plata a las turbias aguas. Al cruzar el canal de San Salvatore por el puente della Fava, Tonino lo tomó de la mano y lo besó apasionadamente en la boca. Rutger, con el corazón disparado, murmuró: «Ya estamos cerca.»

La casa estaba dormida. Rutger abrió la puerta de la calle cuidando de hacer el menor ruido posible para no alertar a la patrona, que vivía arriba.

—Aguarda un segundo —dijo, y se dirigió a tientas hacia el cuarto de las escobas, bajo la escalera, de donde emergió con una linterna sorda encendida en la mano—. Tengo esta linterna en un viejo mueble, para cuando regreso a deshora.

Eficiencia alemana, pensó el italiano. Se besaron apasionadamente, esta vez por iniciativa del alemán, a la débil luz de la linterna, que creaba una tiniebla como la de los antiguos maestros tenebristas. El italiano le puso una mano cálida en el pecho, deteniendo el impulso de un nuevo abrazo.

—Espera. Vamos arriba —susurró, intentando parecer apasionado—. No seas impaciente.

El alemán sonrió. Giró la chapa de la linterna para aumentar la línea de luz y precedió al amigo por la amplia escalinata. Le daba instrucciones para que evitara las baldosas sueltas. Evidentemente no era el primer acompañante nocturno que el estudiante extranjero recibía en su buhardilla, pensó el visitante. Eso lo haría todo más fácil cuando la policía investigara entre los vecinos. Sacó un estilete del bolsillo interior de la chaqueta, lo abrió y lo mantuvo escondido. La buhardilla estaba en el cuarto piso, frente al postigo del palomar. En cuanto entraron, el alemán cerró la puerta y se volvió hacia su compañero para besarlo, pero no se sintió correspondido. Antes de que comprendiera el motivo de tan súbita mudanza, el italiano lo apuñaló de abajo arriba, en el vientre, tomándolo de espaldas a fin de que el chorro de sangre no le manchara el traje de lino. Le introdujo el acero seis veces, chocando a veces con las costillas, mientras le mantenía la boca tapada con la mano libre. Cuando estuvo seguro de que no iba a gritar lo dejó resbalar hasta el suelo, y tomando la linterna sorda se dirigió a la cocina, donde se lavó concienzudamente las manos. Al abandonar la buhardilla, con la luz cenicienta del amanecer filtrándose por las contraventanas cerradas, oyó volar frente a la puerta del tejado palomas que no veía.

8

Potsdam, Alemania, 8 de marzo de 1943

El profesor Hesse sostuvo el oficio con una mano temblorosa. Tres escuetas líneas mecanografiadas bajo el membrete negro de la Gestapo, el águila de alas extendidas que sostiene un círculo con la cruz gamada en rojo. La convocatoria estaba firmada por el *Reichsführer* Himmler. Una consulta, decía. ¿Qué le puede consultar el *Reichsführer* a un arqueólogo que ha vivido siempre al margen de la vida, un hombre al que los hechos históricos más recientes que le interesan no van más allá de la caída de Bizancio?

En el camino de Potsdam a la central de las SS de Prinz-Albrecht-Strasse, en un Daimler negro oficial, con dos enormes agentes de la Gestapo encajados en los asientos delanteros, el profesor tuvo mucho tiempo para meditar. Aquellos hombres, sin duda rudos por su oficio, lo habían tratado con deferencia. No le respondieron a ninguna de las preguntas que se había atrevido a formularles, pero probablemente se debía a que desconocían las respuestas. Tan sólo le habían indicado que debían conducirlo ante el *Reichsführer*. Karl Hesse hizo examen de conciencia, buscó algún posible pecado contra el Estado y se halló limpio. Se había afiliado al partido en el año 35, antes que muchos de sus colegas universitarios. Hasta entonces había tenido un par de amigos judíos en la universidad, pero ¿quién no los había tenido?: la universidad estaba plagada de judíos. Después de afiliarse al partido, Hesse había interrumpido bruscamente aquellas amistades, y cuando las leyes raciales de 1933 expulsaron a los judíos de sus cátedras, había dejado de verlos y no había vuelto a saber de ellos.

No, no lo habían convocado por ningún asunto de judíos, razonó. Entonces, ¿por qué? No tenía edad de ir a la guerra, ni sus conocimientos podían emplearse con fines bélicos. Era un buen alemán. El número de sus alumnos se había reducido drásticamente porque la mayoría estaba en la guerra, pero, aun así, él y otros compañeros entusiastas mantenían la universidad abierta a la espera de tiempos mejores. Además, por la tarde dedicaba tres horas al servicio civil de antiaéreos. El Estado no podía estar descontento con su comportamiento.

El coche enfiló la Wilhelm-Strasse, dobló la esquina de la Prinz-Albrecht y se detuvo junto al número nueve. La bandera de la cruz gamada ondeaba sobre la recargada fachada del antiguo hotel Palais, reconvertido en central de las SS. El profesor Hesse había conocido el edificio en sus tiempos de hotel, a veces en su magnífico salón se celebraban los banquetes universitarios. Al subir la masiva escalera de granito, que sustituía a la antigua *art nouveau* diseñada por Schinkel, sintió que la aprensión volvía a atenazarle la boca del estómago. Los escoltas dieron su nombre y un secretario con aspecto ratonil lo condujo directamente al despacho del *Reichsführer*.

—¿Cómo van las cosas por Potsdam, Herr profesor? —preguntó el secretario amablemente, mientras atravesaban dos antecámaras llenas de taquígrafas, mecanógrafas y telefonistas en plena actividad.

—Bien, bien... mucho trabajo —murmuró Hesse.

Llegaron ante la puerta grande y oscura del despacho. El secretario se tiró de los faldones de la guerrera, llamó dos veces con los nudillos y abrió.

—Pase, Herr profesor —ordenó.

Himmler, que estaba junto al enorme mapa de Europa que ocupaba todo el testero frontal, recibió al profesor con una sonrisa amable. Respondió mecánicamente a su ensayado saludo nazi y después de estrecharle la mano le ofreció asiento en un sofá, junto a la ventana.

—Lamento haberlo arrancado de sus ocupaciones tan intempestivamente —comenzó. El profesor esbozó una amable protesta—. Lo he llamado para hacerle una consulta de índole arqueológica. —Hesse respiró, aliviado—. ¿Sabe qué son los *tabotat*, Herr profesor?

El académico hizo memoria.

—Creo que sí, Herr *Reichsführer*, creo que son unos objetos mágicos que en las iglesias etíopes representan a las Tablas de la Ley del Arca de la Alianza.

—Veo que está usted versado en estudios orientales —sonrió Himmler con agrado—. El Reich está interesado en rescatar los *tabotat* originales, los verdaderos, que están enterrados en un cementerio cartaginés en las afueras de Túnez.

—¿Un cementerio cartaginés? —murmuró Hesse, descorazonado—. Herr *Reichsführer*, en las afueras de Túnez se extiende la antigua Cartago. Es una zona arqueológicamente compleja. Tendría que consultar bibliografía para determinar el estado de la investigación en este momento, pero puedo asegurarle que existen varias necrópolis en esa zona y desde luego no se han descubierto todas las que hubo.

Himmler torció el gesto.

—Ustedes lo complican todo... Es un cementerio cercano al mar. Un fraile templario fugitivo de Francia, un tal Roger de Beaufort, se construyó allí una especie de ermita en una isla adyacente, la llamada isla Redonda, y pasó el resto de su vida, hasta su muerte, en 1327, vigilando su tesoro y esperando el regreso de los templarios.

El semblante de Hesse se iluminó.

—Eso lo explica todo, Herr *Reichsführer.* La isla Redonda de la que me habla debe de ser el antiguo puerto militar cartaginés y el cementerio pagano es, sin duda, el *tofet*, que está a doscientos metros de la isla Redonda. Usted me está hablando del *tofet* de Cartago, un cementerio único.

—¿El *tofet*?

—Es el cementerio donde los cartagineses sepultaban los restos de los niños sacrificados a Baal Hammon, el dios fenicio. Cuando la patria atravesaba dificultades, los fenicios, comenzando por las familias más poderosas, que debían dar ejemplo, le inmolaban sus primogénitos a Baal Hammon, el dios de la guerra, para que favoreciera los asuntos de la comunidad.

—Una costumbre cruel, propia de semitas *untermensch* (infrahumanos).

El profesor hizo un gesto de disculpa.

—Entonces, ese cementerio, ¿es conocido?

—Sí, Herr *Reichsführer*. Se descubrió hace unos veinte años y desde entonces lo han excavado los franceses y los americanos.

—¿Los americanos? —se alarmó Himmler.

—La Comisión Norteafricana del Comité de Trabajos Históricos y Científicos. Uno de sus miembros, Icard, señaló los cuatro niveles que se observan en el yacimiento. Después el equipo francoamericano del conde de Prorock las ha reducido a tres períodos, denominados Tanit uno, dos y tres.

—Ahórrese los tecnicismos, profesor. Lo que yo quiero saber es si será muy difícil buscar un enterramiento en ese cementerio.

—Herr *Reichsführer*, se trata de una necrópolis con cientos de enterramientos, miles, quizá. Los niños sacrificados se quemaban, sus cenizas se guardaban en una vasija que se enterraba y encima se colocaba una piedra labrada e inscrita. El cementerio ocupa al menos una hectárea de terreno y el nivel de los enterramientos llega a más de cinco metros de profundidad. Excavar sistemáticamente una hectárea para dar con dos piedras del tamaño de un ladrillo será como buscar una aguja en un pajar.

—Tiene usted el pajar y sabemos que contiene esas dos agujas. Encuéntrelas. Contrate a cientos de nativos, miles si es necesario, y encuentre esos *tabotat* cuanto antes.

El profesor Hesse sacudió la cabeza. Lo abrumaba la responsabilidad. Himmler acudió en su ayuda.

—El enterramiento que buscamos es el de un hombre que fue sepultado entero, sin quemar, uno de nuestros héroes nacionales, el caballero teutónico Lotario de Voss. Querido profesor: está en su mano recuperar sus restos para el Reich.

Hesse estaba desolado. Era un hombre acomodaticio

que prefería quedarse en su casita de Potsdam, cuidando el jardín por las tardes, a las incomodidades de una excavación en zona de guerra. Y sobre todo, sabía que se jugaba su carrera y su futuro. ¿Qué sería de él si no encontraba el esqueleto y la reliquia que lo acompañaba?

—Un enterramiento convencional simplifica algo las cosas —admitió—, pues será fácilmente identificable, pero si no tenemos más datos habrá que excavar mucho antes de dar con esos restos. Por otra parte, mi equipo de colaboradores... —objetó—. Hace cinco años que no excavamos en Oriente. Muchos están en servicio de armas, algunos han muerto.

—Deje en paz a los muertos y haga una lista de los que están sirviendo a la patria —dijo Himmler—. Se reunirán inmediatamente con usted en Túnez, cuente con ello. Este asunto tiene prioridad absoluta. Las excavaciones deben comenzar antes de una semana.

No era necesario que el ministro explicara las razones de tanta precipitación. Había que encontrar la reliquia antes de que los condenados angloamericanos expulsaran a los alemanes de Túnez. Después de las derrotas del último año, el Afrika Korps se batía en retirada. El tiempo apremiaba.

El ministro Himmler miró a Hesse.

—Regrese a su departamento y prepare lo necesario para una larga ausencia. Mi secretario Flurbëck le explicará los detalles.

—Pero, Herr *Reichsführer*, así, de sopetón... mi cátedra.

—Quedará en manos del colaborador que designe hasta su regreso. Encuentre esos huesos y la reliquia que los acompaña y el Führer se lo recompensará debidamente. Es de interés vital para Alemania que encontremos esos, ¿cómo se dice, Hesse?

—*Tabotat*, Herr *Reichsführer*.

Le estrechó la mano y lo despidió. El profesor Hesse no olvidó cuadrarse con taconazo prusiano al llegar a la puerta, disparar el brazo derecho con la mano extendida en un ángulo de cuarenta y cinco grados y gritar: ¡*Heil* Hitler! El *Reichsführer* devolvió el saludo nazi desganadamente. Debía repetirlo más de cien veces al día para corresponder a otros tantos imbéciles.

El secretario Flurbëck había preparado una detallada minuta de viaje.

—Saldrá dentro de dos días del aeródromo de Tempelholf —explicó—. Primero volará a Trapani, en el sur de Italia, y desde allí a Túnez; se alojarán en el hotel Majestic. Vaya ahora al despacho del teniente Bleimberg y díctele a la secretaria una lista del equipo necesario. Sin límite alguno. Está previsto que los transporte a Túnez un Ju-52, pero si su bodega de carga es insuficiente la alojaremos en uno de los He-111 con base en Nápoles. Éste es su nombramiento de director de las excavaciones del Instituto Arqueológico Alemán en Túnez con plenos poderes para remover la tierra donde le venga en gana. El comandante Walter Barenthin pondrá a sus órdenes las tropas de ingenieros y los medios que estime necesarios. Su investigación tiene prioridad absoluta.

9

Mozhaisk, Rusia, 10 de enero de 1943

Caía la noche rusa, fría y oscura. En la línea del horizonte, el leve resplandor anaranjado de la artillería señalaba la dirección de la batalla. En la lejanía, las explosiones se percibían como una tormenta remota.

—¿Qué pasa? —preguntó Von Kessler, encogiendo los hombros, al cabo que manejaba la radio. Dentro del carro de combate no se oía nada a causa del fragor del motor.

El cabo se apretaba los auriculares contra las orejas y escuchaba atentamente con la boca entreabierta.

—Uno de los tanques delanteros se ha hundido en un fangal, *Obersturmführer*. El mando ordena que nos detengamos hasta que amanezca.

—Alto, entonces —ordenó Von Kessler presionándole el hombro al conductor, que frenó la mole acorazada y apagó el motor.

—Pasaremos aquí la noche.

Algunos tanquistas se instalaron en las cabañas de la aldea abandonada, para dormir tendidos, pero el teniente Von Kessler jamás vulneraba las ordenanzas. Él y su tripulación dormirían en su ataúd de acero sin desviarse un centímetro del lugar donde había recibido la orden de detenerse. Von Kessler tenía su manera de ver las cosas. Disciplina, disciplina y dureza de acero Krupp. Eso es fundamental para un ejército, especialmente si es un ejército en derrota. El *Obersturmführer* Von Kessler ordenó apagar la luz y guardar silencio. Los cinco tripulantes del Panther se durmieron profundamente con el leve resplandor rojizo de la estufa eléctrica, que apenas caldeaba los dos metros cuadrados del habitáculo de acero.

Fue una noche breve. Antes de amanecer, a la débil claridad del alba, un camión traqueteante se aproximó. Cuando el artillero abrió la escotilla lateral, por la que penetró el aire helado y limpio de la estepa, anunció:

—¡Ha llegado Papá Noel con el carbón!

El camión reculó hasta tocar la cubierta del blindado, su mecánico saltó ágilmente de la cabina y abatió la portezuela trasera. El conductor tiró de la manguera que el chófer le tendía y la introdujo en la boca del depósito. En silencio, comenzó a bombear un bidón de gasolina de quinientos litros, que el monstruo de acero consumiría en un par de horas. Se acordó de su familia, que afrontaba el invierno sin calefacción, refugiada en una buhardilla de Hamburgo.

El *Obersturmführer* Von Kessler ayudó a sus hombres a almacenar cuatro docenas de granadas S en las entrañas del tanque. Después se encaramó en la torre y vigiló el horizonte con los prismáticos que llevaba al cuello. Amanecía rápidamente.

—Rutina de inicio —ordenó—: Plank, comprueba el depósito de las ametralladoras; Kurt, la óptica.

—A la orden, *Obersturmführer.*

Born, el conductor, giró la llave de contacto antes de recibir la orden. Había que caldear el motor durante unos minutos para que el aceite congelado fluyera. De lo contrario, las piezas se craquelarían en cuanto reanudaran la marcha.

Rugió el enorme motor, giraron las ruedas en sus engranajes, chirriaron las orugas al resbalar sobre la tierra helada y la mole de acero se puso en movimiento. Atravesaron el descampado de la marisma y se aproximaron a la aldea. Las chozas de madera temblaban al paso de los monstruos metálicos y la hierba seca, mal sujeta, que tapizaba los tejados se desprendía en manojos por efecto de la intensa vibración. Mediaba febrero, la ofensiva de verano había fracasado, a cien kilómetros de Moscú, su inalcanzable objetivo. Ahora los alemanes se limitaban a mantener sus posiciones amenazadas, pero los soviéticos no se concedían un respiro ni en lo crudo del invierno. El Panther de Von Kessler era uno de los cuatrocientos veinte blindados de las tres divisiones *SS Das Reich*, a las que el

Führer había encomendado la misión de romper la tenaza rusa que amenazaba el nudo de comunicaciones de Vladivostock. A un lado estaba el Noveno Cuerpo de Caballería Soviético; al otro, la 122.ª División Blindada de la Guardia Roja. Von Kessler operaba en el tercer sector alemán, especialmente difícil, con pequeñas y onduladas colinas salpicadas de aldeas y alquerías, con multitud de obstáculos y de traidoras desenfiladas que parecían a propósito para camuflar tanques y tender trampas mortales. En alguna parte del horizonte aguardaba la 32 División de Fusileros siberianos con sus nuevos tanques T-34. Los cañones antitanque alemanes eran inoperantes contra ese blindaje, como ya les habían advertido. Para destruirlos tenían que colocarles cargas explosivas en la parte inferior, menos protegida, pero ya hacía tiempo que los candidatos a la Cruz de Hierro habían conseguido sus cruces de madera. Ahora los supervivientes de las campañas triunfales preferían conservar la piel y les dejaban el trabajo sucio a los tanques.

Von Kessler conocía el procedimiento: aproximarse para dispararles de cerca, exponiéndose aún más al fuego de sus mortíferos cañones. Una cuestión de suerte, más que de puntería o de rapidez. El blindado lanzado a toda velocidad está casi ciego. A pesar de los seis periscopios, sus tripulantes sólo divisan un segmento limitado del campo. Mientras apuntan un blanco distante ignoran que otro tanque enemigo, mucho más próximo, los está apuntando a ellos. En un momento todo ha terminado, un estampido que no oyen, una luz cegadora que no ven y están muertos.

—¿Qué pueblo es aquél?

—No sé. —Von Kessler consultó el mapa plegado sobre su muslo—. Debe de ser Mozhaisk.

Los carros cubiertos de barro. En cada parada había que raspar las cruces y letras identificativas para evitar que el fuego amigo los confundiera con tanques rusos. Avanzaron con cuidado por la senda embarrada, aplastando cadáveres militares y civiles, algunos recientes, hinchados de gases, que despedían a gran distancia un olor dulzón nauseabundo; otros estaban momificados, muertos meses atrás. Hombres, mujeres, niños, ancianos; también caballos, vacas, mulas, perros. Carne abierta, intestinos desparramados, huesos calcinados, las víctimas de la guerra.

—¡Trineos de Iván! —dice la voz tranquila del operador.

Suena fuera el pitido estridente que avisa del zafarrancho de combate. Chascan las portezuelas y escotillas al cerrarse con violencia. En el interior del carro, ahora oscuro, se enciende una lámpara roja con la letra F. Carro preparado. El conductor pega los ojos a la mirilla de goma. Von Kessler, de pie, detrás de él, reconoce el campo desde el periscopio de la torreta.

—Veinte a la izquierda —ordena—, por entre los dos árboles.

El radiotelegrafista, aferrado a los auriculares, grita:

—Orden de la división: avanzar sobre la aldea y ocupar ferrocarril al Este.

Van flanqueados por otros dos carros, que en la luz indecisa de la aurora parecen dos sombras. A cuatro kilómetros de distancia descubren otras sombras, como un rebaño de búfalos tranquilos que avanza lentamente en busca del herbazal.

—¿Ves aquéllos?

—Los veo.

—¿Qué te parecen?

—Pueden ser T-34 o pueden ser *panzer* nuestros.

—Con esta luz no podemos hacer nada —dice Von Kessler—. Esperemos a ver quién comienza el baile.

—¿Qué tenéis?

—Parecen treinta trineos de Iván.

El artillero se aplica con el telémetro. Una sucesión de cifras iluminadas sobre el fondo turbio del amanecer.

Algunos no verán, no veremos, la noche, o quizá nacer el día —piensa Von Kessler, pero inmediatamente se avergüenza de su pensamiento—. ¿Qué te pasa?, se recrimina.

El *Obersturmführer* no pensaba antes tanto en la muerte. Simplemente actuaba, con precisión de autómata. Tenía razón Von Moltke: el pensamiento rebaja al soldado, el soldado sólo debe acatar la orden y actuar.

Se acercaron con precaución, primero un grupo de carros, después el otro. Salen del resguardo de una colina que los ocultó momentáneamente. Al remontarla, descubren que también los rusos se han aproximado.

—¡Están aquí! —resuena la voz de Von Kessler por el interfono—. ¡Fuego!

Una algarabía infernal sucede al silencio radiofónico.

—¡Aquí Pluma de ciervo; aquí Pluma de ciervo!

—¡Aquí Cerda de ansar, orden de regresar inmediatamente al punto nueve; repito, al punto nueve! Caminos siete y dos cerrados. Desconectad la radio.

—¡Al punto nueve, ahora! —ordena Von Kessler.

Demasiado tarde. Los proyectiles aúllan, estallan, saltan los blindados, las chapas se arrugan como mantequilla, el pueblo arde.

De pronto, una conmoción, el sonido ensordecedor de un impacto directo en la coraza y la certeza de la muerte en una décima de segundo, encerrado en un ataúd de acero estofado con aceite, gasolina e inestables explosivos.

Una llamarada invade la carcasa, el carro gira pesadamente hacia la derecha.

—¡Tocados! ¡Hemos perdido una oruga! —aúlla el conductor.

El artillero ha muerto, la frente convertida en un amasijo de hueso y sesos contra la cureña del cañón. El radiotelegrafista gime mortalmente herido en su recoveco.

Ha perdido el carro de combate. Por vez primera en tres años, el condecorado *Obersturmführer* Von Kessler pierde un carro. Hay que salir antes de que prenda la gasolina y el tanque se convierta en una tea de metal al rojo vivo. El conductor ha abierto la escotilla del suelo. Sacan al radiotelegrafista, que ha perdido el conocimiento, y se deslizan detrás. Sobre la nieve sucia, el uniforme negro los delata. Arrastrándose, se alejan del carro que comienza a arder e intentan alcanzar las ruinas de una cabaña. Von Kessler empuja la puerta, que sólo cuelga por uno de sus goznes. Cede el tablero tensando una cuerda de piano. Un segundo antes de la explosión, Von Kessler advierte, desencantado, que acaba de accionar una trampa de los partisanos, un obús o un mortero sin estallar. Estamos muertos, piensa.

10

Berlín, 9 de agosto de 1942

El Daimler negro giró bruscamente en el cruce de la Bergmanstrasse con la Zossenerstrasse obligando a frenar al tranvía de la línea 22. El tranviario masculló una maldición y levantó la mano para amenazar al conductor imprudente pero se contuvo, helado, a medio camino, cuando sus ojos se cruzaron con la mirada fría de uno de los ocupantes del vehículo que lucía en la solapa una gran insignia del partido. El Daimler negro que había realizado la arriesgada maniobra torció por la Kirchestrasse, se arrimó a la acera frente a la casa número dos y se detuvo.

En el tranvía, el cobrador le puso una mano en el hombro al conductor, que seguía la trayectoria del Daimler por el retrovisor.

—Uno de los pasajeros ha tomado la matrícula.

—¡Olvídate! Son de la Gestapo.

—No he dicho nada —masculló el cobrador—. Con ésos es mejor no enfadarse.

Zumel Gerlem estaba afeitándose en el amplio cuarto de baño de Bergmanstrasse, 3, cuando escuchó el chirrido del tranvía al frenar. Tuvo una premonición y se asomó a la calle. No era nada. Un Daimler negro había realizado una maniobra imprudente. Se apartó de la ventana y regresó al lavabo para continuar su rutina.

Llevaba dos años fingiendo, intentando probarse que no tenía miedo, como si con su capacidad de autosugestión pudiese conjurar los peligros. En esos dos años habían ocurrido demasiadas cosas. La guerra había comenzado a ir mal para Alemania y los judíos habían ido desapareciendo de su entorno. A menudo recordaba al primo Moshe, a Berstein y a Block, sus compañeros de universidad, que emigraron a Inglaterra y a Estados Unidos antes de que las cosas se pusieran verdaderamente feas. Él, no. Él disfrutaba de una posición holgada. Su familia era rica, tenía acciones en distintas empresas, no tenía nada que temer. En febrero de 1933, los nazis, recién llegados al poder, expulsaron a los funcionarios judíos de ayuntamientos, juzgados y universidades, pero él se las arregló para continuar en su cátedra de Filosofía en Berlín, gracias a los buenos oficios de tío Peter, la oveja negra de la familia, el artista, que era amigo de Frau Goebbels, de la época en que la respetable matrona nazi intentaba triunfar como actriz de teatro. Frau Goebbels, a pesar de su encumbramiento como esposa del todopoderoso ministro de Propaganda, nunca olvidaba a sus viejos amigos, y extendía su eficaz sombrilla protectora por encima de la cabeza de aquel sobrino de Peter, un joven encantador, aunque algo extraño, que había consagrado su vida al estudio de las antiguas religiones, de las sectas cabalísticas medievales y de los templarios. Gracias a la protección de Frau Goebbels, Zumel Gerlem había escapado indemne de la ruina de la judería alemana e incluso se había librado de las leyes restrictivas contra la economía de los judíos, cuando un oportuno aviso le permitió transferir a un banco suizo casi todos los ahorros de la familia. Había perdido la ciudadanía en 1935, con las leyes de Nuremberg, pero le permitían circular por Berlín y su territorio gracias al pasaporte judío. Había dejado de ir a la sinagoga, casi con alivio, después de que fuera destruida y clausurada el 10 de noviembre de 1938, en la Noche de los Cristales Rotos. En 1941, cuando otra ley del Reich envió a las fábricas de munición a los niños judíos de más de doce años, una oportuna nota de Frau Goebbels consiguió que su hijo David residiera con unos jubilados de la universidad, antiguos amigos de la familia, en el cercano pueblo de Kopecnick, a salvo de los bombardeos aliados. David era un chico rubio y avispado, de aspecto ario, y como usaba el apellido de la madre, Ulberg, nadie lo identificaba con los judíos. Al principio parecía que todo aquello de las leyes raciales y de la persecución sólo afectaría a los judíos pobres, no a los que gozaban de sólida posición en el mundo académico. Después de todo, Alemania respetaba la cultura y admiraba la ciencia.

En estos pensamientos se abismaba Zumel Gerlem cuando el estridente sonido de un timbre lo sobresaltó.

Toda su falsa seguridad se vino abajo cuando a los timbrazos se sumaron furiosas patadas en la puerta.

Acudió a abrir tal como estaba, en pijama y camiseta. En el rellano de la escalera había cuatro hombres vestidos de negro que lo empujaron expeditivamente. El que parecía jefe le mostró las credenciales de la Gestapo mientras los otros invadían el piso.

—Policía estatal. ¿Es usted Zumel Gerlem?

—Sí, ¿qué ocurre?

—Queda usted detenido por actividades contrarias al Reich.

—Debe de tratarse de un error —acertó a balbucir—. ¿Me permite que haga una llamada telefónica?

—¿Cómo no?

Zumel se dirigió a su gabinete, donde uno de los energúmenos desparramaba sus fichas y archivadores por el suelo. Buscaba algo que no era papel. Se situó detrás del escritorio y levantó el teléfono. Bajo la tapa de cristal tenía una tarjeta con dos números de emergencia, el de tío Peter y, sólo para un caso de auténtico apuro, el de la secretaria de Frau Goebbels, identificado solamente con la abreviatura *Frau G.*

Marcaba el número del tío Peter cuando el tipo de la Gestapo arrancó el cable de un tirón.

—Parece que comunica, ¿no? Estos días, con los bombardeos enemigos guiados por traidores judíos, hasta los teléfonos dejan de funcionar.

Zumel iba a protestar por aquel atropello, pero recibió un puñetazo en la cara.

Prefirió guardar silencio. Se sentó en su sillón, en medio de la casa devastada por los bárbaros y pensó que, en el fondo de su corazón, siempre había sabido que esto llegaría algún día, pero su cobardía había ido aplazando la acción de un día para otro. Recordó al primo Moshe, a

Berstein y a Block, que le habían insistido para que abandonara el país. Recordó a David. Menos mal que estaba a salvo. Quizá cuando pasaran todas estas calamidades impuestas por la guerra se podría reunir con él.

Le permitieron coger una maleta pequeña con un par de mudas, algunos artículos de aseo y el abrigo.

—¿Puedo llevar un par de libros?

—A donde vas no se permite leer.

—¿Adónde voy?

—Ya lo sabrás.

Al bajar la escalera notó que todas las mirillas estaban abiertas; los vecinos, seguramente en pijama, espiaban detrás de las puertas, pero ninguno abrió para despedirlo, y mucho menos para interceder por él.

En la calle lo esperaba el Daimler negro. Lo sentaron en el asiento de atrás, entre dos gorilas. Uno de ellos le propinó un doloroso codazo en las costillas para que se apartara.

—¿Adónde vamos?

No le respondieron. Al rato descubrió que no iban a la prefectura de la Gestapo, sino a la estación Anhalter.

Uno de los andenes de la terminal del ejército estaba invadido de tropas de las SS que vigilaban el embarque de cientos de hombres y mujeres en vagones de ganado. Zumel no había imaginado que en 1942 quedaran tantos judíos en Berlín.

Un oficial buscó su nombre en una lista y le hizo una señal al margen.

—Puede embarcar.

Intentó razonar con el oficial, pero éste hizo un gesto de fastidio y uno de los soldados SS que lo acompañaban lo empujó con la culata del fusil.

Los de la Gestapo permanecieron en el andén hasta que vieron a su detenido a bordo. El que mandaba el grupo levantó la mano para despedirlo, con una sonrisa irónica e incluso hizo la señal de la manivela telefónica, que en las despedidas de las estaciones significa llámame cuando llegues.

El vagón estaba atestado. Los toscos bancos de madera no eran suficientes, los deportados más jóvenes viajaban de pie. El suelo, cubierto de paja, olía a orines y a desinfectante. Una anciana vomitaba en un rincón, mientras su marido la cubría con un abrigo para procurarle cierta intimidad.

Una muchacha, con los ojos hinchados de llorar, se apartó un poco para hacerle sitio. He ingresado en la compañía de los ancianos, pensó Zumel sin ironía. Solamente tenía cincuenta y siete años, pero quizá había envejecido diez o doce en los últimos meses y otro tanto en la última hora. El miedo envejece mucho.

Acomodó su maleta debajo del asiento, esta vez sin temor a que se ensuciara, una maleta de cuero inglés casi tapizada con las etiquetas de los mejores hoteles de Europa.

—¿Adónde nos llevan? —preguntó una dama de modales distinguidos desde el extremo del banco.

Un antiguo soldador, arrancado de su fábrica donde cubría un puesto esencial para la industria de la guerra, se encogió de hombros.

—Al lugar al que llevan a todos los judíos de Alemania.

—¿Adónde?

—A campos de trabajo en el Este. Nos tendrán allí trabajando hasta que termine la guerra y luego nos expulsarán al extranjero.

—¿Adónde?

—¡Y yo qué sé! A Palestina, a Madagascar...

—Yo tengo unos primos en Palestina —observó uno de los viajeros, casi risueño—. Tienen una panadería.

—Y yo tengo familia en Nueva York, en Brooklyn. Debí haberme ido con ellos hace años cuando me lo propusieron. No sé por qué me quedé en Berlín.

En el andén despejado sólo quedaban soldados y oficiales de las SS. Un oficial levantó una banderola, otro aulló una orden que fue al punto repetida por media docena de sargentos. Los soldados se apresuraron a correr las puertas de los vagones, que se cerraron con un chasquido siniestro. Los oficiales responsables asistieron al sellado de cada vagón, con candados de seguridad cuyas llaves se entregaron al jefe de la expedición.

—Yo sí sé por qué nos quedamos aquí —dijo Zumel, sorprendiéndose de oír su propia voz—. Porque somos alemanes, porque Berlín es nuestro hogar, porque amamos esta tierra.

El oficial del andén aulló otra orden. El tren se estremeció y comenzó a moverse lentamente.

11

Túnez, África, 3 de mayo de 1943

El equipo estaba compuesto por ochenta nativos, veinte soldados de vigilancia cedidos por el alto mando a instancias de Himmler y siete arqueólogos reclutados entre los componentes del equipo del profesor Hesse que habían sobrevivido a la guerra.

Durante los primeros quince días habían excavado sobre las huellas de Eusebe Vassel y Charles Saumaque, siguiendo el diario de excavación de 1923, que les había remitido la prefectura alemana de París, desde el Instituto Arqueológico Francés, pero poco después descubrieron en el mismo archivo de París una copia del informe del equipo francoamericano de 1923 y una anotación del puño y letra de Francis Kelsey de la Universidad de Michigan hablaba de tierra removida en forma de pozo que atravesaba los niveles Tanit III y Tanit II y parecía prolongarse hasta la profundidad de Tanit I. Los americanos no habían alcanzado el fondo del pozo cuando las excavaciones se interrumpieron en 1927.

El equipo del profesor Hesse trabajaba desde el amanecer y no paraba hasta la caída de la tarde. Entonces regresaban al hotel Majestic en un autobús requisado por la Gestapo y, después de ducharse, se vestían con ropas civiles para cenar en el restaurante del propio hotel o a cualquiera de los restaurantes de pescado alineados en la muralla española. En la sobremesa comentaban las incidencias del día y regresaban pronto al hotel, porque tenían que madrugar. La excavación de urgencia les dejaba poco tiempo para pensar en la guerra, aunque la guerra estaba siempre presente. En abril de 1943 la ofensiva inglesa se acercaba a Túnez, por lo que excavaban a contrarreloj. A finales de mes los aliados estaban tan cerca que se oía el rumor lejano de las bombas y a veces el horizonte se iluminaba con las tormentas artilleras. Nuevos contingentes de ingenieros llegaron a Túnez para minar la carretera de Bizerta.

—Creo que vamos a concentrar nuestros esfuerzos tras las huellas del equipo Chelsey de la Universidad de Michigan —anunció Hesse.

—¿Por qué, Herr profesor?

—En su anuario habla de un pozo. Es exactamente el tipo de enterramiento que harían los que sepultaron a Lotario de Voss en 1308. Debe de estar en la cuadrícula B, 12, pero para cerciorarnos vamos a levantar también las nueve cuadrículas adyacentes.

El 3 de mayo, Hesse estaba íntimamente convencido

de que los aliados se les echarían encima antes de encontrar lo que estaban buscando. A las diez de la mañana, uno de los nativos que excavaba junto a la estructura romana del este dio la alarma:

—¡Huesos! ¡Aquí hay huesos!

Hesse acudió inmediatamente.

Los excavadores habían descubierto un amasijo de estelas sepulcrales dispuestas en dos filas casi paralelas, lo que podría responder a un primitivo emplazamiento en forma de tejadillo que se hubiera hundido con el tiempo. Al levantar una de las estelas había aparecido lo que parecía la cabeza de un fémur humano.

El profesor Hesse no perdió el tiempo.

—Fotografíen la disposición de estas estelas y retírenlas inmediatamente —ordenó.

—¿Las numero, profesor? —preguntó uno de los arqueólogos.

—Está bien, pero no pierda más de un minuto. Luego retírelas.

Un momento después el terreno estaba despejado y los arqueólogos habían reemplazado a los obreros árabes en la excavación de la tumba. Bajo las cucharas y las brochas fueron apareciendo el pubis, el cráneo, las costillas y las vértebras de un esqueleto de aventajada estatura.

—Que no se pierda un hueso, tengan especial cuidado con los de la mano derecha.

El fotógrafo andaba de un lado a otro tomando instantáneas a medida que avanzaba la excavación.

En la mano derecha del difunto sólo había dos hileras de huesecillos, algunos de los cuales presentaban una malformación.

—¡Ésta es la amputación de Lotario de Voss! —exclamó Hesse, triunfante—. ¡Hemos encontrado lo que buscábamos!

Y retiró aquellos huesos cuidadosamente, uno por uno, y los fue colocando en un estuche.

—¡Profesor, aquí hay algo!

Bajo el barrido de una escobilla aparecía una protuberancia que resultó ser una bolsa de cuero medio podrida que contenía una especie de amasijo de carbón húmedo. El profesor Hesse se hizo cargo personalmente del hallazgo, arañó delicadamente con un bisturí a través de la masa bituminosa.

—Es una especie de alquitrán que envuelve un cuerpo duro. Páseme la cuchara, Bergen.

El profesor excavó alrededor del objeto. Los demás lo rodeaban incorporados a medias.

El objeto tenía forma cuadrada. Apartó ligeramente el polvo aceitoso que lo cubría y descubrió que no era un objeto sino dos. Dos objetos duros, fusiformes, que a través de la suciedad acumulada parecían ser de piedra negra o de alguna madera dura. La superficie toscamente pulida estaba recorrida por extraños signos.

—¡Son los *tabotat*! —exclamó Hesse con los ojos arrasados de lágrimas—. Hemos encontrado la reliquia más preciosa de la antigüedad. ¡Caballeros, el Reich los recompensará por esto! Han colaborado en el hallazgo arqueológico más importante de todos los tiempos.

Hesse pensaba sobre todo en su propia recompensa. Quizá el propio Führer lo recibiría en la cancillería, quizá lo condecoraría por su contribución a la ciencia, por haber excavado la tumba de un héroe de la raza aria sin miedo a las balas, en el epicentro del campo de batalla. ¿Acaso no zumbaban los obuses británicos a escasos kilómetros de distancia? Sacudió la cabeza y regresó a la realidad.

Cuando los extrajeron de la tierra, los *tabotat* parecían

dos larvas de algún extraño animal prehistórico brillando bajo el ardiente sol africano. El profesor los sostuvo un momento en alto, como si fuese el sacerdote de una extraña religión, y sintió que un vahído amargo le subía a la boca. De pronto lo asaltó la sospecha de que estaba desencadenando una fuerza de la naturaleza, una fuerza maligna, quizá la magia judía, pero se repuso y llamó a Bergen.

—A sus órdenes, profesor.

—Telegrafíe inmediatamente al *Reichsführer* Himmler: «Hemos encontrado la tumba de Lotario de Voss y los *tabotat*. Esperamos instrucciones. ¡*Heil* Hitler!»

12

Boppard, Alemania, 5 de mayo de 1943

Más allá de las ventanas, por encima de las copas de los abetos, el Rin se deslizaba lamiendo los viejos muros de Kamp-Bornhofen, pero en la vieja hospedería de Boppard, la ciudad imperial renana, olía a éter, a alcohol de quemar, a agua de lavanda, a formol, a sangre coagulada, a matadero, a carne fermentada. Olía a hospital.

Se oían rumores difusos, lejanos, rumores familiares, rumores de conversaciones, ruidos metálicos de instrumentos sobre bandejas de acero, de sillas de ruedas que entrechocaban suavemente, toses ahogadas, suspiros, roce de ropas almidonadas, los sonidos propios de un hospital.

Con los ojos cerrados, Von Kessler hizo memoria. Oigo y huelo. Estoy vivo todavía, pero estoy en un hospital. Si abro los ojos sabré si puedo ver.

Un techo de gasa fruncida caía sobre la cama, cobijándolo. Una luz eléctrica en una lámpara elegante. No es uno de esos sucios hospitales de campaña, sino un palacete campestre en Alemania, en Baviera quizá, requisado para hospital de sangre.

Eso quiere decir que las heridas fueron graves. No recuerdo nada.

Sólo entonces reparó en el dolor de la pierna izquierda, una quemazón lejana.

Dos voces se acercaron. Seguramente le preguntarían cómo se encontraba y le darían un poco de conversación compasiva. Volvió a cerrar los ojos y fingió que dormía.

Las dos voces examinaron al herido de la cama de al lado, un pianista de la Cámara de Viena que había perdido las dos manos en el frente del Este, después se detuvieron frente a su cama. Un roce. La enfermera que los acompañaba había apartado la gasa.

—Está sedado, coronel doctor. ¿Quiere que lo despierte?

—No, no será necesario. ¿Cómo se llama?

—¿No lo reconoce usted? Bueno, es natural, con la cara hinchada, la cabeza vendada y el ojo tapado: es el cadete de las SS que sirvió de modelo para los carteles del atleta ario en la olimpiada de Berlín, hace siete años.

—¡Caramba, así que tenemos aquí a una celebridad! —comenta el médico con acento cínico.

—Nos hemos procurado una copia de su hoja de servicios —dice el enfermero jefe. Consulta sus apuntes.

—Otto Von Kessler. Nacido en Breslau en 1913. Un héroe de la patria. —El herido creyó advertir un punto de sorna en las palabras de aquel tipo, sin duda un cobarde que nunca había estado en el frente—. Comenzó la guerra con la División *SS-standarte Germania*. Campañas de Polonia, Holanda y Francia. Condecorado con la Cruz de

Hierro por su actuación en el paso del Bethune. —Te equivocas, querido amigo, el Bethune es una ciudad; el río se llamaba Pierre. Los franceses habían volado los puentes y les arrebaté el único que habían dejado intacto para retirar a sus tropas. Éramos jóvenes guerreros y no había fuerza capaz de detenernos. Capturamos a unas docenas de soldados negros de las colonias y los fusilamos contra las tapias de la fábrica de lámparas—... en 1940 lo transfirieron a la División *Das Reich*. Campaña de Yugoslavia y campaña de Rusia. Destacada actuación en la defensa del saliente de Yelnya, su carro de combate destruyó a seis carros rusos en un solo día. Participó en el asalto de Moscú, en la toma de Gshastsk, donde fue citado dos veces en el orden del día y nuevamente condecorado.

—Todo un héroe —comenta la voz cínica del coronel médico—. Y ahora dígame, ¿qué le duele?

—Una carga antitanque le amputó una pierna, una mano y le arrancó media mandíbula —informa el enfermero jefe de sala—. También ha perdido el ojo derecho.

13

Castillo de Wewelsburg, Alemania

Himmler extrajo un manojo de llaves del bolsillo del pantalón de montar y abrió la alta puerta de roble.

La cripta del Santuario de los Arios era una gran sala circular bajo la torre mayor del castillo. Sus muros, de lajas de pizarra, formaban una ojiva de quince metros de altura cerrada por una enorme clave de granito con la cruz gamada. La sala circular estaba jalonada por trece pedestales desnudos destinados a albergar las reliquias sagradas de la nueva religión aria. En el centro de la sala había una enorme mesa octogonal de granito con ocho sillones góticos alrededor, el de la presidencia mayor que los otros y rematado por una águila nazi que sostenía entre sus garras la esvástica y las runas SS.

Había una caja lacada sobre la mesa.

—Los *tabotat* —dijo Himmler—. Tenga la bondad de examinarlos, profesor Ulstein.

Ulstein abrió la caja y apartó el paño de terciopelo. Había dos compartimentos forrados de terciopelo negro, ocupados por sendos objetos fusiformes parecidos a hachas neolíticas de piedra. Tomó uno de ellos: estaba caliente y pesaba como si fuera de plomo. Lo examinó a la luz del ventanal gótico. Una maraña de líneas que se entrecruzaban recorría la superficie pulimentada, pero era difícil distinguirlas de los meros arañazos causados por el tiempo a lo largo de milenios de agitada historia.

—No hemos adelantado nada, después de tanto esfuerzo y de tanto gasto —dijo Himmler sin disimular su malhumor—. Tenemos en nuestras manos el componente esencial del Arca de la Alianza, tenemos el fundamento del poder que permitió a una tribu de judíos desharrapados y cobardes derrotar a los pueblos arios de Canaán asentados en ricas ciudades, tenemos en nuestras manos el dominio del mundo y, sin embargo, no sabemos hacer que esas piedras funcionen. Las han examinado eruditos de la *Ahnenerbe* capaces de descifrar las runas más enrevesadas, pero ninguno de ellos es capaz de descifrar esas piedras judías.

Ulstein sintió que la piedra aumentaba de temperatura y le quemaba las manos, quizá fueran figuraciones suyas, quizá se dejaba sugestionar por la historia y la leyenda de aquel objeto misterioso. Con cierta desazón, la colocó en su sitio y volvió a cubrir el estuche con el paño de terciopelo.

—Ésta es una forma de escritura sagrada muy antigua, Herr *Reichsführer*, una escritura mucho más antigua que la silábica que precedió a la alfabética convencional. Esta escritura debe descifrarse partiendo de la Cábala geométrica. El Arca de la Alianza sólo funcionará si damos con el *Shem Shemaforash*.

El *Reichsführer* emitió un profundo suspiro.

—¡Otra vez ese embrollo judío! Tengo sobre la mesa de mi despacho el informe que usted mismo preparó hace meses, profesor Ulstein. En 1912, una comisión en la que figuraban rabinos judíos, representantes del Vaticano e incluso miembros de una secta templaria no logró el *Shem Shemaforash*. Los dos alemanes que formaban parte de la comisión han muerto ya. Incluso el judío alemán, ese Gerlem, ha muerto. ¿Cómo podremos conseguirlo nosotros?

—Ellos no tenían los *tabotat*, Herr *Reichsführer*. Basaron su investigación en meras especulaciones sobre un legado histórico denominado la Mesa de Salomón. Ni siquiera estamos seguros de que llegaran a descifrar el *Shem Shemaforash*. Nosotros tenemos el objeto esencial del Arca; el poder mismo.

Himmler reflexionó, las manos en actitud orante.

—La Gestapo ha capturado el archivo intacto de uno de los componentes de aquella comisión, un francés llamado Louis Plantard —prosiguió Ulstein—. Hay un informe completo sobre la inscripción del *Shem Shemaforash* que efectuó ese templario... —consultó sus apuntes—, ese Vergino en un monasterio español. Podríamos acceder fácilmente a ella.

El *Reichsführer* escuchaba atentamente.

—Este Vergino debe de ser el mismo que robó los *tabotat* en Etiopía y los ocultó en Túnez después de asesinar a Lotario de Voss —aventuró Ulstein.

—Si esa sociedad...

—La logia de los Doce Apóstoles, *Reichsführer*.

—Si buscó el Nombre Secreto en España, es razonable suponer que ésa sea la pista más fiable.

—Razonable, Herr *Reichsführer*. Los elementos que formaron los Doce Apóstoles siguen buscando las claves templarias que conducen al Nombre Secreto. Incluso han comprado las pinturas de una ermita castellana, la de San Baudelio, que guiaron a Vergino y a los templarios hacia el Arca de la Alianza. Hace trece años las arrancaron de los muros y las trasladaron a Estados Unidos.

—Hay que encontrar el modo de que el Arca funcione sin reparar en medios —dijo Himmler, golpeando débilmente la mesa con su manita infantil—. El tiempo apremia.

—Lo haremos, *Reichsführer*. Por los papeles de Plantard, conocemos el lugar exacto donde hay que buscar la inscripción. Lo malo es que está en el sur de España, en plena sierra Morena, en un paraje que llaman la Piedra del Letrero, cerca de Montizón.

—¡Que esté en España no es ningún problema! —repuso Himmler alegremente—. Mantenemos excelentes relaciones con el gobierno del general Franco. Supongamos que encontramos la Palabra. ¿Qué hacemos entonces con ella si ninguno de los científicos del *Ahnenerbe* sabe cómo funciona la maldita magia judía?

—En la Comisión de los Doce Apóstoles figuraba un rabino berlinés, un tal Moshé Gerlem, que tenía un hijo —repuso Ulstein—. Creo que este hijo ha escrito un par de libros sobre la Cábala. Hace diez años era profesor de Religiones Comparadas en la Universidad de Berlín. Es posible que él sepa cómo funciona el Arca. Si vive todavía podíamos obligarlo a trabajar para el Reich, que busque en la Piedra del Letrero esa palabra que hace funcionar el Arca. Claro, todo depende de que siga vivo y quiera colaborar.

—Si vive todavía colaborará, delo por seguro —dijo Himmler.

El *Reichsführer* Himmler cruzó la capilla dando las zancadas que le permitían sus cortas piernas enfundadas en botas de montar, y se asomó al pasillo, donde dos gigantescos centinelas SS hacían guardia.

—¡Que venga Flurbëck!

El secretario personal del *Reichsführer* compareció un minuto después.

—Localíceme inmediatamente a un tal Zumel Gerlem, un judío que fue profesor en la Universidad de Berlín hasta el decreto de incompatibilidades.

Flurbëck anotó el nombre, saludó con el brazo en alto y se dirigió a la centralita telefónica del castillo.

14

Berlín, 20 de mayo de 1943

La noche estaba despejada. Desde el aire, Berlín, oscurecido para defenderlo de la aviación aliada, era una mancha negra por la que se deslizaba una serpiente de plata, el Spree, brillante a la luz de la luna. El *Hauptsturmführer* Von Kessler dejó de mirar, con su único ojo, por la ventanilla del JU-52 y contempló el anillo que adornaba su mano izquierda: la *Totenkopfring*, la más valiosa condecoración de las SS, un anillo de plata decorado con una calavera con dos tibias cruzadas debajo y unos signos rúnicos. Aquel anillo, que sólo lucían unas decenas de hombres escogidos, reforzaba las virtudes síquicas del portador, o al menos esa creencia se inculcaba a los reclutas en las academias de las SS. La ceremonia de la imposición, aquella misma mañana, en el despacho del *Reichsführer*, en la Prinz-Albrecht Strasse, había sido breve, emotiva e íntima. No habían asistido fotógrafos. No era buena propaganda para las SS que uno de sus héroes racialmente irreprochables, el atleta ario que sirvió de modelo para los carteles de la olimpiada de Berlín y que repetidamente había aparecido en las portadas de *Signal* cuando lo condecoraban Hitler en persona, o Himmler, estuviera ahora tuerto, cojo y manco, una piltrafa humana irrecuperable.

Entre las runas del anillo, cuyo significado Von Kessler entendía sólo vagamente, había una que se parecía a una U.

—*Untermensch* —murmuró amargamente—. Un infrahombre.

—¿Decía algo, capitán? —le preguntó un coronel de artillería, con los ojos orlados de profundas ojeras, sentado a su lado.

—No, no decía nada.

El coronel se quedó mirándolo.

—¿Dónde...? —Hizo un gesto vago que abarcaba todo su cuerpo o quizá, solamente, lo que restaba de su cuerpo—. ¿Dónde ocurrió?

—En Mozhaisk, cerca de Vladivostock.

—¡Ah, el frente del Este! —murmuró el coronel con una sombra de resignación, como si aludiera a un problema insoluble. Quizá el coronel era uno de aquellos derrotistas que pensaban que la guerra se perdería en el Este. Pero, prudentemente, no dijo más. Le había echado una ojeada a la calavera de plata del uniforme de su compañero y había preferido guardar silencio y cerrar los ojos para dormir.

Von Kessler percibía un cambio sutil desde su última visita a Berlín dos años atrás. Como entonces, gran parte de la población masculina en edad militar vestía uniforme, pero ya no observaban con envidia a los guerreros de las SS. Ahora los veían con recelo. ¿Qué había cambiado? Quizá no eran más que un hatajo de derrotistas íntimamente convencidos de que la guerra estaba perdida, quizá toda Alemania sospechaba que el Reich se encaminaba hacia el desastre final, quizá el patriotismo y el honor que antaño parecían consustanciales al pueblo alemán solamente alentaban ya en los fanáticos de las SS, como él.

Von Kessler se arrellanó en su incómodo asiento e intentó dormir, sin conseguirlo. En la duermevela inició uno de aquellos monólogos obsesivos a los que se entregaba desde que salió del hospital. Tú ya has perdido la guerra. Aunque Alemania gane. Tienes treinta años. Has perdido una pierna, un brazo y un ojo, y sufres lesiones internas que se agravarán con el tiempo. La guerra te ha convertido en un *Untermensch*. Has perdido medio cuerpo; a cambio has recibido un ascenso, un anillo de hierro y la promesa de una pensión por discapacidad. No volverás a figurar en las portadas de las revistas. Has dejado de pertenecer a la raza aria superior.

No era autocompasión. Era sólo crueldad desnuda y fría como la hoja de una daga. En las academias de las SS lo habían enseñado a ser cruel consigo mismo, a distanciarse del cuerpo, a considerarlo una mera máquina, un soporte de la voluntad y del impulso. Sin embargo, muy a pesar suyo, esta percepción teórica sólo se mantenía como una cáscara vacía. En la oquedad interior habitaba el pájaro amargo del desánimo. ¿Acaso no lo habían educado también en la percepción de la belleza, de la hermosura, de la elegancia? Ahora no era un héroe de la patria. Era sólo un espantajo repulsivo que asustaba a los niños, un espectro que provocaba gestos de desagrado, cuando no de lástima, en los transeúntes que se le cruzaban por la calle. Incluso sus conocidos evitaban mirarlo a la cara, que era otra forma menos sutil de espantarse de aquella máscara espantosa que había sustituido a sus facciones.

Habían apagado las luces de la cabina. El *Hauptsturmführer* Von Kessler se volvió hacia la ventanilla como si le interesara la negrura de la noche y permitió que su único ojo llorara frente al cristal frío.

Amanecía cuando el aparato aterrizó en un aeródromo militar a las afueras de Cracovia. Un enorme Mercedes de 1932, con la matrícula de las SS, lo estaba esperando.

—¿Sabe adónde vamos? —le preguntó al conductor.

—Sí, *Hauptsturmführer*, a Auschwitz.

—Pues adelante.

El paisaje era variado, campos de trigo encharcados por las lluvias, bosquecillos de abedules, aldeas miserables instaladas en medio de lagunas cenagosas, ribazos quemados por la guerra, granjas abandonadas, caravanas de gentes miserables huyendo del hambre bajo un cielo plomizo y opresor. Cruzaron un puente de hierro oxidado sobre un Vístula turbio y crecido, se detuvieron para una comprobación militar y se internaron en una ancha llanura sin horizontes, una región húmeda, pantanosa e insalubre.

—Éste es Oswiecim —dijo el chófer al atravesar un pueblo mediano. Von Kessler sólo vio viejos y un perro famélico.

El campo de Auschwitz estaba estratégicamente situado en la confluencia de los ferrocarriles que unían el Este con el Oeste. En realidad era un vasto conjunto de campos de prisioneros. El principal, Auschwitz I, contaba con una población flotante de unos treinta mil habitantes.

—¿Qué es lo que se fabrica en ese campo de trabajo, sargento? —preguntó el pasajero.

—De todo, Herr *Hauptsturmführer*: hay talleres para procesar chatarra; de reparación de armas, de carpintería de muebles para el ejército y de componentes de fuselaje de aviones. Hay también una división textil que produce uniformes e insignias y otra alimenticia que procesa carne. Somos uno de los campos más productivos de Acción Industrial.

Pasaron frente a unas parcelas herbáceas, nítidamente cuadriculadas, con especies vegetales distintas.

—Hierbas para la medicina naturista de Herr Himmler —explicó el chófer.

Por todas partes había guardias con el uniforme gris de las Waffen SS.

El coche se detuvo junto a un antiguo edificio de piedra, en la entrada del campo. Un sargento de oficinas se apresuró a abrir la portezuela. Von Kessler le dedicó un saludo distraído:

—¿Dónde está el jefe?

—En el Crematorium III —respondió—. Es zona de acceso restringido.

—No se preocupe por mí, sargento —dijo Von Kessler—; sé lo que fabricamos detrás de esas cercas de alambre.

En ciertos niveles de las SS se sabía que Auschwitz era una fábrica de muerte. La cadena estaba ideada con eficiencia alemana: los trenes, procedentes de todo el territorio del Reich y de los países conquistados, descargaban el material humano en las terminales del propio campo. Un equipo médico seleccionaba a las personas aprovechables como mano de obra esclava de las fábricas instaladas en el complejo industrial del campo. Las que no servían —niños, enfermos o ancianos— pasaban directamente a los crematorios después de haberlos despojado de ropa, dientes de oro, gafas y cualquier otro material rentable, incluso del cabello, con el que se fabricaban componentes para submarinos y calcetines para la Marina.

Von Kessler extrajo un folio doblado en cuatro del bolsillo de su guerrera y lo sacudió en el aire para extenderlo. Todavía tenía dificultades para hacer ciertas cosas con una sola mano, aunque aprendía rápido. En el brazo mutilado le habían instalado una mano ortopédica parecida a la de los maniquíes, cuyo índice y pulgar estaban calculados para que encajasen en el cerrojo de la pistola Luger. Por lo demás, sólo servía de adorno.

—¿Ve esta firma? —Von Kessler le mostró el papel al teniente, que al instante la reconoció—. Lléveme inmediatamente ante el comandante del campo, no tengo tiempo que perder.

Cruzaron un enorme patio, con edificios administrativos por tres de sus lados. Por el cuarto, detrás de una doble barrera de alambradas con postes de cemento curvados en el extremo, se divisaba una ancha avenida en la que desembocaban las calles de barracones de los prisioneros. Cruzaron la alambrada vigilada por torres con ametralladoras y patrullas SS con perros. Salieron a un espacio restringido que daba a una nueva plaza rodeada de lo que parecía una fábrica con chimenea industrial. El olor a carne quemada se mezclaba con el de los productos químicos, formando un compuesto dulzón muy desagradable.

Afuera había tres Mercedes y una limusina Benz. Peces gordos, comprendió Von Kessler, pero, a pesar de todo, insistió en ver inmediatamente al comandante.

Heinrich Sackell, comandante del campo, est sótano de un pabellón, rodeado de un grupo de n de alta graduación y de civiles vestidos con trajes cr os y ropas caras. Von Kessler comprendió que no llegaba en el mejor momento. El coronel Karl Bischoff, responsable de la dirección de Obras SS, discutía acaloradamente con un civil corpulento, el ingeniero Kurt Prüfer, ejecutivo de la instaladora de los crematorios colectivos. Una prestigiosa empresa civil, especializada en la construcción de crematorios en cementerios civiles, la Topf y Sucesores, había diseñado e instalado unos crematorios colectivos de gran capacidad. Los crematorios II, III y IV de Auschwitz II-Birkenau, que combinaban horno y cremación, dotados de ventilación mecánica, funcionaban a entera satisfacción con una media de mil quinientos cadáveres diarios, pero el crematorio V, recientemente instalado, un diseño que incorporaba una serie de mejoras respecto a los anteriores, no alcanzaba la productividad esperada. La cadena de montaje de la muerte tenía también sus fallos. Había que instalar calefacción en la morgue del crematorio II para que se evaporara rápidamente el gas Zyklon B, usado para matar a los condenados. Además fallaban los cierres de la puerta estanca al gas, porque el metal se corroía por efecto del ácido cianhídrico. El coronel responsable de la dirección de Obras SS sostenía que había que instalar cierres de madera y el ingeniero de la instaladora insistía en que bastaba con proteger con caucho los existentes.

Heinrich Sackell hizo un aparte para atender al recién llegado. Cuando leyó el mensaje personal de Himmler que portaba el visitante ordenó a su ayudante que telefoneara a las oficinas y localizase al recluso Zumel Gerlem.

El teléfono sonó un minuto después.

—Capitán, su hombre está vivo —dijo Heinrich Sackell—. Trabaja en la Fábrica de Cemento de Goleszow, en

Auschwitz III, a quince kilómetros de aquí. Ya he dado las órdenes pertinentes para que lo den de baja en la lista de los obreros contratados por Obras Alemanas de Tierra y Piedras. Dentro de hora y media estará de vuelta en el campo, con su correspondiente permiso de salida. En cualquier caso, el próximo avión para Berlín no saldrá hasta mañana por la mañana. Mientras lo espera, el teniente Blusch le mostrará el campo. Quizá el *Reichsführer* Himmler quiera conocer su opinión cuando vuelva a Berlín.

No había mucho que ver en Auschwitz, sólo interminables hileras de barracones de prisioneros, en células separadas por cercas electrificadas de alambre de espino entre las que patrullaban guardias ucranianos con perros. En la pequeña explanada del hospital, una orquesta de prisioneros, vestidos con el uniforme rayado del campo, interpretaba *Tosca*.

—Una excelente orquesta —observó Von Kessler.

—Son judíos polacos y alemanes, *Hauptsturmführer* —informó el teniente.

Von Kessler amaba la música. Se detuvo a escucharlos. Estaban en el aria de Caravadossi. Tarareó entre dientes las palabras: «Brillaban las estrellas en el cielo, el momento se ha ido y es mi último día...»

—«... muero desesperado y nunca he amado tanto la vida» —completó a su espalda una voz de tenor.

Von Kessler se volvió y encontró a un hombre bajito, moreno, con un ligero estrabismo en el ojo izquierdo. Lo seguía un prisionero que portaba tres sillas plegables. El teniente hizo las presentaciones.

—El doctor Josef Mengele, del Instituto de Biología e Higiene Racial de Francfort, es el jefe de la unidad de medicina de K-L-Auschwitz II Bikernau. Ha publicado diversos trabajos de higiene racial muy apreciados en el mundo académico.

Von Kessler estrechó la mano blanda y fría del médico y le agradeció la silla.

—Ahora conocerá a otros oficiales de Auschwitz. En realidad, estas veladas musicales constituyen una de las pocas manifestaciones de la cultura alemana que nos podemos permitir en el campo.

Fueron llegando otros oficiales, seguidos de prisioneros que portaban sillas plegables, hasta que el grupo de melómanos sobrepasó los cincuenta. El programa ofreció una selección de la música que Strauss, Lehar y Offenbach escribieron para satisfacer a la clase media alemana, muchos valses, mucho *um pa-pa, um pa-pa*, que los oficiales de las SS seguían moviendo la cabeza a compás. Un reparador baño de belleza y sentimiento para los representantes de la raza privilegiada después de la agotadora jornada de trabajo en la fábrica de los horrores.

15

No era la clase de música que le gustaba a Von Kessler. Su imaginación voló a Berlín tres días antes. La habitación de la residencia de oficiales de las SS, en Leopoldstrasse, tenía un armario *art decó* con una enorme luna biselada. Habían transcurrido cuatro meses desde Mozhaisk, casi todo ese tiempo había estado hospitalizado, sin espejos. Desde que su rostro sufrió la... transformación, había desarrollado una supersticiosa resistencia a los espejos y no se había vuelto a mirar en ninguno. Todavía conservaba en la memoria su imagen anterior a la catástrofe, la imagen de cuando estaba completo y aparecía en las revistas como prototipo de la raza aria. Aquella mañana, al pasar frente a los escaparates de la confitería Hauptner, en Unter den Linden, no había podido evitar mirarse fugazmente. Le había parecido que era otro, un anciano renqueante vestido con el uniforme de un joven. Se armó de valor para mirarse en el espejo de la alcoba. El parche negro en el ojo no era tan horrible como las mejillas asimétricas y las profundas cicatrices de la mandíbula recompuesta. Se miró de perfil, por la derecha era casi normal, un apuesto ario envejecido por el esfuerzo y la tensión de la guerra para sus veintiocho años. El lado de la izquierda era horrible. El ojo vacío, el parche y el rostro torturado y deforme. Dr. Jekyll y Mr. Hyde conviviendo en sus dos perfiles. Y, además, la mano y la pierna.

Se sentó en la cama a meditar. Tengo que aceptarme, ahora soy así y no voy a cambiar. Le he dado a la patria lo que me pedía. Otros han dado más. Recordó a las docenas de compañeros que habían muerto en Francia, en Grecia, en Rusia. Intentó sentirse orgulloso. Había ganado condecoraciones codiciadas, sobre el respaldo de una silla estaba su guerrera negra constelada de medallas y distintivos. En la manga negra brillaba el galón de plata de las heridas, el único que no había codiciado jamás. Hubiera preferido no tenerlo.

El *Reichsführer* lo condecoraría al día siguiente. Tenía la tarde libre y le había dado permiso a su asistente, el cabo Kolb. Decidió visitar el hogar Lebensborn Germania. Tenía que enfrentarse con el mundo, comenzaría visitando a Inga Lindharsen, la muchacha aria que había concebido un hijo suyo rubio y con ojos azules, un modelo perfecto del nuevo superhombre alemán. Estaba prohibido que los sementales SS mantuviesen contacto con las madres nodrizas después de la concepción, puesto que el proyecto Lebensborn sustituía la familia tradicional por el Estado, pero, no obstante, el recuerdo de aquella muchacha rubia, sumisa y de modales dulces, lo había acompañado tanto, aliviándole el dolor, que se había decidido a escribirle a su dirección de Colonia. Le había enviado una postal desde el hospital, a la que ella contestó en seguida con el ofrecimiento de ir a visitarlo, pero él rehuyó el encuentro: en un hospital, no. Estoy muy bien atendido. Prefiero que nos veamos cuando salga. Ahora se arrepentía de haberle ocultado lo de sus mutilaciones.

Tomó un taxi. El Lebensborn Germania estaba en el extremo más alejado del Tiergarten, pasada la columna de la Victoria. Contempló sobre el elevado capitel el ángel dorado que todavía no habían retirado para preservarlo de los bombardeos. El criadero racial estaba instalado en una antigua casa de campo, rodeada por un amplio bosquecillo. Era un lugar idílico. El césped estaba recién cortado y olía a polvos de talco, a papilla y a perfume de bebé. Un altavoz situado en la horquilla de un olmo difundía suave música, de Strauss, naturalmente. Rubias nodrizas paseaban a la sombra de los árboles vigilando a niños rubios irreprochablemente arios. Von Kessler cruzó la explanada de hierba que conducía a la puerta principal. Una carcajada femenina le llamó la atención. Miró a su izquierda y descubrió a Inga en un cenador parisino, medio cubierto por la buganvilla, el rincón más romántico de la residencia. Charlaba animadamente con un joven teniente SS que la estaba requebrando, a juzgar por la actitud. Von Kessler se acercó a la pareja sintiendo una cierta desazón interior. No tenía nada que reprocharle a la muchacha. Al fin y al cabo, las internas del Lebensborn eran buenas patriotas alemanas que se ofrecían para reproducir hijos arios puros a fin de mejorar la raza. Las implicaciones sentimentales eran inaceptables. Se consideraba que derivaban de un criterio pequeño burgués de las relaciones interpersonales que la ideología nazi aspiraba a desterrar.

—Tú, ¿Otto? —Inga casi no lo reconoció. Miró horrorizada el rostro deforme, el parche negro, la mano ortopédica y la pierna renqueante. Se llevó una mano a la boca y reprimió un sollozo. Después echó a correr y se refugió en la casa.

No intentó seguirla. Respondió automáticamente al saludo del joven oficial, que se había quedado helado, dio media vuelta y se marchó. El taxista lo esperaba todavía, como si de antemano hubiese conocido el desenlace de aquella historia.

—¿A la residencia de oficiales?

Von Kessler le hizo un gesto de asentimiento.

Se encerró en su cuarto y no volvió a salir hasta que, a la mañana siguiente, el asistente Kolb vino a buscarlo para el masaje terapéutico y para plancharle el uniforme de gala. El *Reichsführer* en persona confirmaría su ascenso y le impondría la condecoración SS más preciada.

Comenzó a oscurecer sobre Auschwitz. El doctor Mengele solicitó permiso al oficial de mayor graduación, un coronel SS, para dar por finalizado el concierto. Una patrulla de guardias ucranianos armados de palos y pistolas escoltó a los músicos a sus barracones tras la empalizada electrificada.

Mengele acompañó a Von Kessler a la residencia de oficiales y lo invitó a cenar. Von Kessler se duchó y se tendió en la cama, donde un enfermero enviado por el doctor Mengele le frotó con linimento los muñones de la pierna y el brazo antes de encajarle los mecanismos ortopédicos.

La música lo había puesto melancólico: «Muero desesperado y nunca he amado tanto la vida», repitió entre dientes. Se vistió con la ayuda del enfermero y bajó al comedor de oficiales. La cena fue sabrosa: pescado ahumado, ensalada de col y jamón cocido con jugo de manzana.

—Los cocineros judíos se esmeran como si les fuera la vida en ello —bromeó Mengele.

Después de la cena prolongaron la sobremesa en el despacho de Mengele, donde el doctor guardaba, bajo llave, una considerable reserva de vinos franceses. Von Kessler advirtió que muchos de los oficiales de Auschwitz eran alcohólicos y lo atribuyó al desagradable trabajo que hacían.

Mengele, visiblemente borracho, explicaba la importancia de sus experimentos con gemelos univitelinos.

—Los gemelos judíos son muy útiles para el Reich. La autopsia simultánea de dos gemelos revela datos científicos de gran interés. Para repoblar el Reich con robustos especímenes de pura raza aria necesitamos embarazos gemelares en las madres germanas. El desguace de gemelos judíos es de gran provecho para la ciencia alemana. Además, tengo dos colegas del Instituto Antropológico de Berlín-Dahlen a los que les envío los cerebros más interesantes en tarros de alcohol.

Se le escapó un hipo beodo y se quedó mirando el vaso vacío con ojos estrábicos. La botella también estaba vacía. Mengele descolgó el teléfono y llamó a su asistente:

—Fritz, querido Fritz, tráenos otra botella de Schnaps. Desgraciadamente, la neurología está en mantillas —prosiguió—. Mis amigos de Berlín-Dahlen han examinado decenas de cerebros judíos sin encontrar la diferencia. Seguimos sin saber dónde radica el componente perverso del judío.

—¿Cree que existe una conformación física distinta? —preguntó Von Kessler.

—Tiene que existir, puesto que físicamente son distintos.

—¿Quiere decir las narices aguileñas, las cejas pobladas y todo eso?

—Bueno, no exactamente... Verá, entre los arios también se dan narices aguileñas y, por otra parte, muchos judíos son rubios y tienen los ojos azules, pues se han mezclado con nosotros para enturbiar nuestra raza. Además, no todos los arios puros son rubios y de aventajada estatura, piense usted en el Führer, o en Himmler, y no digamos en el doctor Goebbels.

—Sí, eso es cierto.

—No, hay algo en los judíos, más sutil, y más asqueroso.

Von Kessler arrugó el ceño, mostrando atención. El doctor Mengele, completamente borracho, se inclinó sobre él confidencialmente, miró a uno y otro lado para cerciorarse de que nadie más podía oírlo y susurró con su aliento de borracho:

—¡El sexo!

—¿El sexo?

Mengele se incorporó y asintió solemnemente, cerrando los ojos.

—Bueno, en las mujeres no hay diferencia —explicó—. Es en el sexo de los hombres... Sí, los judíos tienen un sexo, ¿cómo decirlo?, mayor, más largo y más grueso que el ario. Un pene de mayor tamaño, incluso de tamaños francamente repugnantes, como los animales. Vea esto.

Abrió un armario con llave y rebuscando detrás de los libros alineados en primera fila extrajo un abultado álbum que puso sobre la mesa. Contenía fotografías de la región púbica de decenas de judíos, cada cual con su correspondiente identificación de dos letras, un número de seis cifras y una fecha. Algunas representaban el pene tranquilo; otras, en erección.

—¡Fíjese, fíjese! —señalaba Mengele pasando las hojas—. ¡Es repugnante! ¡Tienen el pene más largo y más grueso que los arios! Esto explica que algunas alemanas desvergonzadas se encamen con judíos desafiando las leyes raciales que dicta nuestro bienamado Führer. ¡El sexo de los judíos las induce a traicionar a la patria!

16

A Zumel le confortó regresar a Berlín, aunque en sus últimos años aquella ciudad se había vuelto tan inhóspita para él que había dejado de considerarla como su hogar. En el trayecto desde el aeropuerto a la Prinz-Albertstrasse, en el asiento trasero de un Adler, comprimido entre dos inexpresivos agentes de la Gestapo llamados Burrho y Müller, advirtió cuánto habían cambiado las cosas durante su ausencia. La Berlín alegre, desenfadada y rica que conoció se había convertido en una ciudad triste y hostil. La ruina y el pesimismo estaban presentes en los edificios y en los corazones. En casi todas las calles había casas bombardeadas, solares ennegrecidos en los que trabajadores extranjeros rescataban los elementos reutilizables —ladrillos, madera, plomo, cobre—, al tiempo que adecentaban las montañas de escombros para que ofrecieran un aspecto germánicamente ordenado. Los berlineses que transitaban por las aceras parecían menos alegres que antaño. A la elegancia había sucedido el desaliño. Los escaparates exhibían enormes retratos del Führer para ocultar la escasez de artículos en venta. Los cines Bensben se habían reconvertido en almacenes de artículos de abrigo para los soldados en campaña. No obstante, todavía se veían jinetes en el Tiergarten, casi todos en uniforme militar, aunque tenían que sortear algún que otro cráter abierto por las bombas. La ópera continuaba abierta y anunciaba *El anillo de los nibelungos.*

Aquel héroe nazi bárbaramente mutilado que le habían asignado como ángel de la guarda se comportaba con helada corrección, pero eludía hablarle más de lo estrictamente necesario. Probablemente se sentía humillado en compañía de un judío. Se propuso hacerle lo más llevadera posible aquella tarea. Los meses de privaciones y desdichas pasados en Auschwitz le habían enseñado a mostrarse humilde y servicial con los guardianes. En el campo, como en el resto de Alemania, la supervivencia dependía totalmente de la condescendencia de los guardias.

El nazi mutilado se había levantado de su asiento cuando el avión rodaba todavía en la pista camino del aparcamiento en la terminal. Un giro imprevisto le había hecho perder el equilibrio y Zumel lo había sostenido por el brazo. Le respondió iracundo con una tremenda bofetada, al tiempo que le espetaba: «¡Quítame las manos de encima, maldito judío!»

Después, en la oficina de las SS del aeródromo, le había preguntado si quería ir al lavabo. Quizá era su manera de decirle que lamentaba lo ocurrido. Zumel tendía a disculparlo. Comprendía que un hombre que en plena juventud ha perdido un ojo, un brazo y una pierna tiene pocas razones para sentirse satisfecho con la vida. Más aún si lo han adoctrinado en los mitos del superhombre ario. En la propaganda bélica nazi no había lugar para héroes desmembrados. Eran la basura bélica que había que ocultar debajo de la alfombra.

Pensó en David. La despedida de su hijo no había sido tan emotiva como había esperado. O quizá sí. David era demasiado joven e impetuoso. Pertenecía a esa generación de jóvenes judíos envenenados por la utopía sionista que tildaban a sus padres y a sus antepasados de irresolutos y cobardes. Hace mil años que deberíamos haber regresado a Israel y no estaríamos lamentando todo esto, pero no, vuestra inacción, el apego a los negocios, a los barrios miserables, a las tiendecillas de mala muerte, os ha mantenido en la boca de la bestia y ahora os lamentáis cuando la bestia os engulle y os tritura los huesos.

Quizá tenía razón, pero, después de todo, él se sentía alemán antes que judío. Berlín había sido la patria de una floreciente comunidad judía que estaba orgullosa de haber contribuido con su esfuerzo al progreso de la ciudad.

El coche llegó al número 9 de la Prinz-Albertstrasse, un edificio barroco de piedra, construido a principios de siglo, en cuya fachada ondeaba la bandera de la cruz gamada.

—Hemos llegado —dijo Von Kessler como para sí, mientras el chófer torcía para enfilar el apeadero y se detenía ante la barrera guardada por dos SS con metralletas.

El agente Buhrro bajó la ventanilla y extendió los pases correspondientes. Se levantó la barrera. El automóvil continuó su marcha y aparcó en el amplio patio interior. Se apearon. Desde una ventana abierta llegaba la voz arenosa de Marlene Dietrich cantando *Lili Marlen* en la radio.

La celda, en los sótanos de la universidad ocultista de las SS, el *Ahnenerbe*, era lo más cómodo que Zumel había conocido en los últimos meses, casi la suite de un hotel de lujo. Tenía una cama de hierro atornillada al suelo, un buen colchón, sábanas limpias, una mesa de estudio grande, con los bordes quemados de las colillas, un lavabo y un retrete de taza alta medio disimulado detrás de un pequeño biombo. La luz entraba por un ventana alta que daba al patio de los aparcamientos. Los guardias eran SS, pero trataban al prisionero con corrección. Antes de abandonar Auschwitz lo habían sometido a un reconocimiento médico completo, le habían puesto inyecciones de vitaminas, le habían recetado un colirio para los ojos, lo habían llevado al baño —bajo la vigilancia de Müller y Buhrro, para evitar tentaciones de suicidio—, y le habían entregado ropa limpia de su talla.

Los nazis lo necesitaban. Habían conseguido, Dios sabe por qué medios, los *tabotat* del Arca de la Alianza, pero no sabían qué hacer con ellos. Después de casi un año de estudios, las distintas comisiones del *Ahnenerbe* que intentaron descifrar las enigmáticas piedras habían fracasado. Finalmente, Wolfram von Sievers, jefe de la oficina de ocultismo nazi y responsable de investigación académica sobre la Heilige Lance, había recomendado a Himmler que recurriera al hijo de Moshé Gerlem.

Zumel Gerlem, en las entrevistas previas, se esforzó en darles la impresión de que podía hacer el trabajo. Cualquier mentira estaba justificada con tal de escapar, aunque sólo fuera temporalmente, del infierno de Auschwitz. Quién sabe, se decía, es posible que dentro de unos meses acabe la guerra y cese toda esta locura. Pero a ratos lo asaltaba una angustia infinita: quizá he escapado de una muerte anónima y rápida para ir al encuentro de una muerte lenta y cruel. Él se consideraba ya inmune al sufrimiento, pero temía por su hijo David. Porque Zumel Gerlem estaba convencido de que su ciencia cabalística no sería suficiente para descubrir los arcanos del Nombre, un trabajo que había ocupado a su padre, mucho más erudito que él, toda la vida, sin resultados aparentes.

Ahora hubiera necesitado a su padre, del que tanto se distanció en los últimos años. El anciano Moshé Gerlem no comprendía que su hijo y discípulo encontrara mayor placer en la filosofía pagana que en la Cábala a la que él había consagrado su vida, a la que la familia venía dedicándose desde hacía dos siglos. Desde que comenzó el cautiverio, Zumel se había alegrado de que su padre no viviera y no tuviera que presenciar el calvario de los judíos alemanes. Lo echaba de menos. Seguramente, él hubiera sabido cómo despertar a los *tabotat*, una empresa en la que se consideraba fracasado de antemano. A ratos se dejaba ganar por el desánimo. En la cantera de Auschwitz quizá hubiera sobrevivido, confundido entre la masa anónima de los esclavos, hasta el final de la guerra. Pero bajo la lupa de los jerarcas nazis, su supervivencia era más problemática, especialmente si no conseguía despertar aquellas piedras dormidas, que era lo más probable.

La rutina de Berlín se regía por el horario inflexible que caracterizaba el esfuerzo de guerra alemán. Cada día, después de desayunar, Von Kessler buscaba al prisionero exactamente a las 8.20 y lo conducía a una sala alta en la que había una gran mesa de roble cubierta por un tapete de paño verde sobre el que descansaban las dos enigmáticas piedras, los *tabotat*. La sala estaba recubierta de estanterías, en parte vacías, en las que cada mañana aparecían los libros que Zumel necesitaba, casi todos estudios judíos que milagrosamente se habían salvado de las quemas de libros de los años precedentes.

No adelantaba mucho, pero tampoco sus carceleros esperaban que resolviera el enigma en dos días. Después de todo, los investigadores más perspicaces del *Ahnenerbe* habían cortejado los *tabotat* durante meses sin avanzar un ápice en su interpretación.

A media mañana le traían una taza de té de la cocina y Zumel se concedía un respiro. En uno de estos descansos, Von Kessler lo sorprendió curioseando una de las litografías coloreadas que decoraban la sala. Se acercó a leer el pie: «Batalla de Verdún.»

—Una ocasión heroica —murmuró Zumel, señalando el cuadro con un gesto.

—¿Qué puede saber un judío de ocasiones heroicas? —preguntó Von Kessler, despreciativo.

Zumel se volvió hacia su interlocutor con una sonrisa triste.

—¿Puedo preguntarle dónde ganó su Cruz de Hierro, Herr Kessler?

—En Mozhaisk, cerca de Vladivostock.

—Pues yo gané la mía en Verdún. Una Cruz de Hierro tan honrosa como la suya.

—¿Tú estuviste en Verdún? —preguntó Von Kessler, incrédulo.

—Me temo que sí —respondió Zumel, mirándolo al ojo cíclope—. Estuve en Verdún dando mi sangre judía por Alemania.

Aquella noche Von Kessler le estuvo dando vueltas a su conversación con el judío. Tenía una vaga idea de la existencia de judíos condecorados en la Gran Guerra, a pesar de la cobardía intrínseca de la raza, e incluso en alguna parte había oído comentar que las autoridades del Reich estuvieron considerando, durante un tiempo, la posibilidad de establecer una excepción con ellos y respetarles la ciudadanía alemana. Al final prevaleció la opinión contraria y los héroes judíos siguieron la suerte del resto.

Así que Zumel Gerlem era uno de ellos.

Por otra parte, le parecía un hombre apocado y débil, y, aun descontándole los veintitantos años transcurridos desde Verdún, no lograba imaginárselo como un guerrero.

Von Kessler conocía a un teniente destinado en el archivo nacional del ejército. Le telefoneó a la mañana siguiente:

—Oye, necesito que me hagas un favor. Indaga si un tal Zumel Gerlem, de Berlín, fue condecorado con la Cruz de Hierro en Verdún.

—¿Sabes la fecha?

—Lo que te he dicho es lo único que sé.

El archivero le devolvió la llamada una hora más tarde.

—Estás en lo cierto. Zumel Gerlem fue condecorado por el propio káiser Guillermo el 22 de agosto de 1917 por su heroica actitud al frente de un pelotón, durante la ofensiva de primavera, en un momento especialmente delicado porque la presión francesa amenazaba con romper las líneas. El cabo Gerlem, en un contraataque, condujo a sus hombres hasta un blocao enemigo, donde destruyeron dos piezas de artillería y capturaron a siete prisioneros, entre ellos un comandante. Recibió dos heridas y sólo se replegó cuando el último de sus hombres se había puesto a salvo.

Von Kessler dio las gracias y colgó. Se quedó pensativo mientras miraba pasar las nubes. Los textos de instrucción de las SS prevenían contra el típico error de creer que un judío inerme no es peligroso: «El judío siempre lleva en la sangre armamento social económico y político —había escrito el Führer—; hay que endurecerse porque es un enemigo más poderoso que el armado, amparado por una biología de traiciones y de corrupción.»

De ordinario, Zumel almorzaba solo en su celda una ración de sopa que el agente Buhrro le bajaba de las cocinas. Aquel día, Von Kessler lo invitó a comer en un restaurante cercano frecuentado por funcionarios del barrio nazi.

—He indagado acerca de lo que me contó ayer, lo de su Cruz de Hierro, en Verdún —dijo Von Kessler, mientras removía la sopa con la cuchara—. Le presento mis disculpas.

Era la primera vez que lo trataba de usted.

—Le agradezco que me las presente —respondió Zumel—. No las esperaba.

—Soy un caballero alemán.

Zumel lo miró con interés.

—Hace tiempo que no me encontraba con caballeros alemanes, desde que decidieron arrebatarme la nacionalidad y declararme proscrito.

—Los judíos son los enemigos de Alemania. Ustedes pervierten la raza aria, enturbian la sangre pura alemana. Supongo que no tienen culpa de eso, pero es un hecho.

—¿Puedo serle sincero?

—Por supuesto.

—Los judíos éramos ciudadanos alemanes. Durante siglos hemos contribuido a la prosperidad de esta tierra. No existe raza superior. La superioridad de un pueblo reside en su sentido moral, en el trabajo y en la compasión. Eso es lo que nos hace superiores, no a otros pueblos sino a nosotros mismos. Por el contrario, la agresividad, la holgazanería y la maldad nos equiparan a las bestias y nos hacen inferiores.

Von Kessler levantó lentamente su copa y la apuró de un sorbo. Miró al judío como si lo viera por vez primera.

—Creo que debe proseguir su trabajo.

17

Madrid, 13 de julio de 1943

El trimotor Ju-52 de la Lufthansa, con el característico fuselaje de chapa corrugada, aterrizó en la pista llena de baches y zigzagueó hasta detenerse al resguardo de un hangar de la terminal militar del aeropuerto de Barajas. En cuanto las hélices dejaron de girar, un Mercedes negro de la embajada alemana, con el banderín de la cruz gamada tapado con una funda, se aproximó al aparato. La portezuela de la aeronave se abrió, un mecánico con mono azul y gorrilla cuartelera saltó a tierra y encajó una escalerilla de aluminio por la que descendieron cinco hombres de paisano y con sombrero de fieltro, dos de ellos corpulentos y con largos abrigos de cuero negro; los otros tres con trajes cruzados. El que parecía el jefe del grupo era alto, tuerto y cojeaba visiblemente al caminar; su compañero era tan delgado que el traje le colgaba de los hombros y le hacía pliegues por todas partes.

Hacía un calor de infierno y la pista estaba barrida por un viento cálido como la vaharada de un horno. Los viajeros no pasaron los trámites aduaneros ni el control de pasaportes. El oficial de aduanas español, oportunamente advertido por sus superiores, los invitó a salir por una puerta lateral, les selló los pasaportes sobre el tricornio charolado y los despidió con un saludo exageradamente marcial, con el que procuraba probarles el arrojo que gastan los españoles, como ya han demostrado sobradamente los camaradas de la División Azul. El capitán Otto Kuhlenthal, agregado militar de la embajada del Reich en Madrid, se presentó al *Hauptsturmführer* Von Kessler y lo invitó a compartir su coche. El hombre del traje holgado se acomodó en un taxi, entre los dos gorilas de los abrigos de cuero. Se dirigieron a la embajada alemana, un palacete de la avenida del Generalísimo con la bandera roja y negra de la cruz gamada ondeando en el balcón principal. El agregado militar le ordenó al centinela que abriera el portón de chapa, los automóviles traspasaron la verja, entraron en el patio interior, recorrieron una pista circular adoquinada alrededor de un jardinillo y se detuvieron a la sombra de un plátano, junto a la fachada del edificio. El agregado militar despidió al taxista. Cuando el guardia de la puerta volvió a cerrar el portón, Kuhlenthal se volvió hacia los recién llegados.

—Hay un calabozo en el sótano —dijo, mirando al judío.

—El señor Zumel es un caballero de la Cruz de Hierro y dormirá en una habitación de invitados —repuso Von Kessler. Ante el gesto de sorpresa de Kuhlenthal, añadió—: Son órdenes directas del *Reichsführer*. Dada la naturaleza de su misión, debemos tratarlo con la mayor deferencia.

—Tendré que comunicárselo al embajador.

—Comuníqueselo a quien le parezca.

El secretario de la embajada había pedido un coche alemán y la agencia de alquiler le envió el más representativo de su parque, un Opel negro modelo 1927 con nueve asientos, que conservaba, sobre el guardabarros derecho, la aguadera para el botijo que le instaló el herrero de Navalcarnero cuando el automóvil pertenecía al torero José Zarco. Otro recuerdo de los tiempos taurinos era el asiento trasero derecho, hundido a causa de la voluminosa humanidad del picador Paquito Perellón, *el Cachalote de Antequera*. La cuadrilla usaba el Opel para ir de plaza en plaza.

—Se llevan ustedes al mejor chófer que tengo —dijo el empresario—, que además sabe algo de alemán porque ha trabajado en la Gran Alemania.

El chófer, Custodio Lapera, bajito y cetrino, con el pelo peinado hacia atrás, se llevó dos dedos a la visera de hule de la gorra y sin despegarse la colilla del cigarro liado de la comisura murmuró:

—Para servir a ustedes.

—¡Ah, sí! —sonrió altivamente el prusiano—. Diga algo en alemán.

—*Kartoffen!* —pronunció el chófer.

Los alemanes intercambiaron rápidos comentarios.

—¿Qué les has dicho? —sonrió encantado el industrial.

—Patatas.

Todavía de noche, a la hora en que los señoritos tarambanas desayunaban churros con anís en el mercado de la Cebada antes de irse a dormir, el Opel negro enfiló la avenida del Generalísimo, y con las primeras luces del alba salió por la carretera de Andalucía dejando atrás los camiones de la leche y los carros de hortalizas que hacían cola frente al fielato del puente de Legazpi. Von Kessler observaba con disgusto la carretera, estrecha, mal asfaltada y llena de baches. La perspectiva de botar por aquella pista infernal durante otros trescientos kilómetros le parecía desalentadora. El chófer sorteaba los hoyos con bruscos volantazos sin ningún miramiento por sus pasajeros.

—Este tipo nos trata como si fuéramos sacos de patatas —murmuró Von Kessler, molesto.

—Lo siento —se excusó Kuhlenthal—, no hemos encontrado otro medio de transporte más adecuado. Los otros coches disponibles eran de gasógeno, que nos hubieran obligado a apearnos en todas las cuestas e incluso a empujar en algunas.

—Lamentable país —observó Von Kessler.

Kuhlenthal se encogió de hombros.

—Pero el Caudillo es un fiel aliado de Alemania que le ha prometido al Führer entrar en guerra en un breve plazo.

—Viendo el país y la gente, no sé si nos traerá cuenta —murmuró Von Kessler, mientras miraba despreciativamente los desmontes del ferrocarril, donde hombres y mujeres harapientos buscaban trozos de carbón entre las vías.

Pasaron frente al cerro de los Ángeles.

—Ése es el centro geográfico de España —indicó Kuhlenthal—. Lo que se ve arriba son los restos de un monumento a Jesucristo, que los comunistas dinamitaron antes de la guerra civil.

Zumel observó que el chófer despegó una mano del volante y se rascó debajo de la gorra. Quizá entendía la conversación.

Bajaron dando tumbos al hondón del arroyo de la Culebra y al pasar entre Pinto y Valdemoro se les pinchó un neumático. Mientras el chófer lo cambiaba con ayuda de Zumel, el cabo Kolb y los dos gorilas, Von Kessler y Kuhlenthal tomaron asiento a la sombra de un plátano.

—¿Toda la carretera está así? —inquirió Von Kessler mientras se espantaba las moscas.

—Toda no. A partir de Aranjuez, empeora.

Las dos horas siguientes transcurrieron en silencio. El judío dormitaba atrás, entre sus dos carceleros, que en una parada mingitoria se habían despojado de los abrigos de cuero que los hacían sudar como pollos. Así, resoplando, sudorosos y colorados, con las corbatas flojas, parecían mejores personas. En Seseña se detuvieron a almorzar en casa Lucilio, una docena de mesas de distintas hechuras con manteles heterogéneos, algunos de ellos fabricados con cortinas. Von Kessler y Kuhlenthal ocuparon la mesa situada en el lugar más fresco, los de la Gestapo, Kolb, el prisionero y el chófer se sentaron en el extremo opuesto de la sala. Encima de cada mesa pendía del techo una tira de papel peguntoso pespunteada de moscas muertas o agonizantes. Von Kessler se quedó mirando la que tenían encima.

—No tenga usted cuidado, que todavía no se ha dado el caso de que caigan en la sopera, aparte de que lo que no mata engorda —advirtió con sorna el posadero, un gordo, a pesar de las privaciones del racionamiento, que constituía la mejor publicidad del establecimiento.

Repartió con destreza profesional los cubiertos y las servilletas y señaló la pizarra que exhibía el menú del día: «Plato patriótico: cocido español. Postre: macedonia imperial. Puede trocarse por vaso de vino.»

—¿Qué van a comer los señores?

—¿Hay otra cosa?

—No, señor, pero el cocido se lo puedo servir con tocino blanco o con tocino añejo.

Kuhlenthal le tradujo a Von Kessler.

—¿Cuál es mejor? —inquirió el prusiano.

—Eso va en gustos, mister, pero donde se ponga el añejo...

Kuhlenthal tradujo.

—Póngame un poco de cada uno.

El mesonero dispuso los platos, una rebanada de pan por cabeza y sirvió el cocido, un caldo claro en el que sobrenadaban unos taquitos de tocino rancio y un puñado de garbanzos.

—¿Y esto? —preguntó Von Kessler, tomando uno con la cuchara.

—Una especie de guisantes españoles —respondió Kuhlenthal—. Ordinariamente tienen la consistencia de una piedra, pero se ablandan a fuerza de cocerlos. Con el tiempo, uno se acostumbra a ellos.

La macedonia eran dos trozos de melón pasado y una uva, sobrenadando en medio de una taza de agua, aromatizada con una cucharada de meloja.

A Von Kessler no le gustó el tocino añejo. Cortó un trocito con el borde de la cuchara, lo probó y se lo tragó rápidamente con un generoso trago de valdepeñas. El chófer detuvo al mesonero cuando volvía con el plato a la cocina y rebañó los tocinillos con una sopa de pan.

—*Gut, gut!* —dijo en su precario alemán. Y añadió—: Tirar esto es pecado.

Luego solicitó el bicarbonato, se vertió un poco en la mano y se lo echó a la boca acompañándolo con un buen trago del botijo.

—Cuando ustedes manden —terminó, dirigiéndose a Von Kessler—. Servidor le va a echar agua al radiador.

El judío, cuando terminó su macedonia, solicitó ir al

retrete. El mesonero le indicó que lo siguiera. Los dos gorilas de la Gestapo iban a levantarse, pero Von Kessler los contuvo con un gesto. ¿Adónde iba a ir un fugitivo en medio de aquel páramo desolado?

Zumel siguió al posadero por un pasillo oscuro hasta una puerta que daba al corral.

—Eso es lo que tenemos —dijo señalando una caseta de madera, al otro lado del gallinero—. En la pared tiene usted papel de periódico.

Se sorprendió de que el extranjero le contestara en sibilante español:

—¡Señor, por caridad, soy judío y estos hombres son alemanes que me llevan prisionero! Entregue esta carta en la embajada inglesa, en Madrid, donde le recompensarán. Aquí tiene también mi reloj. ¡Se lo suplico!

Y antes de que el mesonero reaccionara, le colocó en la mano un cilindro de papel del tamaño de un cigarrillo, atado con un hilo, y el reloj de pulsera suizo que le habían entregado en Berlín, con el resto de la ropa. Después regresó al comedor sin detenerse a orinar, temeroso de que sus custodios recelaran de su tardanza.

Terminaron de comer, Kuhlenthal pagó la cuenta y salieron a la plaza, donde el sol pegaba de lleno. Cuando estaban subiendo al coche, el mesonero los alcanzó, jadeante.

—Oiga, señor —dijo dirigiéndose a Zumel—, que se le ha caído esto en el corral.

Y le entregó el reloj.

Zumel, azorado, lo tomó y murmuró un agradecimiento.

Pernoctaron en una fonda de Tembleque, los gorilas de la Gestapo en una cama de matrimonio que arrastraron contra la puerta y Zumel en una cama turca plegable. El suelo era de madera con muchas grietas por las que se colaban los efluvios de las cuadras del piso inferior y la luz de los candiles de los muleros y arrieros cuando acudían a media noche a darle pienso a sus animales.

Zumel, molido del viaje, y quizá por eso desvelado, pensaba si podría arrastrarse hasta sus carceleros, que roncaban al unísono, profundamente dormidos, y degollarlos con sus propias armas como hizo la bíblica Judith con el enemigo Holofernes. No, no podría. La edad lo había vuelto cobarde y asustadizo. ¿Qué ocurriría con David? Si colaboraba quizá le perdonarían la vida. El mero hecho de escribir y ocultar tres copias de una carta dirigida a los ingleses le suponía reunir un gran acopio de valor.

Al amanecer, los viajeros se lavaron sucintamente en una palangana con el agua de una jarra que ellos mismos subieron de la cocina. Después desayunaron café de achicoria migado con magdalenas, una por barba. El chófer los esperaba junto al vehículo masticando parsimoniosamente un puñado de algarrobas que le había regalado un mulero. De vez en cuando escupía los escobajos, procurando acertarle a un perro callejero que se había parado a observarlo. El animal meneaba el rabo agradecido cada vez que lo alcanzaba un escupitajo.

A media mañana se aventuraron por un tramo de la carretera en obras y se perdieron en un atajo mal señalizado. En medio de la planicie manchega no sabían para dónde ir. Por suerte, dieron con un labriego que sacaba una parva de cebada en una era.

—Oiga, buscamos la carretera para Puerto Lápice —le gritó Kuhlenthal.

El campesino detuvo la collera y se quedó mirando a los viajeros que habían salido del coche a estirar las piernas.

—Si se esperan a que suba estos costales a las cámaras los llevo al camino —ofreció—. Y si esos dos pollancones me echan una mano, antes acabamos.

No era cosa de estarse allí toda la mañana. Von Kessler ordenó a Müller y Buhrro que ayudaran al labriego. Tardaron veinte minutos en subir dos docenas de costales de setenta kilos al sobrado de la casa.

—Ahora llévenos a la carretera, que tenemos cierta prisa —indicó Kuhlenthal.

El labriego se subió al estribo del Opel y se agarró al portamaletas con las dos manos.

—Tire usted para adelante —indicó al chófer.

A doscientos metros de distancia, el carril se bifurcaba en dos ramales. El labriego se apeó.

—Ahora tiran ustedes por este carril de la izquierda y a dos kilómetros o cosa así salen ya a la carretera de Puerto Lápice —indicó—. ¡Ea!, buen viaje.

Y sin esperar respuesta se volvió para su casa.

El chófer tomó el carril indicado.

Von Kessler estaba indignado:

—¡O sea, que el camino estaba delante de nuestras narices y nos ha hecho subirle la cosecha al granero!

El chófer intercambió una mirada de complicidad con el judío a través del retrovisor.

—¡Joder con los del campo, qué tontos son! —comentó, cambiándose el palillo de dientes de un lado a otro de la boca.

El mediodía los tomó en Puerto Lápice, después de una avería en el último tramo del camino. Los repuestos escaseaban a causa de la posguerra, y normalmente procedían del desguace de otros vehículos del mismo o parecido modelo. A falta de la pieza, repararon provisionalmente el Opel, entre el chófer y el herrero del pueblo, con un trozo de chapa y un liguero de los calcetines de Herr Kuhlenthal.

Almorzaron en la venta de Villarta, donde volvieron a degustar el cocido español, con una rebanada de pan adulterado con serrín, como oportunamente señaló el chófer.

El vaso de valdepeñas ligeramente repuntadillo apenas ayudó a trasegarlo, pero el postre redimió la comida: un auténtico flan, aunque algo oscuro, que el posadero disculpó porque estaba hecho de huevos serranos que tienen la yema «prieta como un cojón», así lo dijo. Aquella tarde tuvieron que parar media docena de veces a un lado de la carretera, sin un mal árbol bajo el que cobijarse, en mitad del calor, porque la comida les había soltado el vientre a Von Kessler y a los mocetones de la Gestapo.

—Hay que ver, manco y todo, lo bien que se arregla usted para bajarse los calzones y limpiarse el culo —alabó el chófer.

Kuhlenthal eludió la traducción y, después de cerrar la portezuela detrás de Von Kessler, advirtió al chófer:

—¡Limítese a hacer su trabajo y guárdese sus opiniones!

En la siguiente etapa el chófer se limitó a realizar su trabajo, pero Kuhlenthal notó que los iba metiendo en todos los baches del camino. El orgullo español —pensó—. Se creen que son alguien. Aquí, hasta el más humilde ganapán tiene ínfulas de señor.

Durmieron en Santa Cruz de Mudela, en la fonda La Escrupulosa. Sólo había una habitación libre, que ocuparon Von Kessler y Kuhlenthal. Los demás tuvieron que acomodarse en un antiguo granero, en camas de tijera con colchón de borra. Zumel, agotado, porque las dos noches anteriores apenas había podido conciliar el sueño, se quedó dormido, a pesar del concierto de los grillos, la carcoma y los ronquidos.

A la mañana siguiente, a los pocos kilómetros de camino, el motor se recalentó porque el radiador perdía agua. Mientras un hojalatero realizaba una reparación de emergencia, Von Kessler tomó asiento en un ribazo de la carretera, a la sombra de un árbol, junto a Zumel. Intercambiaron algún comentario acerca del calor sofocante que levantaba calimas en la llanura y después de un silencio Von Kessler le preguntó al judío:

—¿Qué es la Cábala?

Zumel disimuló su sorpresa. No era muy corriente que un nazi se interesara por la más recóndita actividad de los judíos.

—Es una ciencia —respondió al fin—, algo así como una matemática sagrada o una química del espíritu divino. Se basa en ciertos textos de la Biblia. Según la Cábala, todo lo que existe en el mundo corresponde a un modelo ideal pensado por Dios. Dios creó el mundo dando nombres a las cosas. Nombrar es crear, evocar, sacar de la nada. Entender la esencia del objeto es poseer el objeto mismo, es tener poder sobre él.

Von Kessler frunció el ceño, sin entender.

—¿Conoce usted la fórmula del agua? —preguntó Zumel.

—H_2O.

—Eso significa que la sustancia que llamamos agua contiene dos átomos de hidrógeno y uno de oxígeno. El químico que conoce esa fórmula puede fabricar agua a partir de elementos simples, ¿verdad?

—Así es.

—Pues bien, el principio esencial de la Cábala sostiene que cada objeto de la creación tiene un nombre, una fórmula verbal, sonora y escrita, que contiene su esencia, un nombre que es como una fórmula de la que dependen su existencia y sus propiedades. Incluso sociedades bastante primitivas intuyen esa realidad y pronuncian palabras u oraciones mágicas para atraerse el favor de la divinidad o evitan palabras tabú que atraen la desgracia. La tradición judía sostiene que Dios reveló la Cábala en el Sinaí a Moisés, y él desarrolló la ciencia de conocer el nombre esencial de las cosas.

—Más bien Moisés le robaría ese secreto a los arios egipcios.

—Ya sé que eso es lo que enseñan en las escuelas SS —reconoció Zumel—. No discutiré con usted. Hay un antiguo proverbio hebreo que dice: «Contradice al látigo y recoge tus dientes.»

Von Kessler sonrió. Era la primera vez que Zumel lo veía sonreír abiertamente en los meses que llevaban juntos.

—¿Qué tiene que ver la Cábala con ese Nombre Secreto que hemos venido a buscar?

—¿Con el *Shem Shemaforash*? Según la Cábala, la potencia divina reside en el Verbo, en la Palabra. A Dios, como existencia, también le corresponde un nombre, el *Shem Shemaforash*, el Nombre Secreto impronunciable. Moisés y sus sucesores lo susurraban una vez al año delante del Arca para que el mundo siguiera existiendo. En Jericó hicieron tocar las trompetas para que nadie pudiera oír el *Shem Shemaforash* gritado por el sacerdote para demoler las murallas.

—O sea, que el que tiene el Nombre y el Arca tiene el poder —concluyó el alemán.

—Así es.

Von Kessler tomó una ramita seca y trazó unas líneas sobre el polvo.

—Hace miles de años que nadie ha musitado ese nombre ante el Arca —replicó—, y, sin embargo, el mundo sigue existiendo.

—Otra tradición judía asegura que el mundo se sostiene en los *Hasidei Ummot Haolam*, los treinta y seis hombres justos —respondió Zumel, serio—. El día que no existan esos justos perecerá; quizá Dios había previsto ese motor auxiliar para que el mundo siguiera existiendo mientras el *Shem Shemaforash* andaba perdido.

—¿Treinta y seis justos? —Von Kessler se encogió de hombros—. ¿Dónde están esos treinta y seis justos?

—Quizá usted sea uno de ellos. Ningún justo sospecha que pertenece a ese club limitado. Somos instrumentos del destino, o de Dios.

—¡Paparruchas judías!

—Probablemente sean paparruchas judías, pero usted me ha sacado del infierno de Auschwitz y me ha traído a este páramo español por ese motivo.

Von Kessler asintió.

—De acuerdo. Hábleme más de la Cábala.

—Su mecánica se basa en un principio relativamente simple: si los Textos Sagrados son inspiración directa de Dios, que simplemente usó un redactor humano como amanuense, esa emanación directa de Dios se plasma en un texto absoluto en el que el azar se reduce a cero. Un hombre sabio al que admiro escribió: «Un libro impenetrable a la contingencia, un mecanismo de infinitos propósitos, de variaciones infalibles, de revelaciones que acechan, de superposiciones de luz, ¿cómo no interrogarlo hasta lo absurdo, hasta lo prolijo numérico?» En la escritura revelada por Dios no puede haber nada que sea fruto de la casualidad. Una emanación directa y voluntaria de Dios tiene que participar de su propia perfección. Por lo tanto, el libro, que es parte de Dios mismo, resulta ser un sistema perfecto, cerrado, glorioso, a través del cual, por medio de su estudio, el hombre puede remontarse a la comprensión de la obra divina trascendiendo sus propios límites; el hombre puede elevarse por encima de las limitaciones de su ser hasta la inteligencia de Dios. El Libro es una escalera para llegar a Dios. Él no puede repudiar un acercamiento del hombre, puesto que le ha legado las claves de su obra en el Libro sagrado. La comprensión de la obra de Dios implica el conocimiento del mundo y de sus mecanismos. Conocer es poder. De ese modo la Cábala conduce al poder. El conocimiento absoluto de la palabra clave, el Nombre Secreto de Dios, el *Shem Shemaforash*, conduce al poder absoluto, al prodigio del Arca frente a los muros de Jericó.

Von Kessler había dejado de trazar signos sobre el suelo. Su único ojo miraba al judío. La primera vez que lo vio en Auschwitz le había parecido una criatura siniestra, un anciano receloso, un infrahombre irrecuperable; ahora el judío se había transfigurado, hablaba con aplomo y se servía del mismo idioma alemán que parecía forjado para expresar las consignas raciales de la nueva cultura aria, para exponer con hábiles argumentos los impenetrables razonamientos de una antigua sabiduría que trascendía los límites tanto de la magia como de la razón, iluminando una zona que causaba a un tiempo miedo y veneración.

—El conocimiento del Nombre de una cosa otorga poder sobre ella. El conocimiento de un dios da poder sobre él. El conocimiento del Nombre del Creador, del principio máximo, otorga poder sobre su obra, es decir, sobre la creación misma. Es el poder sin límites. Cuando el portador del nombre pronuncia el *Shem Shemaforash*, sus ondas vibratorias se expanden concéntricamente hacia innumerables centros y sus superposiciones o esquemas de interferencia forman nódulos de energía atrapada que se convierten en ígneos cuerpos rotatorios del firmamento. Ese sonido emitido, esa enunciación de la idea de Dios, es lo que los pitagóricos llamaban la música de las esferas.

—¡Viajeros al tren! —gritó el chófer, dando un par de palmadas. El hojalatero había terminado de remendar el radiador y Kuhlenthal satisfacía a regañadientes la abusiva cuenta.

—¡Hay que joderse —rezongó el artesano al retirarse—, los tíos son los amos del mundo y regatean por una peseta!

Tardaron todo un día en atravesar Despeñaperros. Tuvieron que esperar más de dos horas a que una cuadrilla retirara de la carretera un camión sobrecargado de cebollas al que se le había roto el eje. Cuando le aligeraron la carga aparecieron dos grandes bidones de quinientos litros de aceite de estraperlo. Los guardias civiles condujeron al cuartelillo al conductor y al mecánico.

—¿Los fusilarán? —preguntó Von Kessler.

—No creo que los fusilen —respondió Kuhlenthal—, pero tampoco les van a reír la gracia.

El chófer miró a Zumel. No habían cambiado una palabra desde que salieron de Madrid, pero se entendían con la mirada. Ya se había percatado el conductor de que el tipejo insignificante con el traje a rayas y las gafitas miopes era un prisionero escoltado por los dos armarios.

Ascendieron por una carretera estrecha y tortuosa, formando una lenta caravana tras viejos camiones que jadeaban cuesta arriba entre negras humaredas de motores exhaustos. En Alemania haría tiempo que habrían ido a parar al chatarrero, pero en España los reparaban una y otra vez, adaptando las piezas de unos a otros y los utilizaban, sobrecargados, por infames carreteras abiertas entre altos farallones de roca gris con pinceladas amarillas de musgo.

Zumel, pensativo, contemplaba el paisaje. Aquí y allá, un quejigo o una carrasca acertaba a crecer entre las piedras o en las escarpadas laderas de los cerros entre la profusión de monte bajo.

—Es un lugar pintoresco —comentó Von Kessler como para sí.

Por el retrovisor miró a los del asiento trasero. El judío contemplaba la belleza del paisaje con una mirada agradecida; los de la Gestapo tenían la mirada opaca e indiferente. Quizá no les vendría mal un toque de sensibilidad judía —se dijo Von Kessler, y contempló abiertamente su mano de madera—. Comienzo a no creer en nada —reflexionó amargamente—. Tampoco creo en esta misión, es absurdo pensar que lo que andamos buscando esté escrito en una piedra en un lugar perdido de un país perdido y que nosotros la vamos a encontrar.

La premonición del fracaso lo atormentó durante el resto del viaje. Hicieron una parada para que se enfriara el coche al salir de Despeñaperros, en un lugar llamado Santa Elena. El ventero sólo tenía el consabido cocido de garbanzos con pescuezos y alas de gallina, pero en cuanto Kuhlenthal le refrescó la memoria con un billete de cinco duros se acordó de repente de una morcilla de carne de monte en aceite que reservaba para huéspedes tan significados como aquellos.

Mientras servía la fuente de adobo humeante y otra de patatas a lo pobre con huevos, el camarero preguntó:

—¿A qué vienen ustedes, a medir cabezas?

—No, somos turistas —dijo Kuhlenthal.

—Lo digo porque si quieren medir cabezas yo tengo varios primos de apellido alemán.

—¡Menudos granujas! —dijo Kuhlenthal en alemán—. Hace unos años, una misión científica del Reich estuvo examinando en estas tierras la evolución racial de un núcleo de colonos alemanes, que se establecieron aquí a finales del siglo XVIII. Después de varios meses de arduas investigaciones, resultó que el trabajo no servía para nada, porque los nativos nos habían engañado.[1]

1. En 1957 Johan Schänble, profesor de Antropología de la Universidad de Kiel publicó «Estudios antropológicos en las llamadas colonias alemanas del Sur de España». Véase *Zeitschrift für morphologis-*

—¿De qué modo? —quiso saber Von Kessler.

—Dábamos una peseta a los de apellido alemán que se dejaban medir el cráneo. Los sacristanes de los pueblos se dedicaron a expedir falsas partidas de nacimiento para todo el que las requería, por unos céntimos. Comenzamos a sospechar cuando vimos la extraordinaria abundancia de mellizos y trillizos, porque un mismo individuo se presentaba hasta tres veces bajo nombres distintos, el colmo del cinismo y de la codicia. ¡Verdaderamente, no se puede uno fiar de las razas inferiores!

—¿Y qué pasó con la sangre alemana?

—Perdida. Después de diez generaciones se mezcló con la española, que a su vez es un cóctel de moros, gitanos, griegos, romanos, fenicios e indígenas prerromanos. Y, lo que es más grave, de judíos. Zumel podría pasar fácilmente por uno de ellos.

Von Kessler observó al judío y sólo vio una mirada levemente melancólica, en la que a veces se percibía un brillo de burlona insolencia.

Habían comido bien. Salieron del cobijo del fresco emparrado, en la puerta de la venta y el chófer sacó el coche aparcado a la sombra de un pino, junto a la carretera, para proseguir el viaje entre suaves colinas pardas y despobladas. De vez en cuando se atisbaba la chimenea de una mina y el montón oscuro de las escombreras resultado de la explotación ininterrumpida desde los tiempos de los fenicios.

—Son minas de plomo y de galena argentífera. Parte del plomo del Reich procede de aquí —comentó Kuhlen-

che Anthropologie, Bd. 48 Stuttgart, 1957, pp. 151-202. En esta obra se alude al estudio de O. Wendel «Deutsches Blut in Spanien» (Sangre alemana en España) aparecido en *Der Auslandsdeutsche*, Jq.19, p. 629, 1936 y «Los últimos restos de la colonización alemana de Andalucía» en *Der Auslandsdeutsche*, Jq. 16, 1937, p. 417. *(N. del t.)*

thal—. Y más al norte hay una mina de mercurio cuya producción íntegra mantiene en funcionamiento los submarinos del Reich.

Pasaron frente a las ruinas del castillo de las Navas de Tolosa y tras atravesar las calles ortogonales de La Carolina tomaron una carretera infame de piedra suelta, sólo a ratos parcheada de alquitrán que conducía a Vilches.

Atravesaron el río Dañador por un puente provisional, temblequeante, y fueron a dormir a Castellar de Santisteban.

Después de cenar, Zumel intentó irse a la cama, pero Von Kessler tenía algunas preguntas que hacerle y le sugirió que dieran un paseo por la plaza, donde la gente se congregaba para tomar el fresco y conversar. Se unieron a los paseantes como dos amigos más, con la pareja de la Gestapo detrás, a unos pasos de distancia. Von Kessler había estudiado en la academia de las SS el valor mágico de las runas arias, pero nunca creyó demasiado en ello. Quería saber más acerca del *Shem Shemaforash*.

—No está escrito en caracteres alfabéticos, porque es anterior a cualquier alfabeto —le informó Zumel—. Está escrito en forma de *shekinah*, es decir, en forma de figura geométrica a partir de la cual hay que deducir sus valores fónicos.

—¿Cómo puede deducirse un sonido a partir de un dibujo? ¿Una especie de partitura musical?

—Algo más complejo. La geometría armónica tiene que ver con la organización espacial. Las formas u ondas sonoras están estrechamente relacionadas. La naturaleza se supedita a la aritmética y a la geometría. Todo depende de frecuencias vibratorias, ondas armónicas de energía, formas melódicas que brotan de la proporción geométrica. La geometría es ordenación de la materia, a la relación espacial le corresponde una formulación sonora. Esta ciencia tuvo en la antigüedad tres formulaciones: los llamados *trimurti*, los tres semblantes: la Cábala hebrea, el hermetismo egipcio y la gnosis griega. Solamente la Cábala hebrea ha resistido al paso del tiempo, en ocasiones trasformada en Cábala cristiana.

—¿Cábala cristiana?

—Sí, algunos cristianos la practicaron. Incluso cristianos nada sospechosos. San Bernardo de Claraval, el verdadero inspirador de los templarios, definió a Dios como «longitud, anchura, altura y profundidad».

—O sea, que Dios es geometría.

—Algo así. Existe una correspondencia de las veintidós letras del alfabeto hebreo con los veintidós polígonos regulares de la geometría común. Considere la división de la circunferencia en 360 grados sexagesimales: solamente hay veintidós divisores enteros por 360. A cada uno de ellos le corresponde un polígono regular inscrito en una circunferencia. Contando las tres figuras madre, el triángulo equilátero, el cuadrado y el pentágono que se corresponden con las tres letras madre, Alef, Mem y Shin. Si las duplicamos, tendremos siete polígonos regulares inscritos, o sea, siete polígonos dobles correspondientes a las siete letras dobles del hebreo. Quedan doce polígonos simples que corresponden a las doce letras simples del hebreo.

—La circunferencia también tiene cuatrocientos grados centesimales —objetó Von Kessler.

—Que igualmente se adaptan al hebreo —prosiguió Zumel—. Si el valor de la primera letra, el Alep, es uno, el de la última, la Tav, es cuatrocientos. Los logaritmos tienen su expresión en hebreo.

18

Al día siguiente, después de un desayuno serrano a base de migas con torreznos y melón, prosiguieron el camino, por pésimas carreteras, entre dehesas de alcornoque y carrasca, con berruecos de granito esparcidos entre el verdor de la jara, el lentisco y el monte bajo. Poco antes del mediodía alcanzaron la meta del viaje, Chiclana de Segura, un pueblo de casas humildes y blancas, con las calles empedradas y limpias. Aparcaron a la sombra, en la bocacalle de una plaza con una fuente en el centro, en la que las caballerías abrevaban mientras las mujeres llenaban sus cántaros. El ayuntamiento era un edificio de dos pisos con la fachada de ladrillo. Del balcón principal colgaban yertas las banderas española y de la Falange.

Von Kessler, seguido de Kuhlenthal, entró en el zaguán consistorial, sorteó un botijo que colgaba de un gancho y se dirigió a un alguacil moreno que, tras un mostrador de madera, extendía laboriosamente el permiso de venta a un melero ambulante. El alguacil levantó la cabeza y al ver al tipo alto y rubio con un parche en el ojo inquirió:

—¿Qué se le ofrece?

Von Kessler le tendió un sobre. El alguacil se descompuso cuando vio el membrete de la Jefatura Nacional de Falange.

—¿Los alemanes? ¡A sus órdenes, excelencia! Haga usted el favor de acompañarme, que el señor alcalde lo espera desde hace dos días y está el pobre que no vive.

Dejaron al melero esperando y subieron por una escalera de baldosas sueltas y partidas, aunque muy limpias.

—Aquí oímos el parte diario de guerra de las victorias alemanas en Radio Nacional —explicó el alguacil, volviéndose—. ¡Hay que ver la zurra que les estamos dando a los comunistas, ¿eh?; los estamos dejando que da pena verlos... —Reparó en la mano de madera, en la cojera y en el ojo perdido y balbució—: En fin, como dice el Caudillo, cualquier sacrificio personal es poco para la victoria.

El alcalde tendría unos cuarenta años. Había recibido un telegrama de la Jefatura Nacional de Falange anunciándole la visita de una comisión alemana y llevaba dos días pasando calor, embutido en el uniforme de gala falangista, chaqueta blanca, camisa azul, corbata y correaje negros, pistola al cinto, los emblemas con el yugo y las flechas y la medalla de Sufrimientos por la Patria.

—¡Don Raimundo, los alemanes! —anunció el municipal, asomando la cabeza.

—¡Adelante, adelante! —respondió el alcalde.

Entraron en un despacho sucintamente amueblado con un armario archivador de madera tallada, un sofá y una mesa escritorio. En la pared había dos grandes fotografías enmarcadas. Una representaba a José Antonio Primo de Rivera en mangas de camisa, remangado, el pelo empapado de brillantina y peinado para atrás; la otra, al Caudillo con el uniforme de general, con un tabardo dotado de un enorme cuello de piel vuelta que acrecentaba su exigua estatura.

Don Raimundo salió de detrás de su severa mesa escritorio y disparó un brazo en impecable y ensayado saludo fascista, cuidando mantener la mano un poco angulada, con ortodoxia falangista, y no extendida como prolongación del brazo, al estilo nazi, como hacían algunos obispos españoles que saludaban de esta guisa en el «NO-DO».

—¡Arriba España y *Heil* Hitler! —exclamó.

—¡*Heil* Hitler! —respondieron los del abrigo de cuero.

—¿Señor Domínguez? —dijo Von Kessler, ofreciendo su mano sana y entrechocando los tacones.

—El camarada Domínguez para servirlo —corrigió el alcalde, sonriendo bajo el bigote—. ¿Usted debe de ser el camarada Von Kessler?

—En efecto, camarada alcalde —respondió Kuhlenthal—. Y yo soy el intérprete de la embajada alemana.

—Es un honor recibir en mi pueblo a esta embajada del bravo y teutón pueblo alemán —dijo el alcalde—. ¿Han tenido un viaje agradable? ¿El Führer anda bien de salud?

Kuhlenthal tradujo.

—El viaje ha sido muy agradable —mintió Von Kessler—. ¿Conoce usted el motivo de nuestra visita?

Kuhlenthal volvió a traducir.

—No, camarada —respondió el alcalde—. La superioridad me la comunicó mediante telegrama. Mi pueblo y un servidor estamos a su entera disposición para lo que se le ofrezca.

Intervino Kuhlenthal:

—El profesor Zumel, aquí presente, es arqueólogo y quiere estudiar las ruinas de un antiguo monasterio llamado Montesión, en un lugar que llaman la Piedra del Letrero.

El alcalde palideció. Se pasó un dedo por el bigotito recortado, semejante a una carrera de hormigas negras.

—¿La Piedra del Letrero, dice? —Se sonrojó y cruzó una mirada con el alguacil, que se encogió de hombros.

—Sí, ya veo que conoce el lugar. Queremos visitarlo lo antes posible.

—Cuando ustedes quieran —dijo el alcalde—. El pueblo y un servidor estamos a sus órdenes.

—Ahora mismo, entonces.

—¡Barragán, avisa a la Guardia Civil! —ordenó el alcalde.

—¡Eso está hecho! —dijo el alguacil al tiempo que descolgaba el teléfono y giraba enérgicamente la manivela.

—¿La Guardia Civil? —se extrañó Kuhlenthal.

—Sí, camarada. Lamentablemente, quedan todavía algunos bandoleros en el campo, prófugos del ejército comunista que viven ocultos en la sierra. En cuestión de meses, quizá de días, serán capturados y fusilados, pero mientras tanto es mejor salir escoltados, no sea que tengamos un disgusto por mano del diablo.

A los pocos minutos llegó la pareja de la Guardia Civil, dos hombres hoscos que se cuadraron ante el alcalde y no mostraron el menor interés por los visitantes. Von Kessler admiró los tricornios charolados, las capas verdes y los fusiles Mauser algo destartalados, que olían a grasa. La expedición se repartió entre el Opel y el taxi del pueblo, un Studebaker antediluviano, cada uno con un guardia civil en el estribo oteando el campo.

Después de pasarse por la casa del alcalde para que se cambiara el uniforme falangista por ropa de campo más fresquita, salieron del pueblo por el carril agrícola de la Venta de los Santos. A los siete kilómetros de baches, polvo y moscas divisaron una humilde casa abandonada sin puertas, tejas ni ventanas.

—Ahí está la Piedra del Letrero, detrás de la casa —señaló el alguacil.

Aparcaron a la sombra de un emparrado caído y rodearon la casa. Detrás había una plataforma de piedra medio invadida por los yerbajos. El alguacil empuñó una azada y despojó la superficie. La irregular superficie de la piedra estaba cubierta de letras, cruces, signos y grafitos. Hacia el centro había un espacio cuadrado minuciosamente picado.

Zumel se volvió hacia Von Kessler.

—No hay nada que leer —informó—. Han destruido la inscripción.

Von Kessler sintió la sangre golpeándole en las sienes.

—¿Qué ha ocurrido?

El alcalde se encogió de hombros.

—Esa parte de ahí estaba picada desde no sé cuándo y por esta de aquí había unos círculos, unas letras y unas rayas, pero hace dos años recibimos una orden del Gobierno Civil de la provincia para que los picáramos.

—¿Por qué?

—Porque eran cosa de masones.

—¿Masones?

—Eso decía la circular —se excusó el alcalde—. Y aquí, como usted comprenderá, el que manda, manda.

—¿Y si sabían que no estaba, cómo no nos lo advirtieron para ahorrarnos el viaje?

—La circular de la Jefatura del Movimiento nos ordena ponernos a su disposición para lo que manden, luego se lían las cosas y muchas veces piensa uno si para esto hemos ganado una guerra.

Von Kessler no disimuló su ira. Todo el fatigoso viaje, todo el polvo, el sudor y el vapuleo de los baches, para nada.

El alguacil le cuchicheó unas palabras en el oído al alcalde.

—¡Esperen! —dijo el munícipe—. Todavía cabe una posibilidad de que sepan lo que había escrito.

—¿Qué posibilidad?

—Hay un maestro en el pueblo, don Julio Jiménez, que es aficionado a las cosas antiguas y va por el campo tomando nota y recogiendo tejoletes de cacharros rotos y extravagancias así. Yo creo que él tiene copiado lo de la piedra. A lo mejor hasta le ha hecho fotos.

—¿Dónde podemos ver a ese hombre?

—Como ahora no es tiempo de escuela está en Úbeda, con sus padres, que están ya muy mayores.

—Úbeda, ¿y eso dónde está?

—A sesenta kilómetros de aquí, más o menos.

—¿No le podemos telefonear?

—No tiene teléfono. Podemos avisar a la centralita del pueblo para que lo llamen, pero con las demoras casi trae más cuenta ir.

Von Kessler reflexionó. Habían ido al fin del mundo. Valía la pena intentarlo.

—Está bien. Iremos a Úbeda.

—Pues no se hable más —dijo el alcalde—. Volvemos al pueblo, comemos y salimos para Úbeda. ¿Se duerme la siesta en el Reich alemán?

Kuhlenthal tradujo.

—No, en Alemania no dormimos siesta.

Un brillo de admiración empañó los ojos del alcalde.

—¡Siempre trabajando! Así es como se levanta un país. Si aquí fuéramos la mitad de trabajadores que ustedes, otro gallo cantaría, pero a pesar del entusiasmo del Caudillo, la verdad es que aquí la gente trabaja menos que en Alemania. Y eso que el Caudillo da ejemplo. ¿Sabía usted que la lucecita de El Pardo permanece encendida hasta altas horas de la noche?

Kuhlenthal tradujo.

—No, no lo sabía. Al Führer también le gusta trabajar de noche.

—¡Es lo que yo digo: superhombres! Así es como se levanta un país. Aquí los únicos que trabajan de noche, aparte del Caudillo, son los serenos. ¡No hay color!...

Regresaron al pueblo y almorzaron cocido con costilla añeja en casa del alcalde. Zumel, los agentes de la Gestapo, el cabo Kolb y el chófer comieron en la cocina, con las criadas, Kuhlenthal y Von Kessler en el comedor de respeto, con la señora y las dos hijas del alcalde, sobre un mantel bordado que apestaba a naftalina. Había una fuente con mitades de cebolletas frescas que el alcalde hizo circular varias veces para que los comensales acompañaran con ellas el cocido. A cada cucharada, la señora preguntaba solícita «*Gut?, Gut?*». Y Kuhlenthal le respondía educadamente: «Sí, muy *gut*, muy *gut*.» De postre tomaron melón fresquito enfriado en el pozo.

No hubo siesta. Tomaron la carretera vecinal que enlazaba con la de Levante, cruzaron el puente sobre el río Beas y torcieron a la derecha por la carretera nacional en deplorable estado. Entre el baqueteo de la mañana y la cebolleta del cocido que se le repetía y le producía un encadenamiento de pequeños eructos, el agente de la Gestapo Ernst Müller se mareó y tuvieron que parar para que vomitara en la cuneta.

—¡Ahí lo tiene usted, tan hombrón y se marea! —comentó el alguacil.

El alcalde le lanzó una mirada asesina que lo hizo rectificar:

—Esto del mareo es que le coge al más pintado. En el Cortijo de las Cuentas, donde trabajé de chico, había un mulo que se mareaba en la trilla y se dejaba caer sobre la parva.

Kuhlenthal tradujo. Von Kessler se encogió de hombros.

—¿Sabe usted lo que había que hacer para levantarlo? —insistía el alguacil.

No recibió respuesta, pero él se animó a seguir.

—Pues se le agarraba el rabo y se le daba una buena patada en los cojones.

Cuando Müller se repuso prosiguieron el viaje. La carretera, relativamente recta, discurría entre olivares. Dejaron Iznatoraf a la derecha, encaramado en su alto risco, y después de atravesar Villacarrillo y Torreperogil, sin más incidencia que una rueda pinchada, llegaron a Úbeda.

Entraron por el cantón y al llegar al pilar del abrevadero se encontraron a un lechero que estaba enjuagando unas cántaras.

—¿Don Julio, el maestro? —dijo el hombre, rascándose bajo la boina—. ¡Ah, el hijo del *Guarda*! ¿Vienen ustedes al entierro?

—¿A qué entierro? —inquirió el alcalde.

—¿No lo saben ustedes? Pues el del padre, Frasquito *el Guarda*, que en gloria esté, que se murió ayer tarde el hombre.

—¡Vaya por Dios y qué oportuno! —exclamó el alcalde.

Kuhlenthal explicó.

—Bien, pero no venimos a ver al padre —dijo Von Kessler.

—No, al padre, no —repuso el alcalde—, pero hágase cargo.

—Estos señores han venido ex profeso desde Alemania —protestó débilmente Kuhlenthal—. ¿Será posible ver a don Julio, aunque sólo sea un momento?

—¡En fin —suspiró el alcalde—, vamos allá! Todo sea por la amistad hispano-germana.

El lechero asistía curioso al intercambio de parrafadas en alemán y a sus traducciones.

—Oiga, usted perdone —intervino—. ¿Estos señores son alemanes por un casual?

—Sí, son alemanes —intervino el chófer.

—¿No podría usted preguntarles por un primo que tengo en la División Azul? Se llama Honorio García, a lo mejor lo conocen.

—Es que ellos no vienen de donde está la División Azul, sino de Berlín.

—¡Ah! —se excusó el lechero—. ¡Como la radio dice que están por todas partes!... Ya me parecía a mí que era mucho chulear.

Entraron en el pueblo y recorrieron un par de calles solitarias hasta que salieron a una tercera donde había una aglomeración.

—Ahí es el muerto —señaló el chófer.

La gente iba vestida de respeto, muchos con brazaletes negros. Un corrillo de mujeres, con velo en la cabeza, consolaba a una, a la que una vecina le había sacado una silla y otra un vaso de agua. Hacía calor y los abanicos funcionaban a toda velocidad. Según costumbre, las damas lo cerraban de vez en cuando, propinándose sonoros abanicazos sobre el pecho poderoso.

Los visitantes aparcaron a cierta distancia, pero no pudieron evitar que la gente, que se agolpaba en la calle, dejara de atender al entierro para concentrarse en los forasteros y especialmente en sus coches. El alcalde se acercó a uno de los corrillos y preguntó por don Julio.

—Sí, señor; está arriba.

El alcalde entró en la casa mientras el resto del séquito esperaba fuera. Al poco rato salió.

—Ya hemos quedado en hablar del asunto con más calma después del sepelio —informó a Von Kessler a través de Kuhlenthal—. Ahora hay un problema y es que tienen dificultades para sacar el ataúd porque están en un tercer piso y la escalera es estrecha. He pensado que quizá sus hombres podrían echar una mano. La familia se lo agradecerá.

Von Kessler consideró la situación. Miró a Zumel.

—No voy a huir —dijo el judío.

—Está bien: Müller, Burrho, acompañen a este hombre y ayúdenlo a bajar el ataúd.

—A sus órdenes, *Hauptsturmführer*.

Los de la Gestapo se abrieron camino entre los corrillos que comentaban lo querido que era el difunto que hasta de Alemania venía gente al duelo.

Mientras bajaban el féretro, el alcalde se acercó a cumplimentar a la autoridad religiosa que oficiaría la ceremonia.

—Don Próculo, le voy a presentar a unos señores que han venido de Alemania.

El párroco, un hombre bonachón entrado en carnes sonrió y extendió la mano. Von Kessler se la tomó, bajó la cabeza en una cortés reverencia y dio un taconazo. Zumel se inclinó, besó la mano del sacerdote y la retuvo un momento entre las suyas al tiempo que susurraba:

—Es un honor conocerlo, padre.

El cura disimuló. Aquel desconocido le había deslizado un objeto diminuto en el hueco de su mano. En cuanto tuvo ocasión lo miró y vio que era un cilindrito de papel enrollado. Una nota, quizá la confesión comprometida de una alma atormentada. La guardó en el bolsillo de la sotana para leerla más tarde en privado.

La escalera era angosta, con peldaños de pobre, de los que tienen más tabica que huella, y el difunto pesaba más de diez arrobas. Los hombres de la Gestapo sudaron lo suyo para bajar el féretro, junto con tres deudos. Un hermano del muerto intentaba echar una mano pero estorbaba más que ayudaba.

—Es que estoy herniado —se excusó.

En uno de los esfuerzos se le escapó una ventosidad floja y fétida, lo que propiamente se denomina follón. El agente Müller, que llevaba el ataúd detrás de él, dos peldaños más arriba, reprimió una arcada.

—¿Has sido tú, Hans? —indagó.

—¿Si he sido yo, qué? —preguntó el agente Burrho desde el otro lado del ataúd.

—Si has ventoseado.

—No, ¿en un funeral? —farfulló Burrho—. ¿Por quién me tomas?

Müller reflexionó.

—Entonces me estoy tragando los pedos de este *untermensch* —masculló, irritado.

Terminaron de bajar al muerto hasta el portal, donde los familiares y vecinos se hicieron cargo del féretro y se encaminaron al cementerio con el cura y los monaguillos delante, seguidos de una numerosa comitiva de aldeanos que hablaban de la cosecha desastrosa y de las negras perspectivas.

—Por lo menos el pobre Guarda ya ha descansado —oyó comentar Zumel.

Los visitantes se agregaron al sepelio por delicadeza, Müller y Burrho escoltando al judío. Cuando se despidió el duelo, el alcalde se acercó a Julio Jiménez.

—Perdona, Julio, pero estos camaradas han venido de Alemania.

—¿Ves, Herminia? —le dijo Julio Jiménez a su mujer—: Hasta de Alemania, con la que tienen liada allí, ha venido gente al entierro. ¡Es que hay que ver cómo lo querían!...

—No, no es cosa de tu padre —corrigió el alcalde—. Están investigando sobre la Piedra del Letrero.

—¡Ah! —dijo el maestro, un poco decepcionado.

—Quieren saber si tú tendrías fotografiada la parte que se quitó.

—Vamos a mi despacho y vemos si hay algo.

El despacho era una habitación fresquita de la planta baja, con una mesa castellana y un armario librería atestado de carpetas y libros. Una criada trajo sillas para los visitantes y una cafetera con café de achicoria, el *erszat* de café español, como explicó Kuhlenthal a sus compatriotas.

Julio Jiménez abrió una carpeta de gomas que contenía folios amarillentos, cuartillas, facturas escritas por el revés, recortes de periódico y un cuaderno escolar entre cuyas páginas encontró lo que estaba buscando. Lo puso delante de Von Kessler.

—Aquí tiene usted la Piedra del Letrero tal como era en 1922.

Era un amasijo de cruces e iniciales en distintos tamaños, con una flecha artísticamente trazada que indicaba el norte. En el centro de la piedra había un rectángulo formado por rayas que se cortaban perpendicularmente.

—¿Y esto?

—Esa cuadrícula corresponde a una parte que está picada a cincel. Había alguna inscripción y la borraron. Cuando yo lo dibujé hace veinte años ya no estaba. ¿Es eso lo que buscan ustedes?

—Me temo que hemos hecho el viaje en balde —suspiró Von Kessler—. Hemos perdido unos días preciosos y estamos como al principio.

Pernoctaron en Úbeda y al día siguiente temprano iniciaron el regreso. En Linares, Von Kessler envió un telegrama cifrado a la embajada alemana en Madrid con el ruego de que lo remitiesen inmediatamente al Reich. Aquella noche el calor se aunó a la sensación de fracaso para impedirle conciliar el sueño. Salió a la terraza de la pensión, se acomodó en una hamaca de lona y empezó una botella de valdepeñas. Cuando llevaba un buen rato bebiendo en solitario notó que no estaba solo. En el otro extremo de la terraza había una sombra que contemplaba silenciosamente las estrellas.

—¿Kolb?

—Soy yo, Herr Kessler —respondió la pausada voz de Zumel.

Kessler tomó asiento junto al judío y le ofreció vino, que el judío rechazó. Después de unos minutos de silencio, en los que Von Kessler se dedicó a escrutar el firmamento como hacía su prisionero, dijo:

—Los dos somos infrahombres, Zumel. —Su voz sonaba ligeramente ebria—: Usted por judío y yo por mutilado.

¿Sabe que desde que me ocurrió esto no he vuelto a estar con ninguna mujer? Lo intenté una vez, con una vieja conocida, una buena patriota alemana, pero se asustó al verme. La gente se horroriza ante mí, como si fuera un apestado. He visto a niños espantados refugiarse en las faldas de sus madres. La gente desvía la mirada cuando yo paso.

Zumel no dijo nada. Asistía apesadumbrado a la confesión de su carcelero, temiendo que en cuanto amaneciera, a plena luz del día, y se disiparan los vapores del alcohol, Von Kessler se arrepentiría de haberle hecho confidencias. Von Kessler adivinó sus temores.

—No le ahorcaré mañana por haber oído esto —dijo con voz enronquecida—. Necesito contárselo a alguien y usted es el único al que conozco que pueda entenderlo. Está tan solo y tan condenado como yo.

El prisionero asintió en silencio.

—Usted se preguntará por qué lo respeto. No lo respeto por usted, lo respeto por mí. Cuando era un hombre entero estaba convencido de la nueva moral del Reich basada en la evolución y en la eliminación natural de las razas inferiores por las razas fuertes, por los señores germanos, pero desde que soy medio hombre estoy volviendo a la moral judeocristiana. Al principio pensaba que se debía a mi triste situación. Ahora no estoy tan seguro de que el poder deba ejercerse con crueldad y determinación. Usted hace tiempo me habló del poder compasivo.

—El verdadero poder, el que no teme nada, es compasivo —dijo el judío.

—¿Alguien que haya tenido poder ha intentado ser compasivo?

—Salomón lo fue. Y algunos imitadores de Salomón.

—¿Quiénes?

—Esos templarios, cuyas huellas seguimos. Para ellos y para algunas sectas orientales, el poder debe ser un amor que impone las exigencias de la justicia. En eso consistía la sinarquía que buscaron los templarios. Entonces, como ahora, el mundo estaba desgarrado por las guerras. Los templarios idearon un plan para restablecer la armonía, un gobierno mundial que impusiese la justicia y la compasión sin hacer distinciones entre cristianos, musulmanes y judíos, el regreso a la Edad de Oro. Creían que las razas y las familias pertenecen a un grupo común.

—Una visión pueril.

—No, Herr Kessler —replicó Zumel. En la oscuridad su voz sonaba como la de un anciano—. Lo cruelmente pueril es incendiar el mundo en nombre de una simplificación que reduce la complejidad de la humanidad a una lucha entre una raza superior que debe aniquilar a otras inferiores para alcanzar su destino. Yo soy mayor que usted. En veinte años de vida universitaria he asistido al surgimiento de la mediocridad y al entronizamiento de la mentira. Yo he visto incubarse el huevo de la serpiente en mi querida Alemania. Ahora la serpiente nos está devorando a todos.

Von Kessler bebió un largo trago de la botella.

—La serpiente nos devorará a todos —repitió reflexivamente.

19

Londres

Sir Stewart Menzies, director del SIS, el Servicio de Inteligencia británico, cebó cuidadosamente su pipa de brezo con tabaco holandés, la prendió con un mechero de plata y exhaló una nube de humo blanco hacia la alta estantería de ébano, en la que se alineaba la colección completa del *Diario del Almirantazgo* encuadernado en piel de ternera. Así comenzaba la rutinaria reunión semanal para examinar los casos pendientes. Arrellanados en sendos sillones de cuero estaban Robert Hood, jefe de Contraespionaje y Andrew Burton-Peer, jefe de Operaciones Encubiertas. Menzies le echó un nuevo vistazo al folio que tenía sobre la mesa, carraspeó ligeramente y dijo:

—Hace una semana un ciudadano español se presentó en nuestra embajada de Madrid y le dio un sobre al guardia que vigila la puerta. Dijo que contenía un mensaje de un judío al que los alemanes llevaban prisionero. El guardia cree que estaba asustado. —Sir Stewart Menzies dio una chupada a la pipa y proyectó un nuevo sahumerio hacia los venerables *Diarios del Almirantazgo*—. Al día siguiente recibimos otra copia del mismo mensaje enviada por nuestro agente Flor de Lis, lo que nos indujo a pensar que pudiera tratarse de un asunto genuino.

Los tres hombres sabían que Flor de Lis era el nombre en clave de un funcionario menor de la Nunciatura Apostólica en Madrid, la embajada vaticana en España.

—Por Flor de Lis sabemos que un ciudadano alemán entregó una copia del mensaje, exactamente igual a la nuestra, a un sacerdote español, que lo hizo llegar a su obispo, quien a su vez lo transmitió al nuncio en Madrid. El nuncio lo ha enviado con suma urgencia a la Secretaría de Estado vaticana. —Dio una nueva calada, aspiró distraídamente el humo y prosiguió—: Dos días después, otro ciudadano español, el chófer de una agencia de alquiler de automóviles, solicitó hablar con algún funcionario de nuestra embajada y le entregó un mensaje idéntico a los anteriores. Al parecer, se lo había entregado un judío llamado Zumel al que los alemanes llevaban preso para buscar cierta inscripción en el sur de España.

Se relajó, dio dos o tres chupadas cortas a la pipa, que amenazaba con extinguirse, la avivó, exhaló dos chorros de humo por los orificios nasales y prosiguió:

—Podríamos pensar que se trata de un pirado. El mundo está lleno de pirados, después de todo. Sin embargo, dos días antes habíamos interceptado un mensaje cifrado del agente de la Abwehr en Madrid, en el que daba cuenta de la llegada de la expedición Jericó.

—Jericó... —dijo Hood—. ¿De qué nos suena ese nombre?

—Nos suena del mensaje del embajador japonés en Berlín que nuestros primos americanos interceptaron hace quince días, un asunto que Churchill ha declarado de prioridad absoluta.

—¿Sabemos lo que contienen los mensajes del judío?

—No, no lo sabemos. Son en realidad copias de un mismo mensaje excepcionalmente breve y parece estar escrito en un tipo de cifra desconocido.

Les mostró una cuartilla en la que podían ver estos signos:

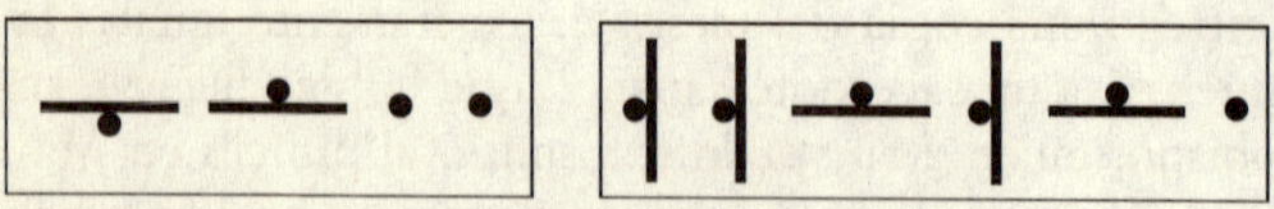

—¿No puede tratarse de una trampa alemana? —preguntó Hood.

Sir Stewart Menzies se quedó un momento pensativo con la pipa entre los dientes.

—Desde luego que podría tratarse de un engaño alemán. Madrid está infestado de agentes alemanes. No obstante, no debemos descartar que el asunto esté vinculado con esa Operación Jericó que tanto nos interesa.

—Si el Vaticano se interesa por el caso, es evidente que se trata de un asunto de importancia —añadió Burton-Peer.

—Para saber si la manzana es buena hay que hincarle el diente —dijo Menzies—. Es posible que no se altere el curso de la guerra si arrugamos el papel y lo tiramos a la papelera, pero creo que su posible vinculación con la Operación Jericó nos obliga a que, al menos, intentemos leer lo que dice.

Los otros dos estuvieron de acuerdo.

—Que Riggulsford lleve este mensaje a los gansos que ponen huevos de oro y nunca cacarean —sentenció Menzies.

Los gansos de los huevos de oro eran, en la jerga del SIS, los descifradores del Departamento de Criptografía del ejército británico o Escuela Gubernamental de Códigos y Cifras, más conocida como Bletchley Park, por el lugar donde se ubicaba. En una ocasión, Churchill había visitado Bletchley Park para subirles la moral a sus habitantes y se le ocurrió compararlos con «los gansos de los huevos de oro», los míticos animales que alertaron a Roma con sus graznidos cuando los celtas intentaban invadirla. Desde entonces, los de Bletchley Park estaban orgullosos de ser los gansos de Inglaterra.

El edificio principal de Bletchley Park era una mansión victoriana en estilo neogótico en la que el gobierno había hospedado a los matemáticos, a los ajedrecistas, a los crucigramistas más hábiles del reino. A medida que la guerra se prolongaba, la importancia de la criptografía fue en aumento y la mansión se quedó pequeña, por lo que hubo que instalar en sus jardines una serie de barracones auxiliares.

Dos horas después de la reunión del SIS, a mediodía, el comandante Alistair Denniston, jefe de servicio de Bletchley Park, recibió en su despacho a Philip Riggulsford, el enviado del SIS. Al otro lado de la ventana, en el césped que rodeaba la mansión, los miembros más jóvenes de la colonia aprovechaban el descanso del almuerzo para jugar *rounders*, una especie de béisbol.

—El mensaje se nos resiste —admitió Denniston, yendo directamente al grano—. ¿Están ustedes seguros de que contiene algo, de que no es una tomadura de pelo?

Riggulsford se encogió de hombros.

—Llegó en circunstancias un tanto insólitas, pero no tenemos manera de saber si es auténtico. Por eso queremos descifrarlo.

Denniston abrió una puerta lateral y mostró a Riggulsford el antiguo gabinete de fumadores de la mansión, una sala de considerables proporciones. Los paisajes japoneses de la decoración original estaban completamente cubiertos con tablones de madera de los que pendían racimos de cintas de papel con minuciosas cifras.

—Éstos son los mensajes interceptados, todavía sin descifrar, que van remitiendo las distintas salas de Betchley. Llegan constantemente, a cientos, todos con la categoría de «Muy Urgente». El suyo ha pasado por los barracones 8, 3 y 4, le han aplicado distintas técnicas y no han conseguido descifrarlo. Sospechamos que sea un galimatías sin sentido, quizá una nueva estrategia alemana para confundirnos. Tenga en cuenta que nuestros descifradores trabajan contrarreloj. Los alemanes usan una máquina codificadora llamada Enigma cuyas claves cambian diariamente. Esto nos obliga a averiguar la clave del día antes de comenzar a descifrar sus mensajes, lo que, a veces, lleva horas. Mientras tanto, la guerra continúa y nuestras fuerzas no pueden prever los ataques, ni los bombardeos, ni los movimientos de tropas, ni las órdenes que reciben los submarinos. Cada minuto es precioso. No tenemos tiempo para acertijos. La clave de este mensaje es desconocida, son ángulos y puntos que incluso sometidos a identificaciones alfabéticas sólo conducen a un galimatías absurdo.

—¿Lo ha visto Turing?

Denniston se sobresaltó.

—¿Quién le ha hablado de Turing?

—Comandante, le recuerdo que pertenezco al SIS —dijo Riggulsford con una amable sonrisa—. Nuestro oficio consiste en estar informados. Por eso sabemos que en alguna parte de esta casa guarda a un verdadero mago de los códigos secretos llamado Alan Turing, un tipo que cuando estaba en la escuela primaria derrotaba a profesores de universidad en certámenes matemáticos.

—Turing no está disponible —informó secamente Denniston—. Nuestro mejor criptoanalista trabaja para descifrar las claves de la armada alemana que utilizan un codificador especialmente complejo. No puedo distraerlo ni un minuto para atender esta tontería.

—Me temo que tendrá que hacer una excepción —repuso Riggulsford—. ¿Me permite usar su teléfono?

Denniston, hostil, le señaló el aparato con un gesto. Riggulsford solicitó a la centralita que lo comunicaran con una línea prioritaria de las Salas Subterráneas de la Guerra, en Londres. Un minuto después tenía al otro lado de la línea a sir Hastings Ismay, jefe del Estado Mayor de Churchill, y le pasaba el teléfono a Denniston.

—¿Comandante Denniston?

—Al aparato.

—Soy el coronel Ismay. El desciframiento de ese mensaje constituye una prioridad absoluta. Le ordeno que ponga inmediatamente en ello a ese criptógrafo infalible que tienen ahí. Lo necesito para hoy.

—A sus órdenes, señor.

Había poco que discutir. Denniston pulsó un intercomunicador y ordenó: «Fletcher, tráigame al señor Alan Turing.»

Se hizo un silencio desagradable. La cordialidad entre los dos hombres había desaparecido. Por fortuna, antes de un minuto sonaron unos golpes en la puerta y apareció un gordito pálido, de ojos lánguidos, con una chaqueta de *tweed* demasiado ancha y corbata de pajarita.

—¿Crees que podrías descifrar esto, Alan? —dijo Denniston, tendiéndole el folio—. Y a lo han intentado en las barracas, infructuosamente.

Alan Turing sonrió, tomó el mensaje, se sentó y se enfrascó en su estudio. «Moja la manzana en la poción —canturreó—, que la muerte durmiente penetre en la poción.»

—¿Eso dice? —se extrañó el agente del SIS.

—No, perdone, señor, estaba cantando —respondió Turing—. ¿Ha visto usted la película *Blancanieves y los siete enanitos*?

—Desde luego que no —respondió el interpelado, lanzando una mirada de alarma a Denniston, que sonrió cruelmente—. Es una película infantil.

—Es una cancioncilla de esa película —aclaró Turing—, cuando la bruja mala envenena a Blancanieves. Me gusta.

Haber visto aquella película más de treinta veces era una de las numerosas excentricidades del genio matemático. Mientras se concentraba en el análisis de un texto cifrado, Turing canturreaba su tema musical favorito.

Turing sacó un cuaderno e hizo una serie de anotaciones a partir de la nota cifrada. Al cabo de unos minutos se incorporó, emitió un suspiro y dijo:

—Es una cifra medieval.

—¿Una cifra medieval?

—Sí, un sistema cifrado que usaron los templarios. Hace mucho tiempo que dejó de emplearse.

—¿Puede usted leerla? —preguntó el visitante.

—Puedo intentarlo.

—Inténtelo, por favor.

—Se basa en un dibujo sobre el que se distribuyen las letras —explicó Turing mientras trazaba en su cuaderno una cruz templaria y asignaba letras a distintos ángulos interiores o exteriores.

LETRAS

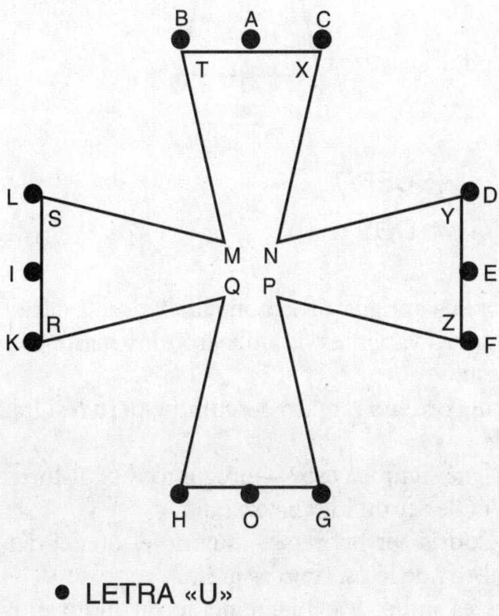

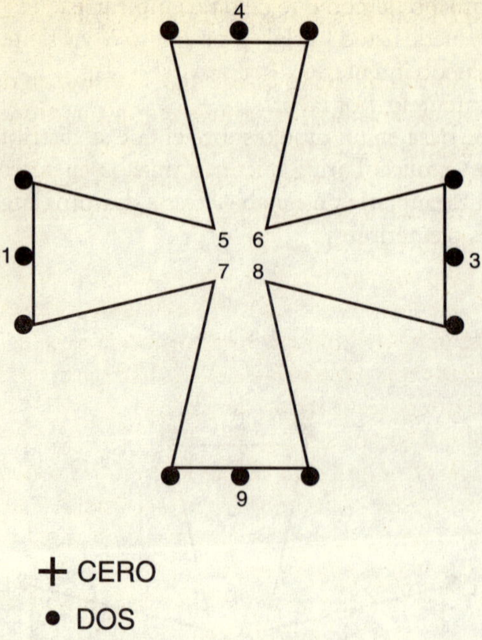

—Es una antigua cifra monoalfabética, la cifra Pigpen. Con algunas variantes, la utilizaron los masones hasta el siglo XVIII.

Turing ordenó el texto descifrado, pero resultaba ininteligible.

—¿Qué significa eso? —preguntó Riggulsford.

—Puede ser un idioma extraño.

—¿Podría ser hebreo? —sugirió el oficial del SIS—. El hombre que lo escribió es judío.

—Si es judío, y evidentemente un judío muy culto, puesto que conocía la cifra secreta templaria, podría haber cifrado el texto resultante una segunda vez, para mayor seguridad, por medio del Notarikon.

—¿El Notarikon? —se extrañó Riggulsford—. ¿Qué es eso?

—Un procedimiento cabalístico. Consiste en desglosar una palabra en varias, formar una nueva a partir de otras o bien tomar las letras que la componen como iniciales de otros nombres. Se ajusta a la lista de las 32 Middot o reglas de interpretación hermenéutica de Rabbi Eliezer.

El hombre del SIS suspiró.

—¡Esto es increíble! Ese tipo se juega la vida al hacernos llegar este mensaje y resulta que lo ha cifrado de manera tan impenetrable que ni él mismo podría leerlo.

—Tenía que protegerse de los alemanes, ¿no? —preguntó Turing con la mayor candidez.

—Supongo que sí.

—Una cifra que sólo puede leer un judío dedicado a la mística judía —dedujo Turing—. Nuestro amigo ha supuesto que en Alemania no quedarían muchos judíos dispuestos a ayudar a los nazis.

—En eso hay que darle la razón. Será más fácil encontrar a quien pueda descifrarlo en Inglaterra.

—Me temo que en Bletchley Park no podemos hacer nada más —dijo Denniston—. Ahora, si lo permite, míster Turing debería volver a su trabajo.

Riggulsford asintió.

—Ha sido de gran utilidad —dijo al estrechar la mano del gordito—. Le prometo ver esa película, *Blancanieves*, en cuanto pueda.

—Le encantará.

20

Norte de Inglaterra

El bimotor de la RAF describió un amplio giro y descendió cabeceando hacia la pista de aterrizaje de Kirkintilloch. El único pasajero de la aeronave despertó y miró por la ventanilla. A través de la espesa niebla se adivinaban dos hileras de luces amarillentas que señalaban la pista.

—Un perfecto puré de guisantes para dejarse el culo —le oyó gritar al piloto a través del zumbido de los motores.

Andrew Burton-Peer, el jefe de Operaciones Encubiertas del SIS, cerró los ojos mientras aterrizaban. No le gustaba volar, pero Churchill lo había designado su mensajero personal para entregar una carta a sir Patrick O'Neill.

Un coche Rolls Phanthom con matrícula de la RAF lo esperaba. Tomó un té hirviendo en la cantina del aeródromo y prosiguió su viaje hasta el pueblecito de Kilmartin, atravesando Dumbarton y bordeando el lago Lomond y el Fyne. El castillo de sir Patrick O'Neill se alzaba sobre una colina boscosa que dominaba el pueblo. Remontaron una estrecha carretera adoquinada que serpeaba entre un bosque de añosos robles y castaños hasta que les cerró el paso una vetusta cancela de hierro pintada de negro, con las puntas de las lanzas en dorado, y la inscripción Kingblood Castle.

El chófer, un sargento de la RAF, se apeó y pulsó un timbre. Un criado acudió a abrir la puerta, para que pasara el coche y volvió a cerrarla. Un viejo mayordomo aguardaba al visitante en el apeadero de la mansión.

—Bienvenido a Kingblood Castle, señor. Sir Patrick O'Neill lo está esperando en el embarcadero. Tenga la bondad de acompañarme.

Burton-Peer siguió al mayordomo por un sendero lateral que discurría entre corpudos castaños y acacias.

—Sir Patrick está impedido de una pierna —explicó el anciano—, y se distrae pescando.

Al volver en un recodo del camino apareció un pequeño lago con un diminuto embarcadero. Un hombre con la cabeza cana vigilaba el anzuelo sentado en un banco.

—El caballero Burton-Peer, sir —anunció el mayordomo.

Sir Patrick O'Neill aseguró la caña y se levantó para estrechar la mano del visitante.

—Estaba esperándolo, mister Burton-Peer. Pug me telefoneó anoche para anunciarme su llegada.

Pug era el sobrenombre de sir Hasting Ismay, jefe del estado mayor de Churchill, en Eton, donde habían sido compañeros de colegio, cincuenta años atrás.

Cuando se quedaron solos le preguntó:

—Tengo entendido que lo envía el primer ministro.

—Así es, sir Patrick. Soy portador de esta carta —dijo, entregándosela.

—Siéntese, por favor.

O'Neill desgarró delicadamente el sobre y desdobló los tres folios que contenía. Los dos primeros eran la carta personal de Churchill a su antiguo compañero de las aulas de Eton, el tercero una copia del mensaje cifrado de Zumel, que O'Neill examinó durante unos minutos.

—En efecto, parece una vieja cifra templaria —declaró.

—Hemos podido transcribirla —dijo Burton-Peer—, pero cuando obtenemos los números no sabemos pasarlos a letras.

—Porque no sustituyen letras —dijo O'Neill—. En realidad remite a pasajes del texto sagrado.

—¿Del texto sagrado?

—De la Biblia. Más simple de lo que parece. Tenga la bondad de acompañarme.

Recogió la caña y regresaron al castillo. O'Neill cojeaba de la pierna izquierda a causa de una herida que nunca terminaba de cicatrizar.

La biblioteca del castillo era una sala amplia con tres ventanales abiertos a un jardín. Los muros estaban cubiertos de estanterías hasta el alto techo, con un pasillo de madera desde el que se alcanzaban los más elevados. En el centro había dos mesas iluminadas por sendas lámparas de estudio, alargadas y provistas de visera verde. O'Neill tomó asiento en uno de los sillones y examinó cuidadosamente el texto cifrado.

—En efecto, no se refiere a palabras sino a números —corroboró—. El desciframiento que ustedes hicieron es correcto.

—¿Números? ¿Y qué significan esos números?

—Tienen un significado cuando se relacionan con la Biblia. Es un sistema de doble cifra que usaron los templarios en Tierra Santa.

—¿Podríamos conocer el mensaje?

O'Neill abrió una vitrina, extrajo un viejo ejemplar de la Biblia, buscó una página determinada y se la señaló al correo de Churchill.

—Vea usted mismo. Las tres primeras cifras del mensaje son nueve, cuatro y veintidós. Eso significa el libro noveno, el capítulo cuarto y el versículo vigésimo segundo. Aquí lo tiene.

—«La gloria ha sido desterrada de Israel porque el Arca ha sido capturada» —leyó Burton-Peer—. El Arca, ¿qué Arca?

—Se refiere al Arca de la Alianza, cuando fue capturada por los filisteos, enemigos de Israel.

—Y las otras cifras, ¿qué indican?

O'Neill buscó en la Biblia.

—El 11 se refiere al Libro de Jeremías, según el canon hebreo, el 50 es el capítulo, el 4142 que sigue hay que descomponerlo en dos cifras de dos dígitos y señala los versículos 41 y 42. Léalos, si es tan amable.

Burton-Peer tomó el libro y leyó:

—«Mirad que un pueblo viene del norte, una gran nación y muchos reyes se despiertan en los confines de la tierra.»

—El gran pueblo del norte son los alemanes —interpretó O'Neill—, y esos muchos reyes son los aliados.

—«Arco y lanza blanden; crueles son y sin entrañas; su voz como la mar ruge» —terminó Burton-Peer—. No cabe duda: se refiere a los jodidos alemanes.

O'Neill contempló con aire abstraído uno de los cuadros que decoraban la estancia, una litografía de Fulton Thomas fechada en 1825 que representaba a los hebreos en el desierto portando el Arca de la Alianza. Con voz tranquila dijo:

—Creo que la interpretación no es difícil: el judío está usando una obsoleta cifra templaria para recordarnos la conexión de la tradición templaria con el Arca. Los templarios buscaron afanosamente el Arca de la Alianza en las ruinas del templo de Jerusalén, que el rey Balduino les concedió; después la siguieron buscando por todo Oriente hasta que dieron con ella en Etiopía y la consiguieron el año en que la orden fue suprimida. Creo que el judío nos está indicando que los alemanes tienen el Arca.

—¿Es posible?

—Es perfectamente posible. Hace cuatrocientos años,

un templario llamado Vergino sacó de Etiopía los *tabotat* del Arca y los ocultó en Túnez.

—¿Los *tabotat*?

—Dos piedras o dos tablas de madera petrificada cubiertas de signos que constituyen la esencia del Arca. A partir de ellos, el Arca puede reconstruirse, puesto que sus medidas y disposición precisas aparecen en las Escrituras.

—¿Cree posible que los alemanes tengan los *tabotat*?

—¿Conquistaron Túnez, no? Dispusieron de varios meses para buscarlos. El mensaje parece indicarnos que tienen el Arca.

Londres

Aquella misma noche, después de la reunión del gabinete de guerra, Churchill invitó a Menzies a acompañarlo en su paseo diario.

—Hace una semana, un judío prisionero de los alemanes hizo llegar a nuestra embajada de Madrid un mensaje endiabladamente cifrado. Descartamos que fuera un chiflado porque al propio tiempo el mismo mensaje cayó en manos del Vaticano y nos pareció que le concedían mucha importancia.

—¿Y bien?

—Bletchley Park fracasó en el desciframiento, pero nuestro común amigo Patrick O'Neill lo ha descifrado satisfactoriamente.

—¿Ah, sí? —preguntó Churchill distraídamente.

—Parece algo descabellado, Winston, pero, al parecer, los nazis han encontrado el Arca de la Alianza.

—¿El Arca de la Alianza? ¿El Arca de la Alianza de los judíos?

—Eso parece.

—Pero ellos abominan de los judíos, ¿cómo es posible?

—Abominan de los judíos, pero están convencidos de que consiguieron los secretos mágicos de los antiguos egipcios, Moisés y el Arca de la Alianza.

—Bien, supongamos que la han encontrado. No veo en qué modo puede afectar eso a la guerra.

—Es que, si la han encontrado, eso explica por completo el Proyecto Jericó del que el embajador nipón le hablaba hace un mes a la oficina imperial del Japón.

Churchill se detuvo en seco y apoyó una mano en el brazo de su acompañante.

—¡Diantre! Esos locos quieren convertir el Arca en una arma de guerra.

—A esa conclusión han llegado los analistas del SIS: si creemos en la Biblia, el Arca es una devastadora arma de guerra.

21

La muchacha con uniforme del Cuerpo Auxiliar dejó la bandeja de plata sobre la mesa, sonrió levemente y se retiró, cerrando la puerta. El propio Winston Churchill sirvió el té y le ofreció una taza al profesor Stein. El profesor vestía un sobrio traje pasado de moda y usaba gafas de montura dorada colgadas de la solapa con un cordón, al estilo de los profesores alemanes. Ese detalle y la costumbre de saludar con una leve inclinación y un taconazo era todo lo que había traído de Alemania el profesor Walter Johannes Stein, cuando se exilió a Gran Bretaña huyendo de los nazis.

El profesor Stein conocía a la camarilla ocultista de Hitler. Incluso habían intentado reclutarlo para ella en 1933, cuando vivía en Stuttgart, dedicado a la historia medieval y a la mitología del Santo Grial. Himmler lo invitó a unirse a la universidad ocultista de las SS, el *Ahnenerbe*. Stein rechazó el ofrecimiento un par de veces. No hubo una tercera: Himmler lo acusó de practicar actividades subversivas, le confiscó la biblioteca y los archivos y decretó su arresto domiciliario. Entonces Stein huyó al extranjero y obtuvo asilo en Gran Bretaña. En 1938 se imprimió clandestinamente en Berlín su monumental ensayo *La historia mundial a la luz del Santo Grial*.

Desde el comienzo de la guerra, Churchill lo había llamado para conversar sobre la idiosincrasia y las motivaciones de los dirigentes nazis, especialmente cuando el lugarteniente de Hitler, Rudolf Hess, voló en solitario a Inglaterra para pactar la paz. Stein señaló que aquella aventura absurda tendría seguramente una motivación astrológica, una explicación que repugnaba al servicio de inteligencia británico, pero que finalmente tuvieron que admitir, lo que aumentó considerablemente el prestigio de Stein como especialista en ocultismo nazi.

Churchill añadió a su té un chorrito de leche e hizo sonar la taza de china al removerlo con la cucharilla de plata.

—¿Pueden estar tan chiflados como para creer que una reliquia puede cambiar el curso de la guerra? —espetó—. Creen que han encontrado las tablas del Arca de la Alianza o algo así y pretenden destruirnos con un conjuro.

Una de las espesas cejas de Stein se enarcó en un gesto de sorpresa.

—¡El Arca de la Alianza! —exclamó, y guardó silencio un momento, como si necesitara ordenar sus ideas antes de explicar algo bastante complejo. Comenzó—: Al plantear si los nazis pueden creer en la magia, hay que tener en cuenta la doble naturaleza del carácter alemán. Los alemanes pueden ser, por una parte, excelentes técnicos e ingenieros, profesiones nada proclives a la especulación, pero, por otra parte, tienen un lado místico e idealista, del que proceden los filósofos y los músicos. Ese idealismo es lo que justifica la nueva religión de los nazis. Lo terrible del caso es que esté inspirando tremendas aberraciones que no podrían cometer sin ayuda de la técnica, de la capacidad de trabajo y de organización. Creo, señor, que no podemos juzgar a Hitler a la luz del positivismo.

—¿Cómo si no? Yo no veo nada milagroso en la ascensión del nazismo —replicó Churchill—. Hitler es el producto, y el instrumento, de los financieros e industriales alemanes. Lo alimentaron para frenar el comunismo, no supieron atarlo corto y ahora se les ha escapado de las manos y ha metido al mundo en una guerra.

—Con todos los respetos, señor, las razones del señor Hitler están al margen de la razón cartesiana y de la realidad.

—¿Qué quiere decir?

—Que la política de Hitler se basa en razones religiosas y la religión es, por definición, irracional, dicho sea con todos los respetos. Esas ideas delirantes, esas procesiones de antorchas, esos altares a la esvástica, esas ceremonias fúnebres, esas consagraciones de estandartes tocando la bandera de la sangre que empapó la de las víctimas del *Putsch* de Munich, esos juramentos... constituyen una nueva religión con sus dogmas, sus sacramentos, sus creencias y su mitología. Hitler es el sumo sacerdote de una religión secreta que tiene como fundamento la creencia en la superioridad de la sangre aria. La Orden Negra de las SS agrupa a los iniciados de esa religión, una minoría.

Churchill asintió.

—Esto que me dice tiene cierto sentido. Aunque me parece que Himmler creó su Orden Negra para compensar su complejo de inferioridad respecto al ejército regular.

—Puede ser cierto, señor, pero eso no invalida el sentido religioso. Los hombres de la Orden Negra son, en su formación, monjes guerreros de la nueva religión aria del superhombre.

Churchill bebió su último sorbo de té y depositó la taza delicadamente sobre la bandeja. Después se enjugó los labios con la pequeña servilleta y dijo:

—El SIS y algunos ministros del gabinete son partidarios de abrir un frente esotérico para combatir a los nazis con las armas en las que ellos creen. Y yo, mucho me temo, empiezo a darles la razón. Tengo que reconocer que el astrólogo que nos recomendó usted para anticipar los movimientos de Hitler está dando resultado. No obstante, convendrá conmigo en que resulta difícil de creer que Hitler, un pintor fracasado, y Himmler, un criador de pollos, se hayan inventado una religión.

—Los nazis aspiran a fundar una nueva civilización que sustituya a la cristiana, señor, una civilización basada en la *Weltanschaung* mágica, bajo el signo de la esvástica. Créame que tengo motivos para afirmarlo. Llevo años estudiando el pensamiento del grupo Thule, que inspiró la ideología nazi.

—¿El grupo Thule? Sea más explícito, por favor.

—La *Thule Gesellschaft* o grupo Thule era, en su origen, una secta ocultista que fundó el barón Von Sebottendorf en 1918. En realidad era una escisión de la Orden de los Germanos *(Germanenorden)*, fundada en 1912, un grupo racista y antisemita cuyos postulantes tenían que demostrar pureza de sangre. El nombre Thule alude a una supuesta isla desaparecida en los mares del norte, cerca de Groenlandia o del Labrador, el continente hiperbóreo, el hogar de los arios, una especie de paraíso terrenal. Es el mito clásico de la Edad Dorada aplicado al germanismo y al racismo ario. Los nazis creen que los supervivientes de Thule emigraron al desierto de Gobi y que desde allí expandieron el tronco ario de la humanidad. El grupo Thule es un producto del ocultismo decimonónico, un cóctel de teosofía, de predicaciones del mago Gurdjieff, de magia neopagana, de aparato oriental y charlatanería hindú. Asociado a Thule está el legado del Santo Grial y otros objetos mágicos que aspiran a recuperar.

—¿El Santo Grial? ¿No es la copa en la que consagró Cristo?

—Lo es en la versión cristianizada del mito, pero el mito es más antiguo y tiene formas paganas específicamente célticas, como copa de abundancia. Los nazis lo consideran un talismán ario, símbolo de la sangre superior. Hitler cree que el cristianismo modificó el mito para añadirle detalles decadentes como el perdón, la debilidad y la absolución. De hecho, los nazis creen que Cristo era un campeón de la raza aria y que san Pablo mixtificó su doctrina para movilizar el hampa y crear una religión de esclavos.

—¿Y el grupo Thule qué pretende?

—El grupo Thule es lo que en términos científicos denominaríamos una secta maniquea. Para sus adeptos, la humanidad se divide en dos pueblos: el ario superior y el semita inferior, que representan respectivamente los dos principios universales que luchan por la dominación del mundo: el bien y el mal. La religión que propugnan los nazis es la de la raza y la sangre pura aria, el Volk, el pueblo germano que debe cumplir con su destino de raza superior.

—Que consiste en pastorear a los pueblos inferiores...

—En efecto. Pretenden sustituir el cristianismo, que es una religión de origen semita, propia de esclavos, por una especie de religión aria reconstruida. Por eso están investigando en las fuentes de la mitología aria que son, por un lado, la Thule hiperbórea y, por el otro, la tradición indotibetana.

—¿De qué me habla? ¿Qué tiene que ver el Tibet en este asunto?

—Los nazis creen que, cuando Thule fue destruido por un cataclismo, los arios que la habitaban se refugiaron en el Turquestán, el Pamir, el desierto de Gobi y el Tibet.

—¿Es posible?

—Sí, señor. Y creen que los actuales germanos proceden de aquellos arios. Están convencidos de que las más antiguas tradiciones y misterios arios se han conservado en el Tibet como una orden secreta, llamada del Dragón Verde, que mantiene las enseñanzas iniciáticas de los Setenta y Dos Superiores Desconocidos. Ésta era la ideología de una sociedad secreta llamada *Vril* o Logia Luminosa que se fundó en Alemania a principios de siglo. El *Vril* es una palabra india que designa una reserva de energía síquica que el hombre tiene, aunque solamente utiliza una mínima parte de ella. El objeto de la sociedad es despertar ese *Vril* en sus miembros, de tal modo que sus facultades crezcan hasta convertirlos en semidioses. El principal profeta de la sociedad fue Karl Haushofer, un estudioso de Oriente, del budismo y de la India. En 1918, Haushofer vivía en Munich y simpatizaba con las organizaciones racistas de la ciudad. Fue uno de los primeros miembros del primitivo partido nazi, el de Drexler. En 1926 consiguió fondos para enviar una expedición científica al Tibet; la expedición se repitió en 1936, bajo el mando de un tal Ernst Schaeffer.

—¿Y qué se les ha perdido en el Tibet?

—Intentan descubrir los orígenes de la raza nórdica, indogermánica, y, al propio tiempo, los poderes secretos que esta raza poseía, la concentración y la clarividencia, o sea, el *Vril* propiamente dicho.

Churchill se tomó unos segundos para asimilar lo que había oído. Dio una chupada al cigarro y comentó:

—¡Sorprendente! Prosiga, por favor.

—Como consecuencia de estas dos expediciones existen dos colonias de tibetanos en Alemania, una en Berlín y otra en Munich. Antes disfrutaban de una serie de prebendas oficiales, pero ahora creo que están bastante olvidados, desde la derrota de Stalingrado.

—¿Por qué?

—Hitler esperaba mucho de su magia contra los inferiores pueblos soviéticos.

Churchill no pudo reprimir una sonrisa.

—Me he permitido traer la ficha de Schaeffer que figura en el SIS —continuó Stein, tomando de su carpeta una cartulina con una fotografía tamaño carnet cosida en el ángulo superior derecho—: Este etnólogo fue discípulo del orientalista Robert Beich-Steiner en la Universidad de Viena, ha escalado en el partido gracias a su hermana Otti, que es amiga de Hitler y frecuente invitada en el Nido del Águila. Regresó del Tibet en 1939, se trajo una piedra cubierta de signos arcanos y desde entonces figura permanentemente en el Estado Mayor de Hitler y traza horóscopos de las operaciones. —Devolvió la ficha a la carpeta—. En cuanto al *Vril* o Logia Luminosa, está ahora en manos de Himmler, que la ha incorporado al *Ahnenerbe*.

—¿Qué es el *Ahnenerbe*?

—Es un instituto para la investigación de los antepasados que fundó un tal Friedrich Hielscher a título particular, pero en 1935 Himmler le dio carácter oficial y lo incorporó a la Orden Negra de las SS, otorgando a sus dirigentes rango de oficiales de Estado Mayor. Sus fines son: investigar la localización, el espíritu, los actos, la herencia indogermana y transmitir al pueblo los resultados de esas investigaciones. Desde hace años, Haushofer, Hess y Hielscher han encomendado al *Ahnenerbe* la investigación de los textos rúnicos. Pretenden recuperar para la raza aria los poderes mágicos de los que hablan las crónicas. —Tomó una nueva ficha de la carpeta y la depositó ante Churchill. Señaló la fotografía pegada en la cartulina—: Éste es el coronel SS Wolfram Sievers, administrador general del *Ahnenerbe*. Bajo su mando hay una serie de comités científicos de investigación que abarcan las más distintas materias: físicos, historiadores, arqueólogos, matemáticos... Algunas secciones están dirigidas por el profesor Wurst, un especialista en la Biblia y textos sagrados antiguos. De ahí debe de haber partido la idea de usar el Arca de la Alianza como arma de guerra.

Churchill asintió. Dio una chupada al puro y exhaló el humo lentamente.

—O sea, toda la organización racional alemana al servicio de lo irracional.

—Me temo que así es.

22

Alemania

El tren personal de Hitler abandonó Berlín poco después de medianoche y llegó a Munich al amanecer. El Führer gozaba de un humor estable. La víspera había almorzado con Eva Braun y Frau Troost en Osteria y había inaugurado una exposición de cuadros y esculturas que exaltaban la raza aria. Desde la estación, Hitler y su séquito se trasladaron en una larga columna de Mercedes negros hasta el Berghof, el Nido del Águila, la residencia alpina del Führer, sobre una montaña con vistas a los profundos valles y al pintoresco pueblecito de Berchtesgaden. Desde la ventana del salón se disfrutaba de una vista panorámica de las montañas. Hitler y Eva Braun, cogidos de la mano, contemplaron las últimas nieves y ella comentó con tristeza que eran más bellas a la luz de la luna.

—Todo es más bello a la luz de la luna —murmuró Hitler. Ella le apretó la mano creyendo que Adolf le hacía un cumplido romántico. En realidad, el Führer estaba pensando en el destino de Alemania, machacada casi a diario por los bombardeos aliados; en los espectros de Stalingrado, donde los rusos le habían aniquilado a trescientos mil hombres; en todo el esfuerzo de la guerra. La contienda no marchaba como él había previsto. En el último mes, los angloamericanos habían arrojado ocho mil toneladas de bombas sobre las ciudades alemanas. Hacía meses que Alemania perdía territorios en el frente del Este, se había replegado de África y los submarinos sufrían un tremendo desgaste en el Atlántico. Alemania apenas atacaba. Se estaba atrincherando, acosada por todos los frentes, y los aliados preparaban el asalto a la fortaleza europea. Las armas secretas, unos ingenios tremendamente destructivos en cuyo diseño tenía trabajando a una legión de ingenieros y científicos, eran una esperanza, pero quizá llegarían demasiado tarde.

De estos pensamientos lúgubres lo sacaron los alegres rabotazos de su perra loba *Blondi*. Hitler y Eva juguetearon con la perra hasta que Frau Mittelstrasser, el ama de llaves, anunció que el desayuno estaba servido. Eva estaba a dieta y sólo tomó zumo de naranja y fruta, pero el Führer desayunó, con excelente apetito, tostadas de pan de centeno, mantequilla bávara, miel italiana y café. El café parecía del cargamento que, una vez al año, traía un submarino desde Turquía.

Sobre la mesa, su ayuda de cámara le había dejado un informe con las últimas noticias internacionales. Durante la segunda taza de café le echó un vistazo. Había una fotografía de Churchill en un recorte de prensa americana.

—No comprendo cómo puede andar por el mundo con esas ridículas blusas de seda, haciendo el payaso —comentó el Führer—. Yo, en cuanto termine la guerra, colgaré el uniforme. Hasta entonces viviré con él como el fraile en su hábito. Después quiero dedicarme sólo a empresas civiles, no quiero ver a un soldado. Mis dos secretarias mecanografiarán mis memorias.

En ese momento entró un secretario con un teléfono.

—El *Reichsführer* Himmler por la línea privada, *mein* Führer —le susurró al oído.

—Estaba esperando esa llamada —se excusó Hitler ante sus invitados. Ellos lo disculparon con una sonrisa y fingieron enfrascarse en sus tostadas, mientras por el rabillo del ojo vigilaban la expresión del Führer, que se puso serio y fue cambiando a la furia contenida mientras escuchaba las explicaciones de su ministro.

Malas noticias. La delegación SS enviada a España no había encontrado lo que buscaba. La única opción era poner a trabajar al maldito judío para que encontrara la palabra secreta por otros medios, pero el judío necesitaba los papeles de su padre, el rabino Moshé Gerlem, que habían sido quemados junto con el resto de su archivo, o los de un francés llamado Plantard, que, con un poco de suerte, quizá podían encontrarse en Francia. También necesitaba un lugar de operaciones favorable para hacer su magia, una sinagoga tranquila. ¿Dónde demonios vamos a encontrar eso? —se había preguntado el *Reichsführer* Himmler: las sinagogas y los libros judíos de Alemania y de los países ocupados hacía tiempo que perecieron bajo las llamas. Sólo quedaba en pie la de París, que se había salvado porque el gobierno de la ciudad intercedió por ella, por tratarse de un edificio del siglo XVI.

El Führer lo pensó un momento antes de responder.

—Está bien, llevadlo a París. Es preferible que esas operaciones de magia judía no se celebren en suelo alemán.

Una hora después, la oficina berlinesa de Telefunken emitió un largo telegrama cifrado destinado a la embajada alemana en Madrid y otro al gobierno de ocupación en París, ordenándole que pusiera bajo jurisdicción alemana la sinagoga y la biblioteca del centro de estudios judíos de la rue Agen, y que los transfiriera a la central SS en París.

Los dos telegramas cifrados fueron captados por la estación inglesa de Meadows, en el canal de la Mancha, y transmitidos inmediatamente a Bletchley Park, desde donde, convenientemente descifrados, se abrieron camino hasta la mesa del primer ministro. Aquella misma noche, a la hora de la cena, Churchill estaba enterado.

—La Operación Jericó se traslada a la sinagoga de París.

23

Londres, octubre de 1943

Caminaba enfundada en una gabardina larga que impedía comprobar si tenía bonitas las piernas y un pañuelo en la cabeza le ocultaba el cabello, pero la estatura aventajada, la cadencia elástica del paso y el cinturón que le ceñía la cintura sugerían que bajo aquella envoltura invernal se ocultaba un hermoso cuerpo de mujer. Arthur Wallhead, siguiéndola por la acera, pensó que aquella elegante manera de caminar, posando cada pie en una imaginaria línea recta, era más continental que británica. Quizá fuera una de las francesas que trabajaban en Regent Street, en el edificio de Francia Libre. Cuando alcanzaron la acera izquierda de Great George Street en dirección a Westminster, Arthur se despidió mentalmente de ella: Bueno, bella desconocida, aquí me quedo. Lamento de veras no poder acompañarte más allá e incluso más allá aún.

El comandante Arthur Wallhead se dirigía a una puerta protegida por un parapeto de sacos terreros, en el número 2 de la calle Great George, una de las entradas de las Salas Subterráneas de la Guerra, desde las que el Estado Mayor británico dirigía las operaciones. El centinela de la puerta se cuadró y miró al frente.

En aquel preciso instante, las sirenas comenzaron a aullar. Alarma aérea. Hacía unas semanas que algunos escuadrones de Heinkel alemanes se aventuraban Támesis arriba para bombardear las zonas portuarias de Londres. En la calle desierta, la mujer de la gabardina se había detenido y miraba a un lado y a otro, orientándose sobre la dirección del refugio antiaéreo más próximo. Arthur Walhead se dirigió a ella:

—¡Señora, por favor, venga por aquí!

Ella se dejó guiar. Descendieron tres tramos de escaleras mezclados con la turba de funcionarios que bajaban ordenadamente de los pisos superiores, muchos de ellos con el bolso de lona con el kit de supervivencia que facilitaba Defensa Civil, algunos, los más fieles observadores de las normas, incluso con la cabeza protegida con un casco de acero.

El refugio consistía en una serie de bóvedas de cemento con bancos corridos a lo largo de la pared. Se sentaron juntos y se presentaron:

—Arthur Walhead, de la RAF.

—Therese Fletcher.

Luego no era francesa.

—¿Vive usted por aquí cerca?

—No, es que trabajo en el Ministerio del Interior.

—Ya veo, una destructora de jardines —dijo Arthur con cierta sorna.

Una de las funciones del Ministerio del Interior consistía en habilitar zonas agrícolas en los jardines sustituyendo rosales por repollos.

Therese se rió con ganas

—En realidad mi trabajo es menos destructivo. Leo la prensa enemiga y redacto informes sobre el ambiente y la moral en Europa. Leyendo entre líneas se pueden adivinar las debilidades del enemigo. Los analistas del Estado Mayor prefieren que ese trabajo lo hagamos las mujeres. Somos más intuitivas. Aparte de eso, dos tardes a la semana, en mis horas libres, trabajo en el hospital de Sainte Agnes como traductora, con los pacientes continentales que no saben inglés; polacos, franceses, judíos alemanes y todo eso.

—¿Y usted conoce todos esos idiomas? —preguntó Arthur con auténtica admiración.

—Todos, no: solamente algunos —sonrió ella, restándole importancia. Se quitó el pañuelo de la cabeza y una cascada de cabellos rubios se desplomó sobre sus hombros. Era una mujer muy hermosa. Arthur calculó que rondaría los cuarenta. Se sorprendió deseándola e imaginándose a solas con ella en aquella cueva inhóspita, consolándola. Ella sonreía de un modo enigmático, quizá le había adivinado el pensamiento. Luego dirigió la mirada al techo y dijo—: Bien, vamos a ver si hay suerte hoy.

Las sirenas enmudecieron porque sus servidores habían corrido también a los refugios. En el subterráneo se hizo un silencio sepulcral sólo perturbado por alguna tos apagada. Las distantes luces rojas iluminaban unos rostros febriles, inmóviles como estatuas, que miraban al techo. Con un sordo rumor, las bombas comenzaron a estallar a lo lejos. La gente contaba los impactos y calculaba la distancia por el tiempo que transcurría entre el sonido apagado de la explosión y su vibración.

Arthur dejó de mirar al techo y descubrió que ella lo estaba observando con interés. Quizá había reparado en el cuello de su camisa algo raído. Sintió necesidad de decirle que vivía solo, que su esposa había muerto tres años atrás en uno de los primeros bombardeos, que desde entonces no se había acostado con ninguna mujer; que no había conocido a ninguna mujer como ella, pero permaneció en silencio. Como otras veces, temía que lo pudieran malinterpretar. Le horrorizaba la idea de salir a buscar mujeres como hacían los militares de permiso. De hecho, no había podido olvidar a Helen, y todavía lloraba algunas noches recordándola, cuando se acostaba derrengado en una habitación de la residencia de oficiales de Regent Street, a un paso de las Oficinas Subterráneas. Quizá era más sentimental de lo que estaba dispuesto a admitir. Aunque él lo atribuía a la tensión de la guerra.

El bombardeo se prolongó durante unos minutos más. Después se encendió una luz verde en la entrada del subterráneo. Fin de la alarma. La gente comenzó a abandonar el refugio charlando animadamente. Arthur y Therese subieron los tres tramos de escaleras en silencio. La acompañó hasta la puerta exterior.

—Muchas gracias por la compañía —dijo ella, tendiéndole una mano.

Él dejó que se alejara el ruido de la campanilla frenética de un camión de bomberos y respondió:

—Ha sido un placer conocerla, Therese. Quizá volvamos a vernos algún día: somos casi vecinos.

—Quizá.

Se estrecharon la mano y él la contempló alejarse acera adelante. Era una mujer muy hermosa.

24

El Martin negro del Ministerio de Defensa, con los faros provistos de carpetas de oscurecimiento, recorrió las nueve millas que separaban Hambroke Mannor del aeródromo de Pinkton y depositó a su pasajero ante la escalinata de la mansión. Un solícito mayordomo abrió la portezuela y condujo al invitado ante el primer ministro, mientras dos criados se hacían cargo del equipaje.

La casa distaba mucho de ser una tranquila residencia campestre. Por el pasillo circulaban burócratas uniformados con papeles en las manos. Pegados a la pared corrían haces de cables telefónicos que conectaban con el mundo la improvisada centralita de la mansión. Churchill, el viejo león inglés, mantenía un ojo abierto incluso cuando se retiraba a descansar en la paz de su madriguera de Hambroke Mannor.

El mayordomo golpeó discretamente la puerta antes de abrirla y anunció:

—Sir Patrick O'Neill.

Churchill, parapetado detrás de una mesa abrumada de carpetas, atendía a sir Stewart Menzies, el director de SIS. El premier tenía el puro en la boca y el escaso pelo despeinado. Se levantó sonriente para recibir al visitante.

El recién llegado estrechó las manos de los dos hombres.

—¿Qué tal, Winston? ¿Qué tal, Squiff?

«Squiff» era el apodo de Menzies en Eton, el exclusivo colegio donde los tres habían sido compañeros de aula. Medio siglo después, la vida volvía a reunirlos.

—Patrick, viejo amigo, te agradezco tu visita —dijo Churchill—. ¿Has tenido un buen viaje?

—Un vuelo tranquilo.

—Lo celebro. ¿Qué tal va tu pierna?

O'Neill hizo un gesto de resignación y mostró el bastón con empuñadura de plata en el que se apoyaba.

Al otro lado del antiguo salón de baile había un enorme sofá de cuero y varios sillones. Tomaron asiento los tres. Churchill descolgó un teléfono y solicitó tres whiskis con soda. Conversaron distendidamente de los días de Eton, y cuando el criado que sirvió las bebidas se marchó, el premier fue directamente al grano.

—Hay un asunto que nos está causando ciertos problemas, Patrick.

—Puede ser una tontería —advirtió Menzies—, pero si nuestro vecino Adolfo se lo toma en serio, nosotros también debemos hacerlo.

Ciertamente, no había sido ésta la opinión del primer ministro dos días antes, cuando el informe de Menzies sugirió que la Operación Jericó no se refería a la bomba atómica, como temían los aliados, sino a la utilización mágica de dos antiguas piedras judías halladas en Túnez. Pero cuando Churchill decidió que había que olvidarse del asunto, Menzies insistió:

—Winston, te recuerdo que desde que supimos que Hitler y sus jerarcas tienen en cuenta el aspecto de la carta astrológica para tomar sus decisiones militares, nuestro servicio mantiene un astrólogo en nómina. De sus observaciones inferimos las de los astrólogos de Hitler y este conocimiento nos ayuda a calcular los momentos en los que se muestra agresivo, que son cuando cree que la suerte de los astros está de su parte.

Churchill, enfadado, mordisqueó el puro, pero tuvo que reconocer que Menzies tenía razón.

—Está bien —suspiró—, pero, por Dios santo, que no trascienda que en plena guerra gastamos parte de nuestros recursos en el seguimiento de dos piedras mágicas, o no volveremos a ganar unas elecciones en quinientos años.

Dos días después, Churchill seguía dudoso, pero, de todos modos, había telefoneado personalmente a sir Patrick O'Neill, y había enviado un avión Lysander de la RAF a recogerlo.

—Estupendo tu desciframiento del mensaje de Madrid —alabó—. Deberías trabajar en la Escuela Gubernamental de Códigos y Cifras.

—Debería estar en algún lugar más movido —reconoció O'Neill con pesar—, y ten por seguro que lo estaría si no fuera por esta maldita pierna.

Churchill compuso un gesto comprensivo.

—Te he llamado porque tengo un problema algo mayor que una simple jaqueca —se sinceró.

O'Neill apreció el chiste. Los O'Neill curaban las jaquecas imponiendo las manos, una facultad que se transmitía de primogénito en primogénito desde los tiempos del rey Alfredo.

—Supongo que es una cuestión de autosugestión. El que se hace imponer las manos cree que su dolor se aliviará.

—En Eton se murmuraba que los O'Neill habíais heredado esa gracia de los templarios.

En los días de Eton, Churchill había pasado algún fin de semana invitado en el castillo de los O'Neill, en Kilmartin. En la escalinata de la mansión, entre viejos óleos que representaban antepasados, había un extraño escudo de armas: una cruz potenzada con un cáliz en el centro y la leyenda: *Je garde le sang real*, guardo la sangre real. «Una antigua leyenda —explicó O'Neill padre a su joven invitado— sostiene que el primer conde de O'-Neill heredó el Santo Grial, el cáliz en el que José de Arimatea recogió la sangre de Cristo.» La cruz templaria en el centro del escudo mostraba la vinculación de la familia con la orden.

—¿Conoces a un judío alemán llamado Zumel Gerlem?

El nombre pareció sorprender a O'Neill.

—Claro que lo conozco. O mejor dicho, sé quién es, aunque no lo conozca personalmente. Mi padre y el suyo fueron miembros de la logia los Doce Apóstoles a principios de siglo. ¿Qué ha sido de él?

—Los alemanes lo tienen en París. Está colaborando con ellos en el desciframiento de los *tabotat*.

—¿Colaborando con los nazis? Resulta difícil de creer.

—No tiene otra opción. Retienen a su hijo en un campo de concentración.

O'Neill comprendió.

—Lo siento por él. Creo que, al igual que su padre, es un hombre de mucho mérito y uno de los cabalistas más expertos que existen.

—Lo sabemos. Y un experto en templarios. Por eso vamos a necesitar tu ayuda. Queremos ponernos en contacto con él y dirigir su trabajo.

O'Neill comprendió.

Churchill intercambió una rápida mirada con Menzies, cediéndole la palabra.

—Ahora —dijo Menzies—, creo que debemos hacerte una pregunta que quizá te resulte difícil de contestar. Los alemanes están buscando una fórmula sagrada que despierta el poder del Arca de la Alianza. El trabajo de Zumel consiste en encontrarla. Por nuestra parte, tenemos indicios de que tu familia podría poseer esa fórmula. Si es cierto, te ruego que nos lo digas. Es urgente que sepamos cómo funciona todo esto para diseñar nuestra estrategia.

O'Neill abandonó su asiento y se encaminó cojeando hasta una ventana de cristales emplomados desde la que se contemplaba el jardín posterior de la mansión. Un jardinero con mono azul rastrillaba el césped recién cortado. Lejos, detrás de un seto, un centinela vigilaba el campo con la metralleta bajo el brazo. El cielo estaba azul. Sobre los parterres de flores pegados al muro revoloteaban los insectos. La vida continuaba su curso, pero lejos de esta idílica escena había una guerra, la gente moría, se despedazaba en el campo de batalla, expiraba bajo los aludes de metralla y los escombros de los bombardeos. Era la humanidad doliente que los templarios, un día, habían soñado redimir. Quizá el mundo se había vuelto más loco que nunca, pero el ideal de los templarios continuaba vigente. O'Neill se volvió hacia sus antiguos camaradas.

—Hace seis siglos, el rey de Francia y el papa decretaron el exterminio de los templarios. Poco antes de que los apresaran, una flota templaria compuesta por dieciocho navíos zarpó de La Rochele y se perdió en el mar. Las naves bordearon Irlanda y vinieron a refugiarse en Kimbry y Castle Swim, cerca del castillo de mi familia. Años después, el 24 de junio de 1314, en la batalla de Bannockburn, Robert Bruce, rey de Escocia, derrotó a Eduardo II de Inglaterra, yerno de Felipe el Hermoso de Francia. Los templarios huidos de Francia combatieron al lado de Bruce como caballeros de la Orden de San Andrés del Cardo. San Andrés es, en realidad, Eliazar, o sea Lázaro, el resucitado, porque la orden templaria resucitó en Escocia. Desde el siglo XVI encabeza la masonería jacobita o estuardista; después, en 1593, Jacobo VI de Escocia fundó la Rosa Cruz, con treinta y dos caballeros de San Andrés del Cardo, y la orden se diluyó en varios grupos masónicos que crearon una selva de rituales y una maraña de extrañas mistificaciones.

Regresó a su asiento, tomó un sorbo de whisky y prosiguió:

—El primer O'Neill acogió en Kilmartin a los templarios refugiados. En agradecimiento lo nombraron Custodio de la Sangre, un puesto elevado de su orden secreta.

—Supongo que se refiere al Santo Grial —aventuró Churchill—. ¿Conserváis todavía el relicario?

—No, no es más que una leyenda para justificar las armas familiares, supongo.

Churchill miró distraídamente hacia la ventana. Su día de descanso, aunque no había descansado en absoluto, iba de vencida. Reprimió un bostezo de cansancio y miró a Menzies, indeciso.

—Patrick... ¿por qué se interesan los alemanes por todo esto?

O'Neill comprendió que Churchill estaba abrumado por multitud de problemas y que no sabía qué importancia otorgar a este último.

—Los jerarcas nazis comparten la mentalidad fantasiosa de la clase media alemana de la que proceden. Desde el siglo XVIII se ha asociado a los templarios con el ocultismo. Se ha rodeado a los templarios de una aureola romántica al considerarlos las víctimas del despotismo y la arbitrariedad de los gobernantes. Los románticos inventaron muchos mitos templarios absolutamente falsos y algunas logias masónicas, no menos pintorescas, que reclamaban la supuesta herencia templaria para proveerse de un origen ilustre. Ritos, arquitectura y todo un arsenal esotérico.

—¿Y no hay nada de cierto entonces?

—Ni una pizca de verdad.

—¿Por qué creen esas fantasías los alemanes?

O'Neill se encogió de hombros.

—Quizá porque los bárbaros del norte son muy soñadores; quizá porque son proclives a la lucubración mística; quizá por su inclinación a lo mágico y a las óperas de Wagner.

—Pues ahora esos pirados tienen las piedras del Arca de la Alianza.

—¿Los *tabotat* originales?

Churchill se sorprendió.

—¿Es que pueden no ser originales?

—Cualquier antropólogo medianamente instruido sabe que existen miles de *tabotat*. Incluso hay media docena de ellos en Gran Bretaña, criando polvo en las vitrinas de los museos o en los gabinetes arqueológicos de las universidades.

—Creía que sólo existían dos.

—Y sólo hay dos, auténticos, los del Arca de la Alianza de Israel, pero en Etiopía cada iglesia dispone de copias ceremoniales y algunas de esas copias han llegado a Inglaterra.

—Me temo que los que tienen los alemanes son los verdaderos —dijo Churchill.

—Al parecer, los vinculan a una arma poderosa —intervino Menzies—. Hemos analizado el asunto y hemos llegado a la conclusión de que el loco de Hitler intenta usarlos como arma, como hicieron los israelitas en Jericó. ¿Tiene eso algún sentido o son meras lucubraciones?

—Tiene todo el sentido del mundo. Si tienen los *tabotat* originales pueden reconstruir el Arca y si, además, consiguen el Nombre Secreto pueden obrar por el Arca.

—¿Nombre Secreto? —preguntó Churchill—. ¿Obrar por el Arca? ¿A qué te refieres?

O'Neill contempló el avance de la noche a través de la ventana. Luego apuró su whisky y miró a Menzies y a Churchill alternativamente.

—Pueden ganar la guerra —admitió.

Churchill dio un respingo.

—¿Ganar la guerra? ¡Ya la tienen perdida! Es sólo cuestión de tiempo.

—Puedes creer que si consiguen el poder del Arca ganarán la guerra, Winston —dijo O'Neill seriamente, mirándolo a los ojos.

—Hace meses que tienen los *tabotat* —dijo Churchill—. ¿Cómo es que continúan perdiendo la guerra y replegándose en todos los frentes?

—Probablemente porque no disponen del Nombre Secreto necesario para obrar por el Arca, la clave que la hace funcionar. Hay una palabra o una frase llamada *Shem Shemaforash* o Nombre Secreto de Dios. El que la posee y posee el Arca tiene asegurado el dominio del mundo.

—No quisiera perder el tiempo con supersticiones judías —dijo Churchill.

—¿Entonces para qué me has llamado, Winston? Si tenemos que seguir adelante con esto, será mejor que nos otorguemos mutua confianza. Tú eres historiador, Winston. Quizá no ignores que en el envés de la historia discurren corrientes secretas que modifican los acontecimientos.

Churchill asintió.

—Existen dos antiguas sociedades secretas cuyo objetivo consiste en la recuperación del *Shem Shemaforash* —prosiguió O'Neill—: Lámpara Tapada y el Sionis Prioratus, además, lógicamente, de la Iglesia. La Palabra Secreta constituía el tesoro más preciado de los templarios, pero con la disolución de la orden se perdió, aunque se sospechaba que uno de los últimos templarios, un tal Vergino, pudo recogerla en ciertos diagramas y signos que esculpió en una roca cerca del monasterio donde se había refugiado, en el sur de España. En 1912, el Vaticano, los judíos y los representantes de ciertas dinastías europeas acordaron aunar esfuerzos para encontrar la Palabra Secreta. Con tal fin, una comisión denominada la Sacra Logia Pontificia de los Doce Apóstoles se desplazó al antiguo monasterio de Vergino.

—¿Cómo sabes todo eso?

—Porque mi padre formaba parte de esa comisión por delegación de Lámpara Tapada.

—¡Un momento! —exclamó Menzies—. El judío que nos envió el mensaje cifrado viajaba al sur de España con una expedición alemana que buscaba una inscripción.

—Entonces todo encaja —observó O'Neill—. Ya sé de qué se trata. Los alemanes buscan la inscripción de Vergino en la Piedra del Letrero. Y no la han encontrado, debo añadir.

—¿Cómo lo sabes?

—Porque no existe ya. La Gran Guerra disolvió el proyecto de los Doce Apóstoles, pero después de la contienda, el Sionis Prioratus localizó la Piedra del Letrero. La inscripción de Vergino estaba borrada.

—¿Quiere esto decir que los alemanes andan a ciegas?

—No, me temo que no. Los alemanes ocupan gran parte de Europa y están en París. Tienen a su alcance, si saben buscarlos, los papeles de la Ordem Soberana do Templo de Jerusalem, cuyo gran maestre, Louis Plantard, perteneció también a Lámpara Tapada. Es posible que ahí encuentren algo.

Churchill intentó cruzar las piernas pero desistió, estaba demasiado gordo. Cambió de postura en el sillón.

—Si ellos consiguen el *Shem Shemaforash* —conjeturó O'Neill—, pueden apropiarse del poder del Arca.

Churchill reflexionó en silencio, con el ceño fruncido y las manos en las rodillas. Aquel asunto lo irritaba terriblemente.

—Yo no puedo decirles a mis aliados que los alemanes poseen un talismán mágico con el que podrían derrotarnos. El primer ministro de la Gran Bretaña no puede admitir esa clase de creencias, menos aún en esta fase tan delicada de la guerra.

—La amenaza no desaparece simplemente por ignorarla —observó O'Neill.

Churchill asintió en silencio.

—Te diré lo que vamos a hacer, buen amigo. Yo, como primer ministro, la ignoro, pero Menzies pone a tu alcance los medios necesarios para que te ocupes de ella.

—¿Yo?

—¿Quién está mejor situado que tú para comprender este jodido asunto? La patria te llama, amigo mío. Empuña tu sable y galopa a nuestro lado. ¡Somos lanceros de

Waterloo! —dijo el premier con limitado entusiasmo, y luego, rebajando algo el tono, añadió—: O en Balaklava.

Balaklava, la llanura donde la famosa brigada ligera resultó aniquilada por los cañones turcos en una carga tan ciegamente heroica como inútil.

O'Neill comprendió y asintió.

25

El fichero constaba de nueve cajas ordenadas por orden alfabético. La ficha que buscaban estaba en la tercera.

—Aquí la tienes —dijo el coronel archivero, un viejo amigo de Arthur Walhead—: Therese Fletcher, nacida en Hambrook, Bristol, el 14 de agosto de 1908, hija de Thomas Andrew Fletcher, funcionario de la carrera diplomática fallecido en 1939 después de ejercer diversos cargos en las embajadas de Su Graciosa Majestad en Honduras, Lisboa y Washington y posteriormente como secretario de embajada en Estambul, Berlín y París. Aquí está la lista de los colegios en los que Therese estudió durante la peregrinación paterna. Eso explica que hable tantas lenguas.

—Debí suponer algo así —dijo Arthur—. ¿Dice algo más personal de ella?

—¿Quieres saber si está casada?

—Algo así.

—Está soltera. Al menos lo estaba cuando se enroló en los Servicios Femeninos, hace tres años. —El coronel se quedó mirando la fotografía y añadió—: Es una mujer muy guapa. No quedan muchas solteras así en el reino.

—No, supongo que no —respondió Arthur con cierto embarazo.

—Pues, a ella, muchacho. La guerra no va a durar toda la vida. Hay que aprovechar cada minuto. Después vendrán los héroes del frente con hambres atrasadas y nos las levantarán todas.

Se cruzaron las miradas y el coronel se sonrojó ligeramente. Había hablado con su amigo en el mismo tono que usaba con los compañeros de sección, funcionarios del MI-5 que sólo arriesgaban la piel como cualquier civil en el bombardeado Londres. Pero Arthur, aunque residiera en Londres, sobrevolaba Alemania dos veces por semana, al frente de una formación de bombarderos de la que estadísticamente un veinte por ciento no regresaba. Era como jugar a la ruleta rusa con un revólver de diez balas, ocho veces al mes, noventa y seis veces al año. De pronto comprendió por qué un comandante que podría quedarse tranquilamente en tierra después de planear la misión se empeñaba en acompañar a sus hombres y comprendió también por qué se obstinaba en permanecer solo, fiel al recuerdo de su mujer muerta.

—¿Irás esta noche por el Savoy? —preguntó Arthur.

—Por supuesto que iré —sonrió el coronel, devolviendo la ficha a su lugar—. Y esta información confidencial te costará dos martinis.

—Nos vemos allí entonces.

Tomó la gorra del perchero y se disponía a salir cuando el coronel le dijo:

—Arthur.

—¿Sí?

—Me alegraría si volvieras a tener una mujer a tu lado. Lo necesitas mucho.

Arthur Walhead sonrió tristemente. Salió de Park End, número doce y caminó pensativo por la acera. Era martes, uno de los dos días del servicio voluntario de Therese en el hospital. Al cruzar Picadilly Circus, esquivando un chirriante tranvía, Arthur vio que la floristería de la esquina estaba todavía abierta y entró. Atendía una señora muy vivaz, a pesar de su edad avanzada.

—¿Qué desea el señor?

—Un ramo de flores que sea... no sé... discreto. Es para una señorita que trabaja en un hospital.

—Le haremos entonces un ramo patriótico —dijo la florista—, con flores de los prados de Inglaterra, de color rojo, azul y blanco. Media libra.

—Muy bien.

La señora compuso el ramo con destreza profesional. No era ostentoso, apenas un *bouquet*.

—¿Lo llevará usted mismo o se lo enviamos?

—¿Pueden enviarlo?

—Sí, señor, tenemos un servicio de recaderos. Sólo incrementa el coste en tres chelines si es dentro de la *city*.

—Es dentro de la *city* —repuso Arthur—. Le escribiré la dirección.

—Verá cómo le encanta —sonrió la anciana—. Aunque vivamos tiempos difíciles hay que practicar la galantería, ¿verdad?

26

Estaba hermoso París. Las amplias avenidas, las anchas aceras sombreadas por potentes plátanos, las elegantes fachadas de piedra con tejados de pizarra, las plazas con monumentos de bronce, los parques, los jardines, la animación que no había decrecido a pesar de la guerra y de la ocupación alemana, los cafés con terraza, los músicos callejeros, los puestos de libros, de grabados, de flores, a lo largo del Sena, los tenderetes de los mercadillos, las iglesias, los teatros, los cines, los cabarets, los museos... Diríase que París no estaba en guerra, si no fuera porque abundaban los alemanes de permiso con sus uniformes grises, con guías y cámaras fotográficas en la mano, y porque la bandera de la cruz gamada ondeaba en algunos edificios requisados por el gobierno militar. También, quizá, se detectaba la guerra en la escasez de automóviles, en la abundancia de bicicletas y en que a muchos ciudadanos, que habían adelgazado considerablemente, debido a las privaciones, les quedaba la ropa excesivamente holgada. Pero la vida continuaba.

El barrio latino bullía de actividad, las tiendas de ropa del Boulevard Saint Michael, las terrazas de los cafés con veladores de mármol y sillas plegables de madera, los músicos callejeros en torno a la estatua de Danton. Había menos género que de costumbre en los escaparates *art nouveau* de las pastelerías de la rue l'École de Medecine, en las que parte de los expositores de acero inoxidable permanecían vacíos o mostraban la escasa dulcería que permitía la guerra. No obstante, la actitud de los parisinos era la de siempre, la alegre displicencia...

—No parece la capital de una nación derrotada —observó Von Kessler desde el Renault 1934 que los transportaba.

—Es que París lo digiere todo —comentó Zumel.

Almorzaron en Le Poulidor, en la rue Monsieur-le-Prince.

—¿Qué comerán los señores? —preguntó el maître, solícito—. Si me permiten una sugerencia, les recomiendo las *andouilles à la bordelaise*.

—Suena bien —dijo Von Kessler—. ¿Eso es carne o pescado?

—Carne, monsieur.

—Está bien. Eso mismo y cerveza.

Comieron con apetito las morcillas rellenas de intestinos y estómago de cerdo picado menudo y aderezadas con pimienta y especias.

A los postres, Von Kessler encendió un cigarrillo rubio de los que las SS requisaban de los paquetes de los prisioneros enviados a través de la Cruz Roja, y se mostró satisfecho.

—No parece que los hunos hayamos estropeado la ciudad —comentó, observando la animación callejera.

—A la caída de Napoleón la ocuparon los cosacos, quienes para pedir un vaso de aguardiente decían *bistró, bistró*, o sea, rápido, rápido. París adoptó inmediatamente la palabra para designar un tipo de restaurantes. París lo digiere todo.

Von Kessler miró a Zumel con interés.

—¿Conoce usted París?

—He estado aquí algunas veces.

Estuvieron un minuto en silencio, en el que se limitaron a observar a los viandantes.

—Creo que estamos perdiendo el tiempo, que esta historia del Arca es tan inútil como la matanza de judíos. No es nada personal, pero esto de hacer de carcelero de un cabalista judío que no sabe lo que está buscando me parece un desperdicio lamentable de recursos. Si han decidido que no sirvo para el frente podrían tenerme en un ministerio, creo que sería más útil por mi experiencia de varios años en carros de combate. A menudo he soñado con ayudar a diseñar un tanque superior a todos los conocidos. Incluso en mis ratos libres hacía bocetos. Sin embargo, llevo meses uncido a este proyecto demencial.

—¿Insinúa que el *Reichsführer* está loco?

En otro tiempo hubiese castigado la insolencia del judío con una bofetada y quizá en otro tiempo más oscuro aún, con un tiro en la nuca, pero ahora, después de sentir un licor amargo en la garganta, sólo se le ocurrió decir:

—Alemania está usando una burocracia considerable, varios ejércitos con sus armas automáticas y sus municiones, preciosos recursos ferroviarios, costosas técnicas de ingeniería, hombres de ciencia dedicados a la investigación y al desarrollo, todo para conseguir unos fines que no tienen significado económico ni militar, sino meramente sicológico.

Era la primera vez que se atrevía a expresar aquella crítica en voz alta. Recordó el concierto en el campo de Auschwitz y sonrió amargamente.

—Creo que es hora de acostarse —dijo mirando el reloj—. Mañana nos espera un día muy ajetreado.

27

Londres

Therese Fletcher se pasó la tarde soñando despierta, sintiéndose como transportada en una nube. Había recibido las flores después del almuerzo, cuando salía de la cantina. Despertaron la curiosidad de sus compañeras. El ramo llevaba una escueta tarjeta, algo cursi: «Que esta pequeña muestra de la belleza del campo inglés te acompañe. Con mis afectuosos saludos, Arthur Wallhead.»

Por la tarde, de vuelta al ministerio, miró con indiferencia la montaña de papel que esperaba traducción sobre su mesa de trabajo: cartas ocupadas a prisioneros, impresos, periódicos, octavillas, un material diverso procedente de más de veinte departamentos estatales, todos convencidos individualmente de que su material requería prioridad absoluta. Pero Therese no tenía prisa aquella tarde. Cada vez que daba curso a un trabajo se solazaba durante unos minutos en la contemplación de las flores, que había colocado sobre un archivo en un tarro de mermelada. Rememoraba su encuentro con Arthur, la mirada sincera de los grandes ojos azules del comandante, sus manos fuertes, su sonrisa franca. ¿Podrías enamorarte otra vez?, se preguntó. En los últimos doce años había conocido a media docena de hombres y se había sentido bien al lado de cada uno de ellos durante un tiempo, pero nunca se había sentido enamorada como lo estuvo de aquel tímido y distante profesor de Berlín, doce años atrás. Probablemente, si ninguna de sus parejas posteriores le había durado más de dos años era porque, en el fondo, esperaba un amor como aquél y el amor, el verdadero amor, el abandono absoluto a la persona amada, no lo había vuelto a sentir. En algún momento había pensado que estaba seca para el amor, que la delicada válvula que abre el corazón a la esperanza se le había quebrado en Berlín. Pero ahora se sentía nuevamente arrebatada, si no por el amor mismo, por la premonición luminosa de que aquel hombre tierno que le enviaba flores podía devolverla a las sensaciones de antaño.

Se había prometido no solazarse con los recuerdos de Berlín, pero las sensaciones de aquella invitadora tarde la arrastraron de nuevo a rememorar el día en que llegó a la capital alemana forzada por un nuevo traslado de su padre. Al principio le pareció un fastidio verse obligada a dejar Oxford, donde ya había estudiado dos años. Fue una sensación transitoria. Berlín la cautivó desde el primer momento. La animación de las anchas avenidas repletas de coches y de autobuses de dos pisos, los enormes escaparates de los grandes almacenes, los anuncios luminosos, los restaurantes, las tiendas de moda, los edificios suntuosos, los tipos extraños que se veían por la calle, los museos, las ruidosas cervecerías, los cines y los teatros, las salas de conciertos, la ópera. En la Navidad del año 1928, papá le había regalado un gramófono. Recordó su cuarto berlinés, con el techo abuhardillado, en el número 234 de la Moorlakestrasse, en el barrio de las embajadas. Rememoró los viejos discos de pizarra que giraban con mayor frecuencia entre aquellas paredes: el Miserere de *El Trovador*, los *Cuentos de Hoffmann* de Offenbach, el dúo de *La fuerza del destino*, la muerte del amor en *Aida*, el cuarteto del último acto de *Rigoletto*, *Bella Figlia dell'amore*. Se propuso estudiar intensamente, no se iba a dejar arredrar por la fama de severidad de las universidades alemanas, aunque sentía que se le iba a escapar la juventud sin conocer el amor. A los diecinueve años no la había besado ningún chico. Quizá también porque los que conoció hasta Oxford le parecían niños mal crecidos, con acné en las mejillas, o porque se les veía venir claramente. Todos inadecuados para la relación, primero romántica y después pasional, con la que ella soñaba. A veces pensaba que el amor no tenía por qué parecerse a la literatura amorosa y otras que la literatura amorosa determinaba nuestro comportamiento sobre el amor. Pero sus anhelos amorosos pasaron pronto a un segundo término en Berlín. La universidad era una inmensa maquinaria fría y anónima, con sus bibliotecas y clases, desde cuyas ventanas casi se podían alcanzar las ramas altas de los tilos del Unter den Linden. Allí todo contrastaba vivamente con la luminosidad y la cordialidad de Oxford. Había sociedades de alumnos cuyo objetivo principal era concertar duelos a sable. Los duelistas lucían con orgullo las cicatrices en las mejillas. Era un mundo tan alejado del que había frecuentado en Inglaterra que nunca llegó a abarcarlo. La Universidad de Berlín adquirió, como todo lo prusiano, cierto aire cuartelero difícil de acatar por los que estaban acostumbrados a instituciones más cordiales. Allí, el extremo formalismo exigía que los alumnos vistieran con traje oscuro y corbata pajarita y las escasas alumnas debían usar vestidos hasta los pies, mangas por las muñecas y escote hasta el cuello. Se sonrió al recordarse vestida como una vieja ama de llaves victoriana. Los alumnos se hablaban de usted, y anteponían siempre *Herr* o *Fraulein* delante del apellido. En Oxford, al salir de clase, oías comentarios como «Nos vemos en el pub Liberty esta noche; quiero echarle el lazo a ese despistado de Richard». En Berlín los comentarios eran muy diferentes: «¿Cree usted en la dialéctica, Herr Block? ¿No le parece que el porvenir de la historia se marca en cada generación indisolublemente?»

A pesar de todo, el primer año no le fue mal. Las conferencias de famosos científicos o filósofos en el aula magna —en una ocasión el propio Karl Jaspers le cedió el paso ante una puerta, ¡el gran hombre!—, las excursiones cinegéticas a las buenas librerías, las reuniones de estudiantes izquierdistas para discutir los artículos de opinión aparecidos en el *Frankfurter* y en el *Kölnische*, las tertulias en la casa del editor S. Fisher, en el barrio del Grunewald... ¡Berlín bullía de ideas, de proyectos, de sueños!

El segundo año se matriculó en el curso de Sistemas Filosóficos que impartía distraídamente Zumel Gerlem.

El doctor pertenecía a la selecta minoría de profesores judíos de la universidad y cimentaba su prestigio en el de su padre, considerado el mayor especialista europeo en historia de las religiones. Therese había asistido a algunas conferencias libres de Gerlem, hijo, y se había sentido fuertemente atraída por él, tanto por su inagotable sabiduría como por su físico. Gerlem era alto y fuerte, aunque tímido con las damas, un aspecto de su personalidad bastante sorprendente, cuando se sabía que Gerlem era uno de los cuatro profesores de la universidad que habían conseguido la Cruz de Hierro de primera clase durante la Gran Guerra por comportamiento heroico frente al enemigo. Detrás de su apariencia delicada y asustadiza había un hombre valiente y quizá apasionado. Therese se había enamorado del profesor, a pesar de que él parecía no reparar en ella, la llamaba miss Fletcher, e interponía entre ellos un helado formalismo decimonónico. La hizo sentirse una intrusa en aquella clase de alumnos alemanes concentrados y laboriosos como hormigas. En una de las primeras lecciones ella levantó la mano para preguntar, una costumbre de Oxford desconocida en las formalistas universidades alemanas. Él la ignoró y prosiguió su explicación.

—... los marxistas no son ateos. Russell escribió sobre Lenin: se tenía por ateo, pero se equivocaba. Creía en Dios, en el dios dialéctica y se consideraba un elegido, como Mahoma por Alá y como Jesucristo por Yahvé, un mesías visionario.

Entonces Therese levantó las dos manos.

—Miss Fletcher —interrumpió Zumel su explicación—. ¿He de suponer que se rinde al conocimiento?

Ella le sostuvo la mirada.

—No, Herr doctor. Solamente intentaba exponer una duda.

—Todos tenemos dudas, Miss Fletcher, es más, la propia sustancia del hombre se compone de dudas, más que de carne, huesos, venas, nervios y tendones. Le agradeceré que tenga la bondad de esperar hasta el final de la conferencia para consultar sus dudas.

Sus compañeros de clase esbozaron una sonrisa irónica. Era evidente que estaban de parte de aquel envarado profesor antes que de su condiscípula. Se sintió ultrajada. Se sonrojó violentamente, y se sentó con el firme propósito de no volver a despegar los labios en todo el trimestre. Una semana después, profesor y alumna coincidieron en un pasillo.

—Miss Fletcher —dijo él—, a juzgar por la expresión seria con que sigue mis clases tengo la impresión de haberla ofendido. Puedo asegurarle que el otro día no intenté en absoluto herir sus sentimientos. ¿Me permitirá que la invite a tomar el té, con otros alumnos, el próximo jueves?

Era la primera vez que estaban tan cerca y ella descubrió en la mirada del profesor la recóndita razón de su distanciamiento. El profesor Gerlem se azaraba, se defendía de su alumna inglesa, porque se sentía violentamente atraído por ella. El miércoles siguiente fue a casa de los Gerlem, en el Wannsee, junto a Berlín, y una criada con cofia y delantal almidonado la hizo pasar a un oscuro salón tapizado de maderas nobles, completamente atiborrado de libros desde el suelo al techo. En el centro había sofás y sillones de cuero, muebles cómodos y algo ajados. El santuario de una estirpe de sabios que habían vivido en aquella casa: un músico, dos naturalistas, dos filósofos.

Llegaron otros cuatro estudiantes, los más aventajados de la clase, que se sorprendieron un poco al verla allí. El profesor la trató con gran deferencia, pero evitaba mirarla a los ojos. No se sentía cómodo, era evidente.

En el té de los Gerlem no se concebía el chismorreo universitario. En realidad era una prolongación de las lecciones, más profunda, más íntima, más interesante. A pesar de ello, Therese anhelaba que Gerlem la invitara. Mientras tanto asistía a sus clases, en las que se analizaba la visión histórica de Friedrich Meinecke, Hermann Oncken y otros liberales. En la universidad no todos comprendían el programa de Gerlem porque los vientos soplaban hacia otra parte y los nacionalistas exaltados eran más cada día. Algunos estudiantes que antes adoraban al profesor comenzaron a faltar al té de los miércoles pretextando diversas excusas. Mientras Alemania cambiaba de día en día, Gerlem, ajeno a la espantada general de los profesores judíos, se aferraba a sus estudios. Quizá se estaba enfrascando en los estudios cabalísticos de su padre para huir de la realidad. En una conferencia sobre la música en Schopenhauer relacionó mística, matemáticas, cábala y música. Los alumnos se miraron, divertidos, y uno de ellos murmuró a sus espaldas: «¡El judío acecha!» Gerlem captó el comentario. Miró al que lo había hecho y respondió con una sentencia de Spinoza: *Omnis determinatio est negatio*, toda determinación es negación, negación de todas las demás opciones. Después continuó su explicación como si tal cosa.

—... en fin, todos estos meandros nos llevan a comprender por qué Schopenhauer le asigna a la música categoría metafísica, por encima de las matemáticas.

Las invitaciones al té filosófico se repitieron otras dos veces en el último cuatrimestre. Después, la clase hizo un viaje de estudios por Alemania. Therese recordaba gratamente un paseo en grupo a orillas del Isar, junto al palacio del príncipe Carlos y entre la arboleda del Hofgarten. El último día al caer la tarde encontró a Zumel Gerlem, con su traje claro de lino, sentado en un velador en la Odeonplatz, completamente abstraído. Caminaron un rato juntos mientras el resto de los alumnos seguía por la Briennerstrasse hasta la sombra del Obelisco. Allí el grupo se reunió sobre la hierba y un chico rubio llamado Fritz Lehar propuso recitar versos del *Handschuh* de Schiller.

Therese hacía lo posible para quedarse sola con Zumel y él no rehuía su compañía. Se le acercó en el ámbito oscuro de la Hofkirche, la iglesia de Todos los Santos, entre cientos de cirios que iluminaban espectralmente las paredes de piedra.

Hicieron otro viaje universitario a Salem, en el que, después de transbordar en Ulm y en Friedrichshafen, visitaron la aldea de Mimmenhausen y se hospedaron en el hotelito Schwan, el cisne. Por la mañana dieron un paseo a orillas del lago Constanza, por prados cubiertos de nieve. Siguieron la visita por Sigmaringen, antigua ciudad residencia imperial, y descendieron por el Danubio entre castillos y antiguas ciudades, hasta Riedlingen. Durante la visita al Jura, al salir de la iglesia barroca de Zwiefalten, encontraron en la plaza a un grupo de camisas pardas de Hitler repartiendo propaganda.

—Esta gente está preparando a una masa homicida dispuesta a cualquier crimen —lo oyó murmurar.

Nadie sospechaba toda la miseria que vendría después. Eran días alegres, de excursiones en bicicleta bajo corpudos árboles centenarios, de diatribas filosóficas sobre la hierba en los claros de los bosques, y, por la noche, una cerveza en algún mesón aldeano, entre campesinos fornidos y rubicundos vestidos con calzones de cuero. Sin embargo, al regreso, Therese tenía claro que el doctor Gerlem no tenía más interés por ella que por el resto de sus alumnos. Quizá, después de todo, era cierto que vivían en mundos distintos y que cualquier cosa que hubieran empezado habría acabado mal. Se despidieron como amigos en el despacho que él compartía con otros dos profesores. Ella, aprovechando que estaban solos, lo besó en la mejilla, como en un arrebato, y se marchó sin mirarlo a los ojos.

Therese terminó el curso y no volvió por la universidad. Unos meses después coincidieron en el salón literario de madame Antonina Valentin. Mientras los hombres se reunían en un extremo del salón para hablar de política y de filosofía, las mujeres aprovechaban la ausencia de la anfitriona, que había salido a ordenar más té en la cocina, para discutir si era todavía amante del amante del ministro Stressemann o si ahora, como parecía, lo era del general Von Seeckt, comandante en jefe del ejército. Al atardecer salieron al jardín y Therese se hizo la encontradiza con Zumel. Se saludaron.

—Ahora no somos profesor y alumna, doctor —dijo ella.

—En ese caso no es necesario que me llame doctor, miss Fletcher.

—Con una condición.

—¿Qué condición?

—Que me llame Therese. Que rompamos el tratamiento. ¿Me permitirá que le proponga algo? Dado que parecemos congeniar, podemos tutearnos. Llámeme Therese.

Él se sonrojó cuando dijo:

—Therese es un nombre muy bonito.

Lo pronunció como si fuera la primera vez que lo oía. Se sintió terriblemente humillada. ¿Era posible que la hubiese olvidado en cuanto dejó de ser su alumna, que ni siquiera recordara su nombre de pila?

Un mes más tarde, mister Fletcher dejó de ser secretario de embajada para ocupar un cargo consular en Francia. Sus amigos de la embajada lo agasajaron con un almuerzo en el lujoso restaurante Kempinsky.

El profesor Gerlem estaba cenando con una dama en uno de los reservados del establecimiento. Therese fue a saludarlo y él le presentó a su esposa. Se habían casado hacía seis días.

28

París

La sinagoga vieja, en el corazón del barrio latino, era un edificio del siglo XVII, aunque la fachada había sido remozada a mediados del XIX gracias a la munificencia de los Rothschild. La fachada de piedra y ladrillo, profusamente adornada con frisos de azulejos policromados que representaban alternativamente estrellas de David y candelabros de siete brazos, remataba en una cúpula en forma de media naranja, revestida de cinc sobredorado, de cuya cúspide había desaparecido la estrella de David de bronce que la adornaba. Las tres puertas gemelas que se abrían a la fachada principal, protegidas por una cancela de lanzas, eran de madera oscura y brillante, con relieves geométricos y vegetales.

El agente Burrho se dirigió a la puerta principal, en la que todavía se conservaban los cuatro agujeros que sostuvieron la placa de la sinagoga, y tiró de una cadena que hacía sonar una campanilla en el interior. Inmediatamente se descorrieron un par de cerrojos y un joven soldado alemán, tocado con gorrilla cuartelera, apareció en la puerta y se cuadró militarmente ante Von Kessler.

Detrás del soldado apareció un cabo gordo que se abotonaba la guerrera.

—A sus órdenes, *Hauptsturmführer*.

El equipo de limpieza enviado de la comandancia militar de París estaba terminando su trabajo.

—El edificio ha estado cerrado tres años —se excusó el cabo—, y estaba hecho un asco. Por cierto, que las tuberías estaban atascadas de libros y papeles a medio quemar; un fontanero está reparando los retretes.

Por dentro la sinagoga estaba adornada con múltiples elementos arquitectónicos: cornisas, frisos, tallas y tantos detalles que parecía una iglesia barroca. Las paredes estaban tapizadas de ricos mosaicos geométricos. Dos galerías laterales, sostenidas sobre columnas de mármol con remates de bronce, habilitaban el espacio reservado a las mujeres. En el centro del patio central, en el que los bancos de madera tallada apenas dejaban ver el rico pavimento ajedrezado de mármol, se elevaba un podio rodeado de una balustrada que contenía dos artísticos atriles de bronce. El lugar de la lectura.

—La *bimah* sefardita —dijo Von Kessler, alardeando de cultura hebrea.

—¿Dónde aprendió esa palabra, Herr Kessler?

—En los *Ordensburger* de las SS nos dieron algunas lecciones de cultura hebrea. Hay que conocer al enemigo al que se quiere combatir.

Zumel miró a Von Kessler. En el ojo del cíclope había un brillo malicioso, pero no había acritud en el semblante mutilado, sino más bien simpatía.

—Se lo enseñaron mal, Herr Kessler. El término *bimah* es griego y lo usan los judíos asquenazíes. Los que descendemos de sefarditas españoles preferimos usar la *tebah*, o caja, en memoria del Arca de la Alianza.

Von Kessler se encogió de hombros.

—Supongo que nada de esto importa ya —murmuró.

Al fondo de la sala, subiendo tres gradas de mármol

veteado, había una especie de tabernáculo de ébano ricamente tallado, el lugar del Arca que preservaba los textos sagrados, la Torah. En el muro quedaban las señales de media docena de cuadros de gran tamaño que habían desaparecido.

—Éste es el *aron ha-kodesh*, o santuario —dijo Zumel—. Faltan la *ner tamid* y el *parokhet*. —Ante la expresión de perplejidad de Von Kessler, aclaró—: La lámpara y la cortina. No son relevantes para lo que nosotros haremos.

Recorrieron en silencio el resto del edificio, un laberinto de salas y habitaciones devastadas. Los archivos habían sido saqueados y las estanterías y armarios estaban vacíos, pero la biblioteca, en la segunda planta, con dos ventanas a la calle, se conservaba casi intacta. Predominaban los libros del siglo XIX, entre ellos los anuarios de las escuelas rabínicas de Europa y América. Zumel pensó, melancólicamente, que todas las manos que habían compuesto aquella montaña de erudición estaban muertas.

—Aparte de este material hay unos fondos judíos importantes en la Biblioteca Nacional y en la Sorbona —informó Von Kessler—. El Centro de Estudios Alemanes ha conseguido permiso para que usted los use. Mi asistente, el cabo Kolb, será su enlace. Lo hemos provisto de una bicicleta para que vaya y venga con los libros que necesite.

Zumel asintió en silencio.

—Mientras duren los trabajos —prosiguió Von Kessler— residiremos en el hotel Excelsior, que está cerca de aquí, en el Quai de Montebello.

Zumel abrió una ventana encajada, detrás apareció una reja tupida de gruesos barrotes, los pájaros piaban en las ramas altas de un árbol cercano.

—¿Y cuando termine el trabajo, qué ocurrirá?

—El gobierno del Reich le entregará diez mil marcos y un visado para Suiza. Allí se le reunirá su hijo, que mientras tanto permanece en Alemania en lugar seguro.

Zumel asintió.

—¿Cuándo puede comenzar los trabajos?

—Cuando ustedes quieran.

—Mañana, entonces. ¿Tiene algún requerimiento especial?

—Los *tabotat*.

—Los *tabotat* están depositados en la caja fuerte de la prefectura en avenue Foch. Se los traerán cada mañana y se devolverán a la prefectura cuando termine su jornada.

—Así no podré trabajar. Los *tabotat* tendrán que estar aquí permanentemente. De otro modo quizá no funcione su magia.

—Transmitiré esa exigencia a Berlín —concedió Von Kessler secamente.

—Y nadie podrá verlos, ni mucho menos tocarlos —continuó Zumel—. Además, habrá que construir un modelo de Arca, para lo que necesitaré un carpintero y un orfebre, madera de acacia y un kilo de oro.

—¿Un kilo de oro?

—Para transformarlo en planchas que recubran por completo el Arca.

Von Kessler tomó nota de todo y emitió las órdenes pertinentes.

Londres

El Golden Palace había conocido mejores tiempos. Sin embargo, a pesar de la guerra seguía siendo un lugar elegante. La placa de la puerta estaba bruñida y resplandeciente, las dos macetas de laurel estaban tan cuidadas como siempre, porque les limpiaban a diario las hojas para eliminar el polvillo gris de los bombardeos y la contaminación. Era caro, pero se comía muy bien y uno se sentía importante. En ningún otro lugar de Londres e incluso del mundo, exceptuando quizá el palacio de Buckingham, se cosechaban tantas reverencias por metro cuadrado. El botones de la entrada, con uniforme rojo y botones dorados, se inclinó profundamente al hacerlos pasar. El empleado del guardarropa, de gris, con botones plateados, se inclinó igualmente al coger los abrigos para colgarlos en el perchero corrido de su cubículo, donde los abrigos militares con galones habían sustituido a los de cachemir de antaño. Ahora había más gorras militares con galones que bufandas blancas y chisteras negras.

El interior del Golden Palace era lujoso y confortable, y a no ser por las aspas de esparadrapo que cruzaban los vidrios de las ventanas detrás de los pesados cortinajes, nadie habría dicho que estaban en guerra. También se notaba en que el menú, a pesar de los platos de Wegwood y los cubiertos de plata, era más simple y más escaso que antaño. Charlaron animadamente mientras comían. Bebieron una botella de burdeos del año 1935 que Arthur había rescatado en el mercado negro, Dios sabe a qué precio.

Therese se sentía un poco alegre a causa del vino. Se sentía bien. Tan bien como no recordaba haberse sentido desde hacía años. En algún momento, entre el bistec de vacuno argentino enlatado y las natillas, Arthur alargó la mano sobre el mantel y la posó sobre la de ella.

—Nunca te había visto reír tanto —le dijo con voz modulada—. Celebro que parezcas feliz.

Ella no retiró la mano, pero su sonrisa se mitigó.

—¡Es que soy feliz! —murmuró, posando la mirada sobre el minúsculo *bouquet* floral que adornaba la mesa.

—Lamento que nos hayamos conocido en medio de esta miseria —continuó Arthur con un gesto que abarcaba tanto el restaurante como el mundo de fuera, las ruinas, el miedo, el frío, el hambre, la incertidumbre de cada día.

—¿Qué importa? —replicó ella—. La felicidad es especialmente valiosa cuando nace en las peores condiciones.

Retiró la mano suavemente. Él entonces cogió su copa. Estaba vacía pero la levantó y apuró las últimas gotas de vino.

—Tú... ¿no estás casado?

—¿Lo dices por esto? —preguntó él, mostrando la alianza de su dedo anular. Se sonrió tristemente—. No, no estoy casado. Lo estuve. Mi mujer murió en 1940, en uno de los primeros bombardeos.

Se había puesto triste. Ahora fue Therese la que le cogió la mano.

—Lo siento.

Él asintió.

Conversaron todavía otro rato, después Arthur pagó la cuenta y salieron. Había oscurecido totalmente, la calle estaba desierta, comenzaba a subir la bruma del Támesis. A lo lejos cruzó un policía enfundado en su capote, con la breve línea amarilla de una linterna sorda en la mano. Pasearon a lo largo de Denver Road y cruzaron Westgate. El monumento de la galería central estaba sepultado bajo una mastaba de sacos terreros.

Comenzó a caer una lluvia fina. Therese se estremeció y dijo: «Hace un poco de frío.» Él le echó un brazo por el hombro y la cobijó con su corpulencia. Era agradable sentirse al amparo de aquel hombre fuerte y noble que cuatro años después de la muerte de su esposa aún llevaba el anillo de casado.

Deambularon en silencio durante un rato. Al llegar a la esquina de Friars, Arthur se detuvo, la tomó delicadamente de la cintura y la besó. Después de una breve vacilación, Therese correspondió al beso; primero, delicadamente, en la flor de los labios, luego de manera apasionada, introduciendo la lengua mientras se estrechaban con fuerza entre los muslos abiertos invitadoramente. Se separaron para proseguir el paseo, abrazados. Ella sintió un sofoco de emoción en el pecho bajo la protección del brazo fuerte que la cobijaba. Quería gritar.

—Arthur, ¿puedo pedirte algo?

—Claro.

Ella se detuvo y lo miró a los ojos.

—Que te quites esa alianza; que sepultes el pasado; que olvides el dolor.

Arthur se humedeció el dedo con saliva, se sacó el anillo y se lo guardó en el bolsillo.

Esa noche la pasaron juntos en el hotel Bristol, en Park Road. Su primer encuentro sexual no fue completamente satisfactorio. Therese no había previsto que las cosas se desarrollaran tan rápidamente y en lugar de las bragas de satén rosa, con un pequeño volantito en la cintura, que reservaba para las ocasiones en que debía aparecer deslumbrante, llevaba unas calzas monjiles nada estimulantes. En cuanto llegaron a la habitación, después del primer beso junto a la puerta cerrada con llave, Arthur intentó introducir la mano bajo la falda pero ella lo detuvo.

—Tranquilo, amor, tenemos mucho tiempo. Sé bueno y métete en la cama mientras yo me preparo en el baño.

Mientras Therese practicaba sus abluciones, Arthur apartó un poco la cama del muro, para que la refriega amorosa fuera menos notoria en la habitación paredaña, se desnudó rápidamente, tiró la ropa de cualquier manera sobre una calzadora, y se metió en la cama. Se palpó el sexo erecto y duro como un hueso. En el baño comenzó a sonar el grifo de la bañera completamente abierto, aunque insuficiente para disimular la descarga de la cisterna del retrete. Therese abrió la puerta diez centímetros para suplicar, en su registro más mimoso:

—Amor, apaga la luz, por favor.

Arthur sonrió y apagó la luz, aunque por las rendijas de la ventana se filtraba un poco de luz del exterior. La sombra de Therese cruzó velozmente la alcoba para cobijarse bajo las sábanas. Su cuerpo olía a lavanda y a espliego; detrás de las orejas y entre las clavículas, a perfume francés. Arthur recorrió ansiosamente los pechos grávidos y frutales que se le ofrecían, primero con las manos, después con la lengua y con los labios, con pequeños mordisquitos en los pezones cuyos botones habían crecido hasta alcanzar gran tamaño y consistencia. Ella se dejaba hacer, gemía de placer, acariciaba el pelo ondulado del aviador y le susurraba al oído: «Despacio, calma, despacio»...

La erección estaba en su cénit, el miembro duro y tirante dentro de la funda insuficiente de la piel. Arthur puso un muslo encima de Therese, dispuesto a montarla, ella se acomodó para recibirlo, con los suyos abiertos, alzando ligeramente el pubis... Entonces ocurrió. Él eyaculó largamente, en espesos borbotones, sobre el vientre femenino, ante las puertas.

—¡Dios mío, qué torpe soy! —se lamentó amargamente—. Puedo asegurarte que no me ocurre a menudo: son los nervios.

Ella le acarició la barbilla y Arthur vio cómo brillaban sus dientes mientras sonreía en la oscuridad de la habitación.

—No tiene importancia, amor.

Se levantó para lavarse, con tan mala fortuna que arrastró el cordón y estrelló contra el suelo la lámpara de la mesita de noche. Arthur se precipitó para ayudarla y se hirió un pie con los vidrios rotos. Tuvieron que pedir gasas y alcohol, que el recepcionista subió personalmente. Arthur lo recibió con la puerta entreabierta y le entregó una propina. El recepcionista se permitió un guiño cómplice:

—Me temo, señor, que las mujeres de ahora no son tan resistentes como las de antes.

El resto de la noche la pasaron tranquilos, acariciándose y besándose, hablando en susurros, haciendo proyectos, contándose la vida, excepto los secretos que cada cual esconde.

Por la mañana, con las primeras luces del alba, volvieron a intentarlo. Esta vez fue plenamente satisfactorio, un orgasmo simultáneo, devastador, que los dejó desmadejados y sumidos en una agradable modorra hasta la hora del desayuno. Después de desayunar, con la cama llena de migajas, se amaron nuevamente y repitieron dos veces más antes de levantarse.

Sobre las doce abandonaron el hotel, escocidos y felices.

29

París

El Excelsior era un hotel de principios de siglo, de cinco plantas, con tejado de pizarra inclinado, ricos salones de cornisas doradas y enormes lámparas de cristal. Los altos techos de sus salones estaban decorados con frescos *belle époque* y los artísticos balcones de fundición de sus habitaciones se asomaban a una de las vistas más bellas de París, el Sena, la île de la Cité y el mercado de libros y flores entre el Petit Pont y el Pont du Double. La guerra lo había convertido en uno de los hoteles preferidos de los oficiales alemanes, lo que había ahuyentado a la clientela fija de adinerados rentistas que tuvo antes de la guerra, pero había atraído a los peces gordos del estraperlo que buscaban codearse con los boches, especialmente si eran altos oficiales de intendencia con los que se pudieran hacer buenos negocios.

Los integrantes de la Operación Jericó ocuparon cinco habitaciones de la cuarta planta, la de Zumel con baño propio, que se pudiera cerrar con llave y convertirla en calabozo de lujo. Desde el balcón había una caída de veinticinco metros, la fuga era imposible mediante sábanas anudadas, pero, no obstante, para evitar un posible suicidio instalaron una fuerte reja de hierro.

Los primeros días los consagraron a construir el Arca. En la comandancia regional localizaron a un excelente ebanista, Pierre de la Fontaine, antiguo jefe del equipo de carpintería del palacio de Versalles, que llevaba los cuatro años de guerra haciendo muebles caros para los jerarcas alemanes con destino en París. Conseguir la necesaria madera de acacia no constituyó problema alguno. El ebanista hizo sus consultas por teléfono e informó al asistente Kolb:

—Cabo, me han dicho que en el bulevar Haussmann hay un despacho de madera de acacia que perteneció a monsieur Ribonet, el fabricante de cuchillas de afeitar.

Media hora más tarde, una patrulla alemana registraba la casa del industrial y requisaba un despacho artísticamente tallado, además de los paneles que forraban las paredes. La viuda de monsieur Ribonet tuvo que conformarse con un recibo y una vaga promesa de restitución.

—Guarde ese recibo, señora, y reclame el despacho cuando termine la guerra.

Al día siguiente, monsieur De la Fontaine comenzó a construir el Arca siguiendo las detalladas instrucciones de Zumel:

—Un cofre rectangular de dos codos y medio de largo, uno y medio de ancho y uno y medio de alto. No debe usar clavos.

—Pues, ¿cómo lo sostengo?

—Con púas de la misma madera de acacia, cruzadas para que no sea necesario encolarlas, ¿sabrá hacerlo?

—Sí, señor. Llevo toda la vida restaurando muebles antiguos hechos con cuñas.

El carpintero terminó su trabajo al día siguiente por la tarde. Era una arca sólida, de tablas bien cepilladas, sin nudos, un armazón fragante.

—Ahora comenzará su trabajo el platero —dijo Von Kessler.

Preparar las planchas de oro y forrar con ellas el Arca llevó otros tres días.

A mediodía, una furgoneta de la Gestapo descargó un gran cajón de madera en el vestíbulo de la sinagoga.

—¿Qué es esto?

—Los enseres y los libros de... —el hombre consultó el albarán—, del profesor Plantard.

Zumel los había pedido sin gran esperanza de encontrarlos pero resultó que estaban depositados en los fondos de los archivos nacionales, todavía sin clasificar a causa de la guerra.

Con ayuda de Kolb desclavó la tapa. Dentro había una raída maleta de cuero y tres pilas de libros y carpetas que contenían cientos de papeles amarillentos.

Intuyó lo que podía contener la maleta, por eso no quiso abrirlo.

—Todo este material es muy necesario. Será mejor que lo subamos al taller.

Von Kessler se había dado cuenta del interés del judío por la maleta.

—Primero abriremos la maleta —decidió—, quizá sólo contenga ropa vieja.

Burrho la depositó pesadamente sobre la mesa del centinela y manipuló los pestillos.

—Está cerrada, *Hauptsturmführer*.

—Ábrela.

Con ayuda de una bayoneta hizo saltar los cierres. Von Kessler la abrió. Contenía una túnica de lino blanca. Al desdoblarla apareció entre sus pliegues un rectángulo de chapa dorada adornado con doce piedras distintas dispuestas en cuatro filas de a tres. Unas cadenitas igualmente doradas pendían de cada uno de los ángulos.

—¿Qué es esto? —inquirió Von Kessler.

—Es el pectoral del Sumo Sacerdote —dijo Zumel.

Kessler se lo entregó. Era pesado y frío. En el reverso había una manecilla giratoria de hierro con un mineral fosforescente en la punta. Brillaba en la penumbra de la sala.

—¿Qué sentido tiene esto? —la señaló Von Kessler.

—Es una máquina para predecir la voluntad de Dios, o para provocarla —murmuró el judío.

Zumel acariciaba el objeto, fascinado. Era solamente una reconstrucción decimonónica, pero quizá la habían realizado sobre cierta documentación precisa que la Logia de los Doce Apóstoles poseyera en su tiempo.

—Cada piedra preciosa es un signo del alfabeto de árboles —recordó Zumel—, pero también representa una tribu de Israel. Comienza por el sardo rojo edomita para Rubén y sigue de izquierda a derecha hasta el ámbar de Benjamín.

Mientras en la gran sinagoga de París Zumel sentía escalofríos al revestirse por vez primera con los atributos del Sumo Sacerdote, a unos cientos de kilómetros de allí, en el corazón de Londres, Robert Hood, el jefe del contraespionaje británico, examinaba el dossier con los mensajes cifrados intercambiados entre París y Berlín por el responsable de la Operación Jericó. Habían sido interceptados por la estación de Bournemouth, y Bletchley Park los había descifrado prioritariamente. Von Kessler solicitaba autorización para retirar kilo y medio de oro del Banco Nacional de París. Se la otorgaron inmediatamente, así como la autorización para fundirlo y batirlo en el antiguo Quai des Orfebres.

—¿Una autorización para retirar oro del Banco Nacional de París? —se extrañó Hood—. ¿No disponen ya de todo el dinero que necesitan?

—Un kilo de oro —murmuró O'Neill, que nuevamente llevaba su uniforme colonial de coronel de caballería, a pesar de su cojera. Se quedó pensando un momento y de pronto lo vio todo claro—: ¡Están fabricando el Arca de la Alianza!

30

Los cuatro motores Rolls-Royce rugían en la oscuridad arrastrando las treinta toneladas del gigantesco bombardero Lancaster. No había luna. El aire era seco. Había un ligero estrato de nubes medias y era previsible que el cielo estuviera despejado sobre el objetivo. En los viejos tiempos, antes de que los alemanes dispusieran de su avanzada red de radares Freya, una situación ideal para el vuelo, reflexionó el comandante Arthur Wallhead desde su puesto de mando en la carlinga de pilotaje. Ahora ningún tiempo era bueno. Todo dependía de la suerte. Ellos atacaban en grandes bandadas, la defensa alemana podía cebarse en unos cuantos, pero los demás alcanzaban el objetivo y lo rociaban con una lluvia de bombas explosivas o incendiarias.

Recordó algo que había leído tiempo atrás en un libro de zoología: en Brasil, los rebaños de cebúes atraviesan ríos infestados de pirañas, van por delante los más viejos del rebaño para que las pirañas se ceben en ellos y no presten atención al grueso del rebaño que cruza el río a salvo, aguas arriba. Arthur tenía cuarenta y cuatro años, la media de edad entre los aviadores británicos era de veintitrés. Si se aplicara la ley natural, él sería de los que se les echaban a las pirañas, pero afortunadamente todos los aviones eran iguales, era cuestión de suerte que no te escogieran como blanco, e incluso que el piloto que se fijara en ti no perteneciera a la temible docena de *experte* de la defensa nocturna alemana.

El tiempo era igualmente ideal para los alemanes. Arthur escudriñaba en la oscuridad, a un lado y a otro, detrás de la mampara de plexiglás de la cabina de vuelo, pero la noche era un mar de tinta y sólo alcanzaba a distinguir fugaces llamaradas procedentes de los tubos de escape de otros cien bombarderos. El objetivo era la industria pesada alemana en la cuenca del Ruhr.

Arthur accionó la palanca de control para mantener el rumbo derecho y nivelado. Tanteó las palancas de potencia. Todo marchaba bien. Pensó en Therese. Llevaban cinco meses juntos, se veían un par de veces por semana, salían a cenar, visitaban museos, iban al cine, bailaban, pasaban los fines de semana libres en el campo. Eran tan dichosos que él comenzaba a preguntarse si no era hora de abandonar el vuelo para limitarse a su trabajo de mando y coordinación en el suelo, como muchos otros aviadores de su edad y graduación. Eres más útil abajo que arriba, recordaba que le había repetido muchas veces su amigo el coronel archivero. Llevaba razón. Finalmente se había propuesto dejar de volar cuando el Escuadrón 124 recibiera su mes de permiso. Le faltaban cinco misiones. Cinco vuelos más sobre Alemania y me retiro, decidió, pero no se lo comunicó a nadie, ni siquiera a Therese. Guardaba la noticia para una cena en el Golden, con champán francés y comida decente.

Unas rosas de fuego estallaron delante, a cierta distancia, iluminando brevemente la noche e interrumpiendo la ensoñación del comandante Wallhead.

—Los jardines de Tanhauser —anunció el telegrafista por el laringófono.

Era el temible cinturón de artillería antiaérea que protegía la región industrial del Ruhr, cien mil bocas de fuego que en un instante se encendieron para acribillar el cielo con una tormenta de fuego y acero. Los potentes haces de los reflectores barrían la oscuridad buscando a los intrusos. Los mortíferos fuegos artificiales destellaban en la noche.

Un Lancaster alcanzado de pleno estalló en una bola de fuego naranja y se partió en dos. Arthur maniobró ligeramente para esquivar la chatarra voladora que desprendía el naufragio, mientras a su derecha otro Lancaster con el motor averiado desprendía una cometa naranja de llamas.

A Arthur no le gustaba hablar de su trabajo. La víspera, fumando en la cama, en su apartamento, después del amor, Therese le había confiado que los días que él tenía vuelo rezaba en la iglesia de Saint George para que atravesara sin percance los jardines de Tanhauser. Él la miró con ternura y le ocultó que lo más peligroso no era entrar en los jardines, sino salir de ellos. A la salida, en el viaje de vuelta, la defensa enemiga está plenamente activada y ha procesado a través del radar los datos esenciales del bombardeo: número de aviones, altitud, rumbo...

Estaban sobre el Ruhr. Las luces de colores de las bombas incendiarias dejadas por los aviones guía para delimitar el blanco marcaban un rectángulo de varios kilómetros cuadrados de extensión. El rebaño de Lancaster en formación, algunos de ellos con incendios a bordo, heridos de muerte, enfilaron la vertical del blanco. El aparato D de Donald, código 53, del comandante Wallhead descargó sus bombas y viró 283 grados. El navegante corrigió el rumbo para regresar a casa.

Arthur Walhead miró hacia abajo. Era un espectáculo fascinante el resplandor disperso del inmenso brasero formado por cientos de lucecitas. Eso era todo lo que se veía desde arriba de las explosiones de bombas revientamanzanas de alto explosivo, de mil kilos, entre los fogonazos más vivos de los bidones de fósforo de quinientos kilos. La brisa de la noche, avivada por las deflagraciones del explosivo, favorecía los incendios de color rosáceo, rojo, granate, azulado, malva...

Varios kilómetros por delante, los reflectores recorriendo el cielo como dedos nerviosos de una mano muerta les avisaron de que regresaban a los jardines. Uno de los aviones guía, un Mosquito, cayó en la tela de araña blanca de los reflectores. Tres chorros de luz atraparon al intruso y marcaron su posición. La artillería antiaérea, nuevamente reabastecida de proyectiles, comenzó a sembrar el cielo de flores de fuego blancas y anaranjadas. El aire temblaba sacudiendo el pesado Lancaster como si estuviera en las manos de un gigante iracundo. Una flor roja, mayor que las otras, en el ápice de los reflectores, señaló que el Mosquito había sido alcanzado por la artillería. Su fuselaje de madera y lona se incendió, iluminando la noche. El Lancaster D-53 pasó muy cerca del reflejo de sus llamas. Wallhead puso los cansados motores a todo gas para alejarse cuanto antes de la zona peligrosa. Los que lo seguían lo imitaron, a pesar de que aumentaban los riesgos de colisión, para regresar cuanto antes a la propicia oscuridad. Nadie quería permanecer cerca del condenado a muerte.

Al otro lado de los jardines de Tanhauser, un aparato JU-88 alemán equipado con el radar volante Liechtenstein volaba en solitaria misión de caza nocturna. El comandante Helmut Lent, segundo *experte* de la Luftwaffe, contempló los leves reflejos que parpadeaban en la pequeña pantalla del radar: una docena de grandes bombarderos ingleses volaban directamente hacia él. Empujó suavemente la palanca, descendió hasta situarse a la altura conveniente y accionó el botón activador. Un suspiro cetáceo de las válvulas electroneumáticas indicó que los tres cañones Oerlikon y las tres ametralladoras MG17, instalados oblicuamente, estaban listos para disparar. Un minuto después, cuando distinguió las breves llamaradas de los tubos de escape del escuadrón enemigo al pasar por encima de él a doscientos metros, metió gas y se mantuvo en paralelo, ganando altura poco a poco, atento al radar. Sólo le llevó unos segundo escoger su presa: un enorme Lancaster, un cajón volador, como lo llamaban. Distinguió la enorme matrícula D-53 pintada en las alas, así como una hilera de unas treinta bombas dibujadas en la enorme cola, una por cada misión de bombardeo sobre Alemania. Con un poco de suerte no les daría la oportunidad de pintar una nueva. Se situó debajo del aparato, a menos de veinte metros, un poco adelantado y aminoró la velocidad para que el blanco lo sobrevolara. A bordo del avión, el navegante gritaba:

«¡Caza a babor, caza a babor!», y el piloto, un hombre de edad, intentaba tranquilizarlo: «Esperemos que escoja otro blanco, somos más de doscientos.» Pero los escogió precisamente a ellos, al D-53. En el momento adecuado, el alemán accionó el disparador y durante tres segundos ametralló los treinta metros cuadrados de la panza del avión enemigo con diecinueve kilos de acero y explosivos de gran potencia. Helmut Lent era un maestro calculando la deflexión o relación entre la velocidad propia y la del enemigo. El chorro de proyectiles sacudió al Lancaster. Las balas trazadoras pespuntearon la oscuridad de la noche. La delicada epidermis de chapa remachada emitió un sonido parecido al de una rociada de gravilla contra un bidón de chapa. Los proyectiles estallaron en el interior. Uno mató al artillero; otro incendió el motor externo de babor; otro abrió una brecha en el plexiglás de la carlinga, dejando entrar un chorro de aire frío a una velocidad de 300 kilómetros por hora. La sangre del navegante, decapitado por una bala explosiva, brotó como de una manguera abierta y roció el túnel interior del avión, cubriendo de espuma roja hombres e instrumentos. Mientras Arthur Wallhead luchaba para dominar los mandos del aparato, creyó oír por los auricurales los gritos de victoria del piloto alemán: *Sieg Heil, Sieg Heil!* El radiooperador y el artillero superior habían abandonado sus puestos para supervisar los daños.

—Perdemos combustible, comandante, y la cola del avión está ardiendo.

El indicador del aceite dejó de funcionar. Perdían altura.

Se apartó la máscara de oxígeno para pasarse la mano por el rostro bañado de sudor. Le escocían los ojos, por el sudor y por el humo de la cordita. Sólo quedaban dos hombres vivos a bordo.

—Tenemos que saltar, señor.

—Saltad inmediatamente porque esto es un piano desde un quinto piso.

Así se llamaba en jerga aviadora un derribo seguro.

—¿Y usted, señor?

—Yo os sigo inmediatamente.

Detonó el equipo secreto. La pequeña explosión controlada sacudió el avión moribundo. No había nada más que hacer. Era el momento de saltar y encomendarse a Dios. Los paracaídas estaban detrás, colgados en ganchos de seguridad. Intentó levantarse pero las piernas no le obedecieron. Comprobó que se había soltado las correas que lo sujetaban al asiento. Intentó levantarse de nuevo, sin éxito. Se palpó. Tenía las piernas encharcadas de un líquido que no procedía del avión, sino de él. A la luz del incendio del ala se contempló la herida indolora. Un fragmento de metralla le había perforado el vientre y le había dañado la columna vertebral.

Comprendió que iba a perecer con el aparato, que jamás volvería a ver a Therese, que nunca le podría comunicar sus proyectos. El avión entró en barrena y tardó dieciocho segundos en estrellarse. El último sentimiento del comandante Wallhead fue de decepción. Ahora que comenzaba a ser feliz. Llevaba en el bolsillo un papel de seda con el anillo de pedida.

31

Hacía un día tan espléndido que Patrick O'Neill se apeó del taxi en una de las entradas de Saint James Park para continuar su camino entre la arboleda, por senderos umbríos que le recordaban su tierra norteña. Cuando salió a la Milla, después de cruzar el parque, rememoraba imágenes de su infancia. En un par de ocasiones su madre lo trajo a Londres, y contempló agarrado de su mano el desfile de los caballos de la Guardia. Su padre viajaba mucho y le enviaba postales desde lugares misteriosos, Cefalú, en Sicilia, Damasco, Delfos, Andalucía... Pasó ante el Almirantazgo para dirigirse al feo edificio donde residía el primer ministro, en la confluencia de Storey's Gate con Great George Street.

En la puerta, protegida de los bombardeos por una muralla de sacos terreros, mostró su credencial a un sargento.

—A sus órdenes, señor —dijo, cuadrándose—. El primer ministro lo recibirá en seguida.

Un asistente lo acompañó en el vetusto ascensor hasta el tercer piso y lo encomendó a un mayordomo que lo condujo a una sala amplia con tres ventanas al jardín de la mansión. Mientras esperaba, O'Neill contempló el gran óleo que presidía la estancia. Representaba al duque de Malborough, antepasado de Winston Churchill. O'Neill se sonrió. Las malas lenguas propalaban que el primer ministro estaba tan identificado con su ilustre antepasado que propendía a interferir en las decisiones puramente militares del Estado Mayor. Todavía le dio tiempo a curiosear una vitrina en la que se alineaban diversos *bibelots* y objetos de china con el anagrama de la Gran Compañía de las Indias, vestigios imperiales del tiempo en que los submarinos alemanes no le disputaban a la Gran Bretaña el dominio de las aguas.

Después, el mayordomo reapareció para acompañarlo hasta el comedor privado donde Winston Churchill, en tono enfadado, daba instrucciones por teléfono sobre las asignaciones de refugios prefabricados a los ciudadanos particulares.

Antes de colgar ordenó a la telefonista que no le pasara más llamadas. Cuando se volvió hacia su invitado había desaparecido de su semblante todo vestigio de preocupación.

—Tenemos noticias, Patrick —le dijo alegremente mientras estrechaba su mano—. Noticias de nuestro judío. Lo han trasladado a París y lo tienen hospedado en el hotel Excelsior.

—¿Qué hace en París?

—Esperamos que tú nos puedas iluminar. El Excelsior está cerca de la Gran Sinagoga. La habían cerrado después de saquearla, pero la han vuelto a abrir para que el judío trabaje en ella. Órdenes directas de Hitler. En el hotel trabaja un miembro de la Resistencia francesa que nos mantendrá informados.

Guardaron silencio, mientras el mayordomo colocaba en la mesa una bandeja de plata con un frasco de vino y dos copas talladas. Al mismo tiempo, dos camareros dispusieron mantelitos con los platos, copas y cubiertos del almuerzo.

—Por los viejos tiempos —dijo Churchill, levantando su copa de jerez.

Saborearon en silencio el jerez legítimo, un raro don que en los tiempos de *ersatz* e imitaciones sólo alcanzaba para los privilegiados.

—Los chicos de inteligencia pecan a veces de imaginativos, pero, en cualquier caso, prefiero no perder de vista sus conclusiones. Por una parte, los nazis arman un barullo increíble para encontrar los *tabotat*, sacan a un mago judío de la mazmorra y ahora están construyendo el Arca de la Alianza para destruir la muralla de Jericó, es decir, para destruir a los aliados. Nuestra muralla de Jericó es el mar.

Entró el camarero con una sopera de plata y sirvió una sopa de puerros y cebolla. Churchill vació el resto de su jerez en su plato.

—Tendrás que disculpar que la comida no sea nada del otro mundo —se excusó—. Mi mujer se empeña en la austera cocina de guerra, aunque yo sospecho que no la mueve el patriotismo, sino que está intentando ponerme a dieta.

Tomaron la sopa en silencio. Después de algunas cucharadas, Churchill prosiguió:

—¿Has oído hablar del muro atlántico, supongo?

—Un poco.

—Bien. No es ningún secreto que nos estamos preparando para desembarcar en Europa y abrir un nuevo frente. La suerte de la guerra depende del resultado del desembarco. Si fracasa, Alemania aniquilará o apresará nuestra mejor reserva y nos obligará a solicitar la paz; si triunfa, tomaremos París en quince días y en pocos meses estaremos atacando el vientre blando de Alemania. Los hunos besarán la lona y tendrán que rendirse. Hitler lo sabe tan bien como nosotros. Los dos bandos vamos a poner toda la carne en el asador. Es evidente que la Operación Jericó se refiere a eso. Quieren usar contra nosotros el poder del Arca de la Alianza.

O'Neill iba a opinar, cuando el camarero entró para retirar el servicio. Guardó silencio. Un segundo camarero colocó delante de los comensales dos platos de Wegwood desoladoramente vacíos, sólo un trocito de carne en el centro, media patata cocida y dos coles de Bruselas excesivamente hervidas, a la manera inglesa. Después sirvió dos copas de excelente burdeos y dejó la botella sobre una bandejita de plata en el extremo opuesto de la mesa.

—Yo no creo en el poder del Arca —prosiguió Churchill, después de beber el vino tras olisquearlo. Miró a

O'Neill de una manera franca en la que se expresaba un cansancio infinito—, pero soy una persona angustiada, en cuyos hombros se descarga más peso del que pueden soportar —confesó.

O'Neill se sintió conmovido de que el primer ministro y uno de los hombres más poderosos de la tierra, su antiguo amigo, le hiciera aquellas confidencias. Churchill lo observó en silencio. Le costaba decir lo que estaba diciendo, pero su reposado tono de voz no parecía indicar que se tratara de una confidencia ocasional, surgida en un momento de crisis emocional, de la que luego fuera a arrepentirse.

—Amigo Patrick —prosiguió, mientras cortaba la carne en dos mitades y se llevaba una de ellas a la boca—, voy a hacerte ciertas revelaciones de interés nacional. Pero antes debo advertirte que a partir de este momento pertenecerás al club quizá demasiado numeroso de los que compartimos un secreto vital.

Masticó la carne desganadamente, acabó el contenido de la copa, cruzó los cubiertos sobre el plato y se levantó. Junto al retrato de Malborough había una cortina que ocultaba un mapa. La descorrió. O'Neill reconoció el familiar contorno de la costa sureste inglesa y las regiones septentrionales francesas al otro lado del canal de la Mancha.

—Te he llamado porque anoche me reuní con el mando de las fuerzas que preparan el asalto de Europa —anunció solemnemente—. Las fuerzas alemanas en Francia y en los Países Bajos ascienden a sesenta y dos divisiones, de las cuales diez son *panzer* y otras veinte de asalto. Frente a esa formidable fuerza alemana, los aliados disponemos solamente de treinta y siete divisiones, la mitad de ellas blindadas, aunque los tanques son notablemente inferiores a los del enemigo, especialmente el modelo que, a pesar de mi oposición, se empeñaron en bautizar con mi nombre —se permitió una sonrisa que O'Neill correspondió con otra para demostrar que apreciaba el chiste—. Esto quiere decir —prosiguió— que nos disponemos a asaltar Europa con la mitad de los efectivos de los que Hitler dispone para defenderla.

O'Neill no pudo ocultar su turbación.

—Winston, eso es... una locura. Creí que éramos más poderosos que los alemanes.

—Ya ves que no. Lo fuimos en África, pero no lo somos en Europa. Nuestra única ventaja táctica reside en el hecho de que las fuerzas alemanas están diseminadas a lo largo de toda la costa, desde los Países Bajos a España, mientras que nosotros cuando desembarquemos podremos concentrar nuestras tropas en un solo punto. —Señaló la costa francesa en el mapa—. Éste es el escenario donde se decidirá la guerra. Hace un par de años, Hitler concibió la idea de construir una línea defensiva que abarcara desde Dinamarca a Bretaña.

—La *Festung Europa* o fortaleza europea —dijo O'Neill—. He oído hablar de ella. Una línea de fortines y casamatas que impedirían cualquier desembarco en esas costas.

—Durante estos dos años, Hitler ha consagrado a esta obra enormes recursos —prosiguió Churchill—, pero el proyecto es tan ambicioso que todavía necesitaría tres años más para terminarlo y, como es natural, no tenemos intención de concedérselos porque el tiempo corre a su favor. En Calais, el punto de desembarco más favorable para nosotros, las obras están concluidas en sus tres cuartas partes. Además, ese sector está defendido por el XV Ejército alemán, el más poderoso que tienen en Francia, integrado por veteranos fogueados en varias campañas, y excelentemente equipados, incluso con unos nuevos carros de combate; Tigre, los llaman, tan blindados que nuestros proyectiles rebotan en ellos como si fueran guisantes. —Dejó transcurrir unos momentos, como si le costara asimilar lo que acababa de decir, y prosiguió—: Sin embargo, un poco más al sur, en la costa de Normandía, sólo llevan construida menos de la cuarta parte de las defensas proyectadas. Además, este sector está defendido por el VII Ejército alemán, un conglomerado de tropas de baja calidad procedentes de unidades que fueron diezmadas y disueltas, de nuevas levas de viejos o de adolescentes y de prisioneros polacos o rusos que han preferido alistarse en el ejército alemán a pudrirse en campos de concentración.

—Deduzco que vamos a desembarcar en Normandía —aventuró O'Neill.

—Exacto —corroboró Churchill, sonriente, y corrió la cortina para ocultar nuevamente el mapa—. ¿Pedimos el postre?

Mientras saboreaban el flan de huevo guarnecido de frutas del bosque, hablaron de trivialidades y recordaron los viejos tiempos de Eton, pero cuando les sirvieron el café, Churchill encendió morosamente un habano y volvió a la carga.

—Querido Patrick: acabas de ingresar en el club exclusivo de los pocos que conocen el lugar por donde vamos a golpear la muralla europea. Una operación tan compleja nunca está suficientemente asegurada por más que pongamos en ello toda nuestra atención. Lamentablemente, las incertidumbres son muy superiores a las certezas. Aunque el desembarco logre sorprender a los alemanes y alcance un éxito completo, la verdadera batalla se reñirá en las dos semanas siguientes. Todo dependerá de que un equipo de excéntricos bromistas tengan éxito.

O'Neill, perplejo, enarcó una ceja.

—El éxito del desembarco en Normandía depende de que consigamos convencer a los alemanes de que se trata solamente de una maniobra de distracción y de que crean que el desembarco principal se efectuará en Calais. Es la única manera de evitar que en los cruciales primeros días de la batalla refuercen Normandía con tanques y tropas de calidad. Si enviaran al XV Ejército estaríamos perdidos.

—¿Y cómo puede conseguirse tal cosa?

—Nuestros servicios secretos han ideado una vasta operación de engaño: están fingiendo una serie de divisiones que no existen y que se supone que están bajo el mando del general Patton. —Dio un par de chupadas al habano hasta que la punta prendió debidamente y prosiguió—. Hemos fabricado la tramoya más costosa de la historia del teatro, un complejo escenario diseminado por todo el sur de Inglaterra, que incluye campamentos de tropas, aeródromos, depósitos de material, cientos de tanques y de camiones, parques de artillería, almacenes de intendencia... todo ello perfectamente falso, pero que puede parecer verdadero cuando los alemanes lo fotografían desde el aire. Al mismo tiempo, un escuadrón de actores profesionales y telegrafistas lanzan todos los días a las ondas un considerable volumen de emisiones falsas que correspondería al tráfico radiado cotidiano de esos mandos y regimientos inexistentes. La idea es que Hitler crea que contamos con noventa divisiones y veintidós brigadas, en lugar de las treinta y siete divisiones que realmente tenemos. De este modo, cuando desembarquen en Normandía, todos los hombres y el material que tenemos, los alemanes esperarán que ese resto inexistente se lance sobre Calais.

—¡Una estratagema realmente asombrosa! —reconoció O'Neill.

Churchill asintió tristemente.

—En un principio parece bastante viable, ¿verdad?, pero supongamos que no conseguimos engañarlos. Supongamos que están al cabo de todo y responden al desembarco concentrando refuerzos sobre Normandía. Entonces la situación empeorará constantemente porque ellos tienen más capacidad para enviar tropas por tierra que nosotros por mar y viviremos un nuevo Dunkerque, más desastroso que el anterior, porque esta vez nos aniquilarán antes de que nos repleguemos. —Dio una chupada al habano, retuvo el humo y lo dejó escapar lentamente apuntando al techo—. Nos lo vamos a jugar todo a una carta —admitió—. Las estimaciones estratégicas del mando conjunto están en torno al cincuenta por ciento. Como si lanzáramos una moneda al aire. —El primer ministro de Gran Bretaña emitió un profundo suspiro y se quedó un momento pensativo con la mirada fija en la cortina que cubría los trazos, las manchas y los colores del mapa de operaciones—. Hace unas noches que duermo mal —prosiguió—. Siento una gran angustia. Anoche, mientras oía repicar las horas en el Big Ben, no dejé de pensar en el Somme y en las trincheras de la Gran Guerra, en aquellas batallas que se saldaron con un millón de muertos. Temo enviar al matadero a una nueva generación de jóvenes británicos. —Miró a su interlocutor con unos ojos orlados de profundas ojeras—. Querido Patrick: somos amigos de toda la vida, necesito contártelo a ti. Paso el día fingiendo una seguridad que no poseo, haciendo la uve de la victoria, sonriendo, haciendo gestos desafiantes ante los fotógrafos. Pero cuando me desnudo en mi alcoba sólo soy un anciano asustado, angustiado por tanta responsabilidad. Ni siquiera la puedo compartir con mi esposa, porque se alarmaría y agravaría mi pesar. Paso las noches en vela, inmóvil, tendido junto a ella, con los ojos cerrados para que se crea que duermo y no adivine mi malestar.

—¿Qué puedo hacer yo?

—La Operación Jericó. Los alemanes parecen confiar en ella. ¿Crees que tenemos algo que temer?

O'Neill meditó la respuesta con semblante serio.

—Querido Winston —dijo al fin—, en Eton nos educaron para que sólo prestáramos crédito a aquello que los sentidos pueden detectar y la mente puede comprender. Es el tipo de educación racionalista que se ha impuesto en Europa desde el siglo XVIII. Todo lo que no podemos comprender, todo lo que excede la medida de nuestro análisis, lo hemos desterrado y es como si no existiera y, cuando nos lo tropezamos, lo despreciamos como superstición, o lo consideramos obra de la casualidad. Sin embargo, hay un vasto universo de causas y efectos que todavía no alcanzamos a comprender. Existen efectos, por decirlo de algún modo... mágicos, que tienen el poder de modificar la realidad.

—¿Quieres decirme que los alemanes podrían contar con el poder del Arca?

—Si consiguen la palabra clave y saben cómo usarla, sí.

Churchill permaneció en silencio.

—Me temo, entonces —rezongó—, que Dios esté nuevamente del lado equivocado. Como tantas veces ha ocurrido a lo largo de la Historia, por otra parte.

O'Neill abandonó su asiento y se asomó a la ventana que daba al jardín posterior. Habían arrancado casi todos los árboles para construir un refugio de cemento, pero respetando, al fondo del patio, una retama sarda que brillaba al sol como una llamarada de flores amarillas. La contemplación de aquella belleza influyó en su rápida decisión.

—Te revelaré un secreto familiar —dijo, volviéndose—. Mi padre sustrajo el diagrama de esa palabra judía, del *Shem Shemaforash*. Los componentes de la Logia de los Doce Apóstoles se habían juramentado para velar por la correcta aplicación del secreto, pero en vísperas de la Gran Guerra era previsible que algunos no jugaran limpio. Entonces mi padre procuró adelantarse y sobornó a un criado de la finca donde se hospedaban, en el sur de España, para que le permitiera copiar el diagrama. Es sólo un trozo de papel vegetal sobre el que frotó un carboncillo, pero reproduce fielmente la lápida que contenía el nombre.

—¿Quieres decir que tienes esa palabra mágica?

—No exactamente. Lo que tengo en el archivo de la familia es un diagrama que podría servir para descubrir la palabra. Mi padre lo tituló la Estrella Templaria porque tiene forma de estrella de doce puntas. Antiguamente se llamaba la Mesa de Salomón. La verdad es que no sé qué hacer con él porque se necesitan bastantes conocimientos cabalísticos para desentrañarlo. Ese judío, Zumel Gerlem, quizá podría deducir la palabra. Lástima que trabaje para los alemanes.

Churchill asintió con expresión grave. Luego dijo:

—Quizá pudiéramos persuadirlo para que cambiara de bando. Después de todo, sólo hay un motivo que lo liga a los alemanes: su hijo, al que retienen en un campo de concentración cercano a la frontera suiza.

—Creía que todos los campos estaban en Polonia y en el Este.

—El campo de Bezau es especial. En realidad se trata de un pintoresco pueblecito bávaro donde han alojado a unas decenas de judíos a los que mantienen discretamente vigilados. Les viene bien para mostrárselo de vez en cuando a las comisiones de la Cruz Roja. Así demuestran que tratan con humanidad a los judíos y a los prisioneros políticos. Quizá Zumel trabajaría para nosotros si los alemanes no retuvieran a su hijo.

—¿Cómo podríamos liberar al muchacho? Los alemanes nunca consentirán en intercambiarlo. Es su único argumento para que el padre trabaje para ellos.

Churchill pulsó un botón y el mayordomo acudió al momento.

—Que venga Higgins.

El capitán Higgins sólo tardó un minuto en comparecer. Era la ventaja de tener en el subsuelo del edificio las Salas Subterráneas de la Guerra. Churchill se lo presentó a O'Neill y le ofreció un café, que el oficial rechazó cortésmente.

—Capitán Higgins, tenga la bondad de explicarnos su plan para liberar a ese judío alemán.

—A sus órdenes, señor. El pueblo de Bezau dista sesenta kilómetros de la frontera suiza. Los judíos allí confinados trabajan en dos talleres de confección de prendas militares. Uno de los oficiales encargados de la vigilancia colabora con nosotros. Podríamos arreglar una fuga nocturna, después del toque de queda, de manera que no lo echaran en falta hasta siete horas después. En ese tiempo podríamos ponerlo a salvo en Suiza. Desde el punto de vista logístico no hay problema.

—El problema es el costo —añadió Churchill—: cincuenta mil marcos para el oficial y diez mil más para el guía suizo que lo introducirá en el país. Su resumen ha sido muy satisfactorio, capitán, puede retirarse.

Cuando se quedaron solos, Churchill prosiguió:

—Nuestros fondos en Suiza deben estirarse para alcanzar una gran cantidad de salarios y sobornos. ¿Crees que sería una buena inversión liberar al judío? Quiero decir, si liberamos al hijo, ¿se pondría el padre de nuestra parte?

—Probablemente si liberamos a su hijo estará dispuesto a trabajar para nosotros. No obstante, todavía quedaría el problema de hacerle llegar el diagrama del *Shem Shemaforash*. Y aun así, nada nos garantizaría que fuera capaz de deducir el *Shem Shemaforash*. Y finalmente, tampoco sabemos si la magia del Arca obrará correctamente. Todas las pruebas que tenemos se basan en textos escritos hace miles de años.

—Querido Patrick —sonrió Churchill, poniéndole la mano en el brazo—, ¿tendré que convencerte para que tengas fe?

O'Neill titubeaba.

—La Estrella Templaria es un diagrama. No se puede enviar por radio; ¿cómo se la haremos llegar a un hombre estrechamente vigilado, a cientos de kilómetros en el interior de la Europa nazi?

—Se la llevará un mensajero.

—No confiará en ninguno. Pensará que es una añagaza de los alemanes.

—Tenemos un mensajero en el que confiará.

32

Burton Scott, jefe de la Sección Documental del Servicio Exterior, le sirvió personalmente el té a su visitante.

—¿Está satisfecha con su trabajo, miss Fletcher?

Antes nunca había comparecido ante el jefe máximo, al que sólo conocía de vista. Se preguntaba por el propósito de aquella convocatoria. A juzgar por la amabilidad con la que el anciano la trataba, no era para someterla a una de sus famosas reprimendas.

—Sí, señor. Estoy contenta.

—Bien, bien.

Burton Scott sorbió de su té sin dejar de escrutarla con sus ojillos claros. Tenía una mirada desagradablemente penetrante, quizá a causa de las cejas blancas y espesas terminadas en una especie de cuernecillo piloso.

—Tengo aquí el expediente de su declaración, cuando se unió a nosotros —continuó el anciano, mientras repasaba una docena de folios mecanografiados y firmados que sacó de una carpeta—. Nos ha llamado la atención el hecho de que, hace años, usted estudiara en la Universidad de Berlín.

Therese se sobresaltó. ¿La habían tomado por espía de los alemanes? Ella misma había detallado en su declaración sus años berlineses, no había ocultado nada.

—Mi padre pertenecía al cuerpo diplomático, estaba destinado en la embajada de Berlín.

—Sí, sí, lo sé. —Burton Scott le dedicó una sonrisa tranquilizadora, pero sus ojillos parecían dos puñales fríos—. En la universidad, según cuenta usted misma, siguió los cursos del profesor Zumel Gerlem.

—Es cierto.

—Hábleme de él.

Era lo último que hubiera esperado aquella mañana. Hacía una semana que se había reincorporado al trabajo, después de quince días en una casa de reposo, entre árboles, en Dorset, para superar la depresión que le produjo la muerte de Arthur. La Cruz Roja la certificó después de un mes de angustiosa incertidumbre. Durante ese período había pensado más en Zumel que en Arthur. Absurdamente, el fantasma de Zumel volvía una y otra vez a su memoria. Quizá se defendía de la desgracia actual pensando una y otra vez en los únicos días realmente felices de su vida, aquellos de Berlín, cuando estaba cerca de Zumel, aunque no se hubiera sentido correspondida. Por lo demás, ignoraba la suerte de Zumel. Sólo sabía que no había abandonado Alemania, como sus primos. Quizá estuviera muerto.

—Me regaló un ejemplar antiguo del *Buch der Lieder* de Heine —recordó. Era todo lo que conservaba de él, aparte del recuerdo.

—¿Cómo dice? —Burton Scott enarcó una de sus poderosas cejas. Apuró el resto de su té y apartó la taza.

—Es un libro de canciones muy popular en Alemania. Un gran estudio del sentimiento amoroso.

—Esos alemanes, siempre tan delicados —farfulló el anciano con hosca ironía. Depositó los folios sobre la mesa y cruzó las manos por encima—. Permítame que le haga una pregunta personal, miss Fletcher, sobre algo que obviamente no figura en su declaración. ¿Estaba usted enamorada del doctor Gerlem?

Ella bajó la mirada.

—Sí —susurró—. Creo que sí.

Burton Scott juntó las manos con los dedos separados y reflexionó un momento antes de hablar de nuevo.

—Señorita, el doctor Gerlem está trabajando para los alemanes en París.

Therese compuso un gesto de sorpresa.

—¡Es judío!

—Sabemos que es judío. De hecho realizaba trabajos forzados en un campo de concentración, pero lo han sacado para que trabaje para ellos. Tienen como rehén a su hijo. Necesitamos a una persona de entera confianza nuestra y suya para que le entregue un mensaje en mano. Hemos pensado que la persona idónea es usted.

Therese iba a replicar, cuando Burton Scott la detuvo con un gesto.

—No me responda nada todavía, por favor. Reflexione primero sobre el asunto. Tómese la mañana libre, salga a dar un paseo y piénselo. Su trabajo consistiría en viajar a París y entregarle un mensaje en mano.

—¿Cómo voy a ir a París?

—¿Lo dice porque está ocupado por los alemanes? —El anciano rió de buena gana, la primera vez que lo hacía—. No se preocupe por ese pequeño detalle. Disponemos de medios para llevarla a París y para traerla a Londres de nuevo. Lo único que tiene que hacer es aceptar.

Se levantó dando por terminada la reunión. Le estrechó la mano y la acompañó hasta la puerta.

—Si acepta le explicaré todos los detalles. Por ahora sólo le puedo decir que la misión que le propongo es muy importante para el desarrollo de la guerra. Muchas gracias por haberme visitado, señorita Fletcher.

33

Salieron de Victoria Station al atardecer, en el tren que hacía la línea Londres-Manchester. No hablaron mucho durante el trayecto. Therese, aturdida por la responsabilidad, fingía contemplar por la ventanilla la sucesión de suburbios, barrios de casitas de ladrillo con miradores saledizos asomados a los minúsculos jardines que las exigencias de la guerra habían convertido en huertos. A esa hora, una muchedumbre de mujeres taciturnas, que tenían a sus hombres en el frente, acudía al trabajo en bicicleta. Sintió una dolorosa punzada al recordar a Arthur. La rememoración de las horas felices junto a él la distrajo de la fealdad de las zonas industriales, envueltas en la niebla sucia de la mañana, que se extendían detrás de los desmontes y de los almacenes del ferrocarril. Había pasado una mala noche y tenía sueño. Cerró los ojos, reclinó la cabeza sobre la madera de la ventanilla y se dejó acunar por el vaivén del tren. En la duermevela oyó confusamente las frases que susurró Higgins al entregarle los documentos de viaje al revisor.

Media hora más tarde, al llegar a Winterborne, Higgins le puso una mano en el hombro.

—Señorita Fletcher, nos bajamos en este apeadero.

Los esperaba un Austin con una mujer fornida, que vestía el uniforme azul de las WAAF, al volante.

Tomaron una pintoresca carretera, casi un camino asfaltado, que discurría entre corpudos tilos, por un paisaje que parecía ajeno a la guerra, de campos de labor y pastizales. En un recodo del camino encontraron una barrera y un control del Home Guards, cuatro ancianos armados con viejos fusiles de la Gran Guerra que la saludaron respetuosamente cuando leyeron su destino en los papeles. Era un secreto a voces en la comarca que el pequeño aeródromo de la Real Fuerza Aérea de Lutton Grove servía para enviar agentes secretos a la Francia ocupada. También se rumoreaba que sólo regresaba uno por cada diez que salían.

A los pocos minutos atravesaron un bosquecillo de abedules y avistaron la base. Lutton Grove era una pista de hierba al lado de tres oxidados hangares con bóveda de chapa corrugada y un cuartelillo de madera, que podía confundirse con una de las cabañas de Obras Públicas para guardar herramientas, si no fuera por la pequeña chimenea y la gran antena de comunicaciones.

Los recibió el oficial de servicio, un antiguo conocido del capitán Higgins, que los llevó a la cantina para tomar una taza de té.

—Si prefiere un vaso de leche, sepa que es de toda confianza y que procede de nuestras propias vacas.

Therese pensó que le diría las mismas palabras a todos los agentes que una hora después se jugarían la vida en la Francia ocupada.

—Tenemos media base llena de vacas —proseguía el oficial—. Sólo las encerramos cuando hay despegue. Hoy, por ejemplo.

Bebieron el té en silencio. Había una gran pizarra escolar con avioncitos cuidadosamente dibujados, en filas impecables.

—El historial de Lutton Grove —explicó el oficial de vuelo—: Cincuenta y ocho salidas en tres años de funcionamiento. No está del todo mal.

Un coche se detuvo junto a la ventana y un joven bajito con pantalones y chaqueta de vuelo entró en la cantina.

—Aquí tenemos a nuestro piloto. —El oficial celebró su aparición con un entusiasmo tan falso como los nombres que dio al hacer las presentaciones. Nadie era quien parecía ser, una precaución elemental impuesta por los servicios secretos para los agentes que viajaban a Francia.

El piloto tenía veintidós años, pero parecía mucho más joven con la cara aniñada y salpicada de acné y la sonrisa boba que parecía su expresión natural.

—El teniente Harvey es uno de nuestros mejores hombres en vuelo nocturno —comentó Higgins para disipar la posible mala impresión.

El piloto apuró su té y se fue a preparar el avión. Los demás pasaron a un mísero cuartito pomposamente rotulado Sala de Operaciones de la Escuadrilla en el que sólo cabían una mesa, un archivador y tres sillas.

Higgins abrió la cartera que había llevado durante el viaje y le entregó el material a Therese. En un estuche de madera había un pequeño broche de bisutería. Presionó con la uña en el engarce de la piedra y se abrió un minúsculo compartimento que contenía dos pastillitas cuadradas. Therese las había visto en los dos días que duró su entrenamiento: cianuro en alta concentración, una muerte indolora y rápida en cuestión de segundos, sólo con aplastarla entre los dientes. La segunda pastilla era para Zumel, por si fuera necesario.

—Aquí tiene su documentación a nombre de Therese Dupont, cincuenta mil francos franceses, una bonita suma, y un pase *ausweiss* alemán válido para los tres próximos meses. Llévelo siempre con usted porque se lo pedirán en todos los controles. Y ahora, lo más delicado de todo. —Higgins se sacó del bolsillo de la guerrera un paquete de cigarrillos franceses medio vacío y lo depositó en la mesa con los otros objetos—. Éstos son los cigarrillos que una mujer de clase obrera se puede permitir en Francia. Si despega cuidadosamente el fondo encontrará dos microfilmes que cabrían sobradamente en la uña del meñique. Uno contiene una carta del hijo de Zumel que le demostrará que ha sido liberado; en el otro hay una especie de dibujo que llaman la Estrella de los Templarios. Él sabe qué es y para qué sirve porque su padre invirtió toda su vida en buscarla. —Therese se guardó en el bolso el paquete de cigarrillos—. Naturalmente, Zumel no dispone de medios para revelar esos microfilmes y aumentarlos hasta un tamaño legible. El paquete se lo entregará a un jefe de la resistencia que la acompañará en tren hasta París. Él le devolverá a usted las ampliaciones al día siguiente, a la hora del mediodía, en los retretes de la planta baja del hotel que usted estará limpiando a esa hora. Si el encuentro no se produce por alguna razón, volverá a los dos días, a la misma hora y en el mismo lugar. ¿Tiene usted alguna duda?

Therese negó con la cabeza. Todo estaba muy claro.

—Pues entonces debemos ponernos en movimiento. Faltan seis minutos para las cinco y veinte, la hora del despegue.

Una neblina que se elevaba de un arroyo distante cubría de algodón el seto arbolado que limitaba la pista por el este. Por lo demás, lucía una hermosa luna llena que teñía el paisaje de un leve resplandor azulado. El avión era una mancha oscura que ronroneaba en la cabecera de la pista, atendido por el piloto y dos mecánicos.

—Va usted a volar en un Westland Lysander —explicó Higgins mientras se aproximaban—: Un avión maravilloso, capaz casi de pararse en el aire y de aterrizar en pocos metros.

Era lo que le contaba a todos los agentes cuando recorría la pista dándoles conversación para evitar que el pánico de última hora dificultase la misión. En su descripción de las características del aparato no decía que lo habían diseñado en los años treinta como avión de reconocimiento, pero que resultó ser tan lento y torpe de maniobra que los pilotos se negaron a usarlo, lo que motivó el fin de la producción. Esta circunstancia explicaba la generosidad del comandante de las Fuerzas Aéreas cuando accedió a concederles tres Lysander a los servicios secretos para el transporte clandestino de agentes a la Europa ocupada.

El Lysander estaba pintado de gris y la carlinga de plexiglás brillante a la luz de la luna y recorrida de múltiples arañazos parecía el ala de una libélula. Uno de los mecánicos estaba subido en una escalera de tres peldaños y sostenía con una mano una de las compuertas del motor mientras con la otra hurgaba en su interior, provocando irritados rugidos de la máquina.

—¡Esto marcha como una seda! —le gritó al piloto, que aguardaba el diagnóstico al pie de la escalera, al tiempo que le hacía el signo de OK con dos dedos grasientos.

El piloto llamó a Therese con un gesto, la ayudó a subir al ala y le indicó el pedal donde tenía que apoyarse para pasar el otro pie al angosto habitáculo del aparato. Cuando la hubo acomodado en el asiento trasero, de madera, plegable, le ajustó las correas de seguridad, le sonrió y le mostró el pulgar: «Todo va bien.» Después se introdujo él mismo en el asiento delantero, ajustó sus correas e hizo OK para que los mecánicos corrieran sobre su cabeza el caparazón de plexiglás. Empuñó la columna de mando, pedaleó comprobando la movilidad de los timones, metió gas y rodó por la pista de hierba a velocidad creciente hasta que despegó y se elevó majestuosamente por encima de los árboles y de las vacas dormidas.

Acurrucada en la angostura de su asiento, las manos aferradas al borde grasiento del larguero de madera, Therese intentaba analizar los confusos sentimientos que aquella aventura despertaba en ella. En poco tiempo su vida había experimentado un cambio completo. Había encontrado la felicidad y la había perdido, había descendido a los infiernos de la depresión, había acariciado la idea del suicidio para liberarse de la angustia y finalmente había remontado el vuelo aferrándose al servicio. Probablemente intentaba a ser otra persona para desprenderse de su amargo equipaje. Quizá era eso. Quizá aquel vago sentimiento patriótico que la llevó años atrás a alistarse en el Servicio Femenino del Ejército le servía ahora de balsa en medio del naufragio de su vida. Intentó analizar sus sentimientos respecto a Zumel. Aquella pasión juvenil nunca correspondida había dejado un sedimento de ternura que aumentó con los años. ¿Podía el Ave Fénix resurgir de sus cenizas?

A cierta altura el motor ronroneaba más regularmente, como si el esfuerzo de volar fuera menor. Un aire frío y cortante se colaba por el borde mal ajustado de la carlinga. Podía escuchar intermitentemente la chicharra de la radio e incluso, a ráfagas, las instrucciones de las estaciones de radar que dirigían el vuelo del Lysander.

—Papá Noel, ¿estás ahí?

—Te oigo, Buitre Colorado, ¿todo bien?

—Rumbo cero, noventa y cinco. ¿Va bien?

—Perfecto. Manténte ahí.

Y a los cinco minutos:

—Buitre Colorado: te estás desviando hacia tres. Corrige el rumbo.

Y al rato:

—Rumbo correcto. Vas como una flecha, Buitre. Buena suerte. Te dejo en las manos de Charlie Dos.

Charlie era la estación de radar siguiente.

—Gracias.

Después de pasar bajo la sombrilla vigilante de Charlie Tres y Charlie Cuatro, la última estación, Pimpinela, se despidió:

—Buena suerte, Buitre Colorado. Ahora vuelas solo.

Sobrevolaron el canal de la Mancha durante veinte minutos, la luna brillaba sobre las oscuras aguas como un rastro de plata. Al rato, el piloto se volvió y levantó una mano para llamar la atención de Therese. Le señalaba abajo una sombra negra y discontinua, la costa con el filo blanco de las espumas rompiendo sobre las playas y los acantilados. La noche los rodeaba; su negrura acrecentaba la sensación de soledad, de estar suspendida del cielo en medio de la nada. Aunque navegaban con relativa seguridad, sobre la sombra que dejaba en los radares enemigos un numeroso escuadrón de bombardeo que los había precedido. De vez en cuando, el piloto miraba a los lados y arriba, temiendo ver aparecer el reflejo de un Messerschmitt-110 alemán de caza nocturna. Therese contempló con asombro el leve resplandor rosado del fuego antiaéreo a muchos kilómetros de distancia. El recuerdo de Arthur se abrió paso como el dolor constante de una herida mal cicatrizada. Intentó distraerse. Volaban a trescientos metros de altura. A la luz de la luna se divisaban campos de labor entre las manchas oscuras de los bosques, las claras y luminosas de los lagos y los ríos y las líneas de las carreteras. El piloto había desplegado sobre su regazo un mapa Michelín de carreteras e iba corrigiendo el rumbo con ayuda de la brújula. Dejaron Rouen a la izquierda y remontaron el Sena hasta rebasar el puente de Château Gaillard, sobre el que discurría la carretera de Gisors. Después de sobrepasar Vernon se desviaron a la derecha hasta dar con la línea férrea París-Le Havre. El piloto descendió para evitar una nube y buscó un puente de hierro con una estructura superior redondeada. Cuando lo encontró siguió en dirección este hasta que avistó un gran vertedero de residuos mineros, la señal de aproximación a París.

—Ya estamos, señorita —gritó a través del laringófono—. Ahora veremos la carretera de Longnes. No tiene pérdida. La seguimos durante dos minutos y sobrevolamos un pequeño lago, al otro lado la hierba es mullida y los caminos estrechos y malos.

El piloto sobrevoló la carretera hasta que avistó a lo lejos las canteras de Thier, una montaña gris escindida por el hacha de un gigante que, a la luz de la luna, parecía una enorme herida blanca de más de un kilómetro de extensión. No tenía pérdida. Al pasar sobre la cantera, el aeroplano alteró el rumbo para internarse por la campiña circundante de trigales y pastizales con lindes arboladas. Al cabo de dos minutos distinguieron el destello de una linterna en la oscuridad. «¡Allí están!» Luego descendió hasta doscientos metros de altitud y esperó a que le marcaran la pista. Se encendieron dos linternas a corta distancia para señalarle el inicio y la anchura de la pista y otra más lejana le señaló el final y el punto central de la trayectoria óptima. El Lysander dio una pasada esperando la señal de conformidad, y cuando la linterna solitaria se apagó y se encendió tres veces, dijo: «Allá vamos.»

El aterrizaje fue muy rápido. Un crujido del chasis, una conmoción de chapas y remaches al rebotar sobre los baches del prado y unas siluetas que persiguieron al aparato por la pista y que treparon hasta la carcasa en cuanto se detuvo. Dos partisanos, uno por cada lado, descorrieron la carcasa, con prontitud profesional izaron a Therese de su habitáculo y la depositaron delicadamente en tierra. Después, mientras uno le entregaba una pequeña maleta al piloto, el otro metió los pies de Therese en dos bolsas de saco y las ató a conciencia por encima de los tobillos.

—Es para que no se embarre el calzado, señorita —le dijo en francés.

Therese escuchó el chasquido de la carlinga al cerrarse e intentó volverse para despedirse del piloto, pero el Lysander rodaba ya hacia el extremo del campo aumentando revoluciones. El que parecía el jefe de los partisanos apremió. Echaron a andar y tres minutos más tarde el Lysander pasó rugiendo sobre sus cabezas. No había permanecido en tierra más de un minuto.

—Hay que alejarse de aquí rápidamente, señorita —advirtió el joven barbudo que parecía ser el jefe de la partida—. Por si lo han oído los alemanes.

34

El bar Les Trois Frères había sido un establecimiento algo más elegante antes de la guerra, cuando Paul, el cocinero y propietario, tenía con qué realizar su espléndido cordero bañado en *cassolette* de ostras e hígados de ternera y de cerdo, pero desde que cerraron las carnicerías del cercano mercado Enfants Rouges, la carta sólo ofrecía *tripes à la mode de Caen* y la clientela tradicional de artistas y prósperos comerciantes había cambiado por otra menos elegante.

Therese ocupó un taburete en el extremo más alejado del mostrador y solicitó una limonada. Cuando el hombre que atendía la barra se la sirvió, ella dibujó sobre el mármol una cruz de Lorena con la humedad que dejaba el cerco. El barman se apresuró a pasar la bayeta.

—Parece que el verano viene caluroso —comentó.

—No tanto como el pasado —respondió ella.

El hombre siguió pasando la bayeta por el mármol y por la barra de latón mientras le susurraba sin levantar la vista:

—Preséntese en el hotel Excelsior y pregunte por el jefe de personal Marcel Devois. Dígale que es la amiga de Pierre que está esperando.

Cuando ella iba a retirarse le dijo:

—¿No olvida dejarme algo?

Therese sacó un cigarrillo y depositó el paquete sobre el mostrador. El barman se lo encendió y puso la bayeta sobre el paquete.

—*Au revoir*.

París le resultó casi tan acogedor como en los viejos tiempos. Había pocos coches, pocos cines, pocos anuncios y muchos soldados alemanes, pero los uniformes grises, negros y azules que se veían por todas partes no parecían especialmente amenazadores. Muchos eran jóvenes reclutas imberbes, que recorrían la ciudad con la guía turística en la mano, disfrutando de un permiso cultural, para demostrarle a los franceses que el pueblo alemán es un pueblo culto, y que el ejército alemán es un ejército culto, aunque las apariencias no siempre le hicieran justicia.

Therese tomó un taxi-bicicleta impulsado por un bretón pelirrojo que, en cuanto salieron a la avenida Saint Germain, bajo la sombra propicia de los corpulentos castaños de Indias, le dirigió un guiño cómplice a la pasajera y se puso a tararear, a pesar del esfuerzo que estaba haciendo, los primeros compases de *J'attendrai*. Therese se sintió relativamente relajada por primera vez desde que salió de Londres. Bajo la capota que la resguardaba del sol pensó en los acontecimientos de las últimas horas: la modesta colchoneta donde había dormido en la granja de Ivry, el incómodo viaje en la camioneta de la lavandería, al amanecer, la tensa espera en la estación de Nantes, intentando pasar desapercibida entre la muchedumbre de campesinos cargados de cestas que aguardaban el primer tren para ir a vender sus coles y sus zanahorias a la ciudad. En el tren, una patrulla alemana le había pedido rutinariamente la documentación y ella había mostrado su pase *ausweiss* intentando disimular la turbación que le causaba aquel primer contacto con la inspección alemana. El soldado había mirado la fotografía adherida a la cartulina y después la había mirado a ella, le había sonreído levemente, y se lo había devuelto. La sonrisa había sido un silencioso tributo a su belleza; por lo demás, la había tratado con la misma rutinaria indiferencia que usaba con el resto de los viajeros. En la estación de Saint Denis, el control había sido más minucioso con los que llevaban paquetes, pero a ella la dejaron pasar con un gesto aburrido.

Monsieur Dubois, el *maître d'hotel*, recibió a la amiga de Pierre con amable profesionalidad.

—¿Sabe fregar, hacer camas, servir mesas? —preguntó—. En los tiempos que corren tendrá que hacer de todo, madame.

—Creo que me arreglaré.

—Le mostraré su habitación.

La servidumbre del hotel tenía sus habitaciones en la buhardilla. Monsieur Dubois asignó a Therese un pequeño pero ventilado dormitorio con vistas a los tejados del barrio y a los árboles del Sena. En el armario había ropa de mujer.

—Espero que sea de su talla —comentó—. En estos tiempos no se puede ser muy delicado con la indumentaria.

Asomó la cabeza al pasillo para cerciorarse de que no había nadie, cerró la puerta y le pidió a la mujer que se sentara en la cama mientras él se acomodaba en una silla.

—Ándese con cuidado en el hotel porque está lleno de alemanes —advirtió con la voz en un susurro—. Los que le interesan a usted ocupan cuatro habitaciones del cuarto piso: un capitán inválido, que es el jefe, y dos matones: los reconocerá en seguida porque son los únicos huéspedes que visten uniforme negro de las SS. El hombre al que custodian, monsieur Gerlem, va de paisano.

—Lo conozco.

Monsieur Dubois pareció sorprendido.

—Bien, bien. Él ocupa la habitación 412, que tiene baño propio. Por lo general se pasan todo el día en la Gran Sinagoga, en esta misma calle, y cuando vuelven lo encierran en la habitación. Llegan al comedor en cuanto abrimos, puntualmente, y ocupan una mesa apartada que han reservado. Le asignaré la limpieza de su habitación para que pueda contactar con él. Es todo lo que puedo hacer. Ésta es la llave de la puerta de la escalera y ésta la del cuarto de limpieza. Hay uno en cada planta. Dentro encontrará un panel con duplicados de las llaves de las habitaciones. ¿Cuándo quiere empezar?

—¿Dónde está ahora monsieur Gerlem?

—No está aquí. Debe de estar en la sinagoga.

—Pues empezaré ahora mismo.

35

Después del almuerzo descansaban hasta las cuatro. Zumel, encerrado con llave en su habitación, se echó en la cama vestido y abrió el libro que estaba leyendo, un comentario al Zohar, impreso en Amsterdam en 1718. Al apartar el registro, que era un simple trozo de papel de periódico, advirtió que había unos signos escritos a lápiz. Se quedó mirándolos: parecían... eran letras del alfabeto secreto del Temple. Conmocionado, se sentó en la cama, dejó el libro a un lado y contempló el papel:

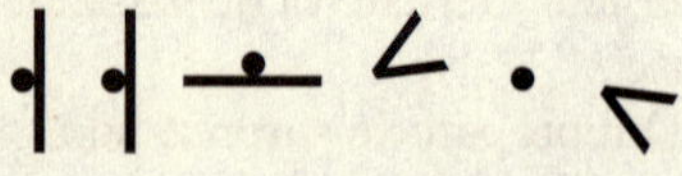

Lo tradujo mentalmente. Eran las cifras 11, 46, 28, o sea el libro de Jeremías, capítulo 46, y el versículo 28.

Como impulsado por un resorte, se levantó, fue a la estantería, cogió una vieja Biblia y leyó el pasaje al que aludía la nota: «No temas, siervo mío Jacob, ni desfallezcas,

Israel, pues mira que acudo a salvarte desde lejos y a tu linaje del país de su cautiverio.»

Los ojos se le arrasaron de lágrimas. Aquellos mensajes que fue dejando en España habían llegado finalmente a su destino. Alguien que conocía la cifra del Temple le enviaba un mensaje de esperanza.

Cuando los gorilas vinieron a buscarlo para acompañarlo a la sinagoga tuvo que hacer un esfuerzo para que no se le notara la conmoción que sentía. Afortunadamente, Von Kessler estaba ausente porque había aprovechado las primeras horas de la tarde, en que el tráfico telegráfico era menos intenso, para transmitir a Berlín, al cuartel general de Himmler, su informe diario sobre la marcha de los trabajos.

Por la tarde, después del trabajo, solían esperar la hora de la cena en el jardín posterior del Excelsior, tomando un *pastis*. No eran veladas muy interesantes, Von Kessler y Zumel ocupaban un velador y los dos mastines de la Gestapo ejercían su vigilancia desde otro, prudentemente distante, cercano a la puerta. La clientela del hotel, oficiales alemanes y estraperlistas ricos, aprovechaba este espacio común para confraternizar discretamente. A veces acudían *demimondaines* de lujo, invitadas a cenar por algún oficial, o chicas decentes que tras la generosa cena se dejaban invitar a una última copa en la habitación del galán.

Aquel día, Zumel estuvo especialmente distraído. No lograba quitarse de la cabeza el mensaje templario encontrado en el libro. Therese había pasado un par de veces ante sus ojos distraídos, mientras servía otras mesas, sin captar su atención. De pronto reparó en ella, a pocos metros. Sintió una intensa conmoción. ¿Era Therese o solamente alguien que se le parecía? Therese le sostuvo la mirada durante un segundo, después prosiguió con su trabajo con aparente indiferencia. ¡Era Therese Fletcher, la alumna británica, cuyo cálido recuerdo lo había acompañado durante años, lamentando lo que pudo ser y no fue! La contempló sorprendido. Ella dejó la bandeja en la mesa de servicio y se dirigió resueltamente a la puerta que comunicaba con el cuarto de la limpieza y los retretes auxiliares del jardín. Antes de traspasarla volvió la cabeza, se cercioró de que él la miraba y le sonrió. Un dulce licor le invadió el estómago. Comprendió que la presencia de ella allí se relacionaba con el mensaje templario. Para disimular su turbación apuró de un sorbo el vaso de *pastis*. Von Kessler, un poco sorprendido por aquella repentina avidez, en un judío abstemio, le volvió a llenar el vaso.

—Hoy parece tener sed —comentó, casi divertido.

Una sospecha le golpeó la cabeza como un mazo. El mensaje templario, la aparición, después de tanto tiempo, de Therese, a la que hacía en Inglaterra. Evidentemente eran dos hechos que se relacionaban. ¿Sería una trampa alemana? Lo descartó porque era demasiado retorcido incluso para los alemanes.

Si se daba prisa podía alcanzarla.

—Creo que debo ir al urinario —murmuró.

Las visitas de Zumel al urinario del patio obedecían a una rutina pactada, como todos los otros actos de su vida, incluso los más nimios. Uno de los gorilas lo acompañaba y se quedaba aguardándolo junto a la puerta exterior. No había otra escapatoria: las ventanas del pequeño edificio auxiliar eran demasiado angostas para permitir el paso de un hombre. Buhrro se levantó de su silla y acompañó discretamente al prisionero, manteniéndose a pocos metros de distancia. Zumel entró en el pasillo: en primer término estaban los servicios de señoras, con la encargada de la limpieza sentada junto a la mesa de las propinas; a continuación, doblando el pasillo, los de los caballeros y al fondo la puerta del cuarto de la limpieza. Therese estaba pasando una escoba ancha por el pasillo. Cuando lo vio, se dirigió a él, lo besó en la mejilla y murmuró: «David está a salvo en Suiza. Mañana o pasado te pondré en el libro que lees una carta suya y una reproducción de la Estrella Templaria que Londres te envía. Me alegro de que estés bien.» Zumel iba a responder cuando un usuario entró en los lavabos. Entonces ella se dirigió apresuradamente a la puerta del fondo.

Zumel regresó al jardín.

—¿Qué tal? —le preguntó Von Kessler.

—No muy bien. Creo que tengo ardor de estómago. Me parece que no voy a cenar.

Von Kessler endureció el gesto.

—¿El trabajo progresa?

—Creo que sí —respondió el prisionero—. Me parece que ahora voy por el buen camino.

36

Berghof, Berchtesgaden, Alemania

La explanada de gravilla del Berghof, el nido de las águilas, el chalecito alpino que Adolf Hitler adquirió con los derechos de autor de su libro *Mi lucha*, crujió bajo el peso del magnífico Mercedes blindado. El automóvil se detuvo al pie de la escalinata, a la sombra de los abetos rojos. El conductor, Erich Kempka, le abrió la portezuela al Führer y a Fraulein Eva Braun. Hitler vestía el uniforme pardo nazi, con el brazalete rojo y negro con la cruz gamada.

El pelotón de la guardia, soldados de uno noventa de estatura impecablemente uniformados, presentaron armas con las nuevas ametralladoras Schmaiser. El amo del Reich y de media Europa respondió al saludo elevando la mano hasta la altura de la oreja. El personal del servicio de la casa los recibió en la escalinata, trece personas, entre mozos, camareras y cocineros. El ama de llaves, la señora Margarethe Mittlstrasser, dio la bienvenida a la pareja en nombre de todos con un pequeño *bouquet* de flores del bosque. Hitler sonrió y subió seguido de Fraulein Braun. Una doncella comentó en voz baja que el Führer tenía grandes ojeras y que parecía que había envejecido varios años en quince días. «¡Ah! —suspiró otra—, trabaja demasiado y no se cuida lo suficiente.» «Si no lo hace por él, debería hacerlo por Alemania», comentó la primera. Lo adoraban.

Hitler estaba cansado. En los dos últimos días había asistido a tres importantes conferencias, en Berlín, en Munich y en el cuartel general de Prusia Oriental, el *Wolfschanze*, la Guarida del Lobo, como lo llamaban. Estaba rodeado de incompetentes, sospechaba que los generales desobedecían sus órdenes o las cumplían con desgana, tarde y mal. El tremendo peso de la guerra descargaba cada vez más en sus hombros. No podía fiarse de nadie, tenía que controlarlo todo. Por si fuera poco, las noticias de los frentes de guerra eran cada día más desalentadoras. Desde el desastre de Stalingrado no habían dejado de ceder terreno en el Este. Los infrahombres se reproducían como animales y disponían de un suministro constante de divisiones. Sacrificaban una en el frente de combate y en seguida tenían dos más para reemplazarla. Y lo mismo sucedía con las armas: ¿de dónde salían esas manadas de tanques, esos enjambres de aviones, cada vez más blindados, cada vez más operativos, cada vez más agresivos? Las cosas marchaban mal para Alemania y por lo tanto mal para su Führer. Se sentía cansado y hastiado. En momentos especialmente bajos se preguntaba si la humanidad sabría apreciar algún día lo que estaba haciendo por ella. A veces se sentía tentado de arrojar la toalla: Churchill, los americanos, toda esa gente que le hacía la guerra, ¿cómo podía estar tan ciega?, ¿cómo podían ser tan mezquinos para no comprender que Alemania era su aliado natural, que el enemigo eran las razas inferiores, los judíos, los pueblos morenos y bajitos que usurpaban el espacio vital que los arios necesitaban? Únicamente la esperanza que había depositado en las armas secretas mantenía su optimismo. Colgó la gorra en la percha del vestíbulo y se retiró inmediatamente a sus habitaciones, mientras Eva Braun disponía el servicio y supervisaba el menú.

El Führer se asomó a la galería corrida que rodeaba la casa y contempló las espléndidas vistas de los Alpes bávaros. Delante de él, al otro lado del valle, se alzaba majestuosa la montaña Watzmann Unterberg, donde, según la leyenda, se encontraba la gruta luminosa en la que dormía el emperador Federico, que un día despertaría de su sueño para ponerse al frente del ejército alemán y aplastar definitivamente a sus enemigos. Hitler entornó los ojos y musitó sus propias palabras tantas veces repetidas en discursos y alocuciones privadas: «Es una llamada del destino.» Hitler era Federicus Rex y hacía todo lo posible por acomodarse a su destino de rey sagrado.

Heinz Linge, su ayuda de cámara, una de las tres personas que tenían permiso para interrumpir al Führer cuando se retiraba a descansar a sus habitaciones privadas, se acercó con un teléfono negro que se unía a la clavija por un largo cordón.

—*Mein* Führer, el *Reichsführer* Himmler está al aparato. Dice que es importante.

—Esperemos que lo sea.

Lo era. El judío de París había anunciado que la magia del Arca comenzaba a funcionar. Estaba a punto de descubrir la palabra mágica que pondría el poder del Arca al servicio del Reich.

—Gracias, Heini —respondió Hitler, exultante, nombrando a su ministro con el apelativo familiar—. Es la mejor noticia que me podías dar y veo en ella la mano del destino. Es evidente que existe una relación con el asunto que tratamos ayer en la *Wolfschanze*.

Himmler asintió. Los servicios de información alemanes dependientes del Ejército y de la RSHA, directamente controlada por Himmler, se habían mostrado de acuerdo por una vez: la invasión de Europa se realizaría en los primeros días de junio, quizá entre el 4 y el 6.

A la hora del almuerzo, Eva Braun compareció elegantemente ataviada con su vestido verde Nilo con mangas largas y orla de piel de leopardo en el borde inferior de la falda. Hitler, de un humor excelente, besó la mano de las invitadas y conversó distendidamente con ellas: Gretel, la linda hermana de Eva, Frau Herta Schneider, Frau Marion Schönmann y la esposa del doctor Karl Brandt.

El menú consistió en sopa de cebolla y asado de ciervo, aunque el Führer, que era vegetariano, tomó un plato de verduras. Mientras los invitados atacaban el excelente asado, el Führer sin dejar de sonreír les dispensó una soflama contra las depravadas costumbres de consumir cadáveres, lo que los convertía en seres tan crueles y despiadados como los animales salvajes. Les ocultaba que su plato favorito eran las albóndigas de hígado al estilo bávaro, que consumía a veces en privado. Después del postre, que consistió en una macedonia de fresas, mientras sus invitados bebían champán Dom Perignon de 1919, el Führer tomó una copa de licor digestivo Boonekamp, lamentando íntimamente que ni siquiera el día que tenía buenas noticias dejara de molestarle aquel estómago rebelde, al que los disgustos continuos de los últimos años habían echado a perder.

Cuando levantaron los manteles, el Führer propuso un paseo hasta la casa de té, situada en un cerrete frente al Berghof. Los invitados aceptaron encantados y formaron una alegre comitiva para acompañar al amo de Alemania, al que precedía su perra *Blondi* y los perros de Fraulein Braun. El día estaba despejado y pudieron divisar el torrente del Ach y las cúpulas barrocas de Salzburgo.

Por la tarde, en la bolera del sótano, que servía también como sala de proyección con capacidad para veinte personas, vieron una película americana del oeste de las que tanto le gustaban al Führer. Después del té, Hitler y Eva Braun se despidieron de los invitados y se retiraron a sus habitaciones privadas, donde pasaron el resto de la tarde escuchando música de Strauss, de Franz Lehar, de Wagner y de Hugo Wolf.

Por la noche la pareja cenó en la intimidad. Después de cenar, mientras Eva y sus invitadas veían una película española protagonizada por Imperio Argentina, doblada especialmente para el Führer, en la que la tonadillera cantaba sevillanas en alemán, Adolf Hitler se reunió con su asistente militar en la sala de los mapas y leyó los últimos partes de guerra, una sarta de eufemismos técnicos con los que sus generales justificaban las retiradas y pérdidas territoriales como corrección de líneas. Estaba rodeado de inútiles, derrotistas y saboteadores, pero la suerte de la guerra estaba a punto de cambiar en la batalla más sangrienta de la historia: la Lanza Sagrada atraería a sus enemigos, el mayor ejército que jamás había visto el mundo, y el poder del Arca de la Alianza le otorgaría una victoria tan completa y devastadora como la de los judíos cuando tocaron las trompetas y demolieron las murallas de Jericó.

37

—¿Le gusta a usted esa mujer? —preguntó Von Kessler.

Zumel se sonrojó violentamente y miró su *pastis*.

—Sí —confesó—. Creo que es muy hermosa.

Estaban en el jardín del hotel, antes de la cena. Habían transcurrido tres días desde la fugaz entrevista con Therese, pero desde entonces no se les había presentado una nueva ocasión de hablar. Zumel no quería forzar las cosas por miedo a que la descubrieran. Había llegado a la conclusión de que trabajaba para los ingleses bajo una identidad falsa. Quería protegerla. Casi lo angustiaba su presencia en el hotel después de haber servido de correo. A veces intercambiaban miradas en el comedor, cuando ella servía la mesa, y todos los días aparecían flores frescas, un pequeño *bouquet*, en la consola de su habitación.

—Todas estas camareras se acuestan por dinero —dijo Von Kessler, apurando de un trago su vaso—. Veinticinco o treinta marcos es suficiente. Las mujeres de los pueblos vencidos se entregan con facilidad al vencedor.

—Usted lo cree muy fácil —comentó Zumel.

Von Kessler miró con su ojo cíclope y una mueca de desprecio que pretendía ser una sonrisa:

—Haga una prueba. Propóngaselo por cincuenta marcos. —Volvió a apurar su *pastis*, llenó el vaso con el resto que quedaba en la botella y chasqueó los dedos para indicarle al camarero que le trajera otra—. Usted pertenece al pueblo vencedor —prosiguió—. Recuerde que ganó una Cruz de Hierro en la Gran Guerra, igual que el Führer.

Zumel se encogió de hombros.

—No tengo cincuenta marcos.

Von Kessler sonrió fugazmente, echó mano de su cartera, extrajo cien marcos, dobló los billetes y los introdujo en el bolsillo superior de la chaqueta del judío.

—Ahora los tiene —dijo sin acritud—. Acéptelos como una pequeña contribución a nuestra amistad. —Bebió el nuevo vaso de *pastis* y se sirvió otro de la botella que el camarero acababa de dejarles sobre el velador.

—¿Qué lo mueve a ser tan amable conmigo? —preguntó Zumel, mirándolo al ojo.

Von Kessler pareció entristecerse. Estaba algo borracho. Como otras veces, Zumel temió que al día siguiente le guardara rencor por haberlo visto de aquel modo.

—Usted... —dijo con expresión seria—, usted me está enseñando mucho de un mundo que no conocía. Ese mundo... me hace más soportable la vida. Le estoy sinceramente agradecido.

Zumel levantó su copa y le hizo un leve gesto de brindis.

38

Zumel comprobó que los agentes de la Gestapo habían cerrado la puerta de la habitación por fuera, pero, no obstante, se encerró en el baño para leer la carta de David que había encontrado entre las páginas del libro.

Querido papá: Estoy en la embajada británica de Ginebra y me han anunciado que pronto me trasladarán a Inglaterra, pero ahora es urgente que te escriba esta carta que telegrafiarán a Londres para hacértela llegar. Me dicen que debo contarte algo que solamente tú y yo sepamos, para que te convenzas de que me han liberado. El día en que murió el abuelo, cuando la casa se llenó de gente para el velatorio, te encontré orinando en la rejilla del patio y me dijiste: «Ve a donde está el abuelo y dale un beso en la frente.» Luego me preguntaste «¿Le diste el beso?» Y yo te dije, sí, y la tía Ester me pidió que le diera otro en la mano y se lo di. En otra ocasión, estando de pesca en Berten, vinieron unos chicos que estaban haciendo vuelo a vela en un campamento cercano y me invitaron a unirme a ellos. Entonces tú pretextaste un fuerte dolor de cabeza, recogimos la merienda y regresamos a Potsdam. Como vi que charlabas alegremente en el viaje de regreso y no te dolía nada, te pregunté si se te había pasado el dolor de cabeza y tú respondiste: «No me dolía todavía, pero me hubiera dolido mucho si hubieras aceptado la invitación.» «¿Por qué?», te pregunté. «Porque esos chicos eran nazis.» Entonces yo era muy joven y no sabía nada de los nazis. Ahora comprendo que tenías razón, que dan dolor de cabeza.

Creo que esto te demostrará que soy yo el que escribe esta carta y que estoy bien. Me han dicho que van a hacer lo posible por liberarte también a ti. Lo espero fervientemente, creo que ahora nos comprenderemos mejor. Tengo muchas cosas que contarte, muchas cosas que preguntarte. Me indican que debes quemar esta carta en cuanto la leas. Tuyo: David.

Leyó de nuevo la carta más despacio, escudriñando cada palabra, interpretando cada sílaba, desmenuzando cada átomo de su significado. Era auténtica. David estaba a salvo. De pronto se le formó un nudo en la garganta y dos torrentes de silenciosas lágrimas gotearon sobre el papel.

Levantó la mirada y se contempló llorando ante el espejo. «David está salvado», pronunció, ratificando con los sonidos la noticia. Leyó nuevamente la carta un par de veces y sólo entonces reparó en que debía destruirla. No tenía nada con que hacer fuego, por lo tanto la redujo a trocitos de papel no mayores que la uña de su meñique, que arrojó al retrete y tiró de la cadena. Cuando se cercioró de que no quedaban restos de la carta volvió su atención al diagrama de la Estrella Templaria que había dejado sobre la mesa.

Un conjunto de líneas que formaban una especie de complejo *mandala*, como una de esas intrincadas creaciones geométricas que los hindúes o los persas usan para decoración de yeserías y vasijas.

Volvieron a su memoria como un eco cercano las recomendaciones de su padre.

La Estrella de los Templarios es una cosa santa. En esta maraña de líneas se supone que escondió el rey Salomón el secreto del Nombre. Una oleada de gratitud hacia la vida le esponjaba el corazón. Que David estuviera a salvo lo cambiaba todo. Después de tantos años de abandono, después de las miserias de la deportación y de Auschwitz, la Cábala se había convertido en un túnel oscuro, una luminaria progresivamente apagada desde la muerte de su padre. Ahora volvía a ver la luz. La Cábala estaba viva, el caballo místico se dejaba cabalgar nuevamente.

Tenía delante el diagrama llamado la Estrella Templaria, del que tanto oyó hablar a su padre, la copa mística que contenía el *Shem Shemaforash* tal como el rey Salomón lo había formulado para legarlo a los tiempos. Su padre le había hablado de él en las veladas invernales de

Potsdam y al regreso de aquel viaje a España para la asamblea de los Doce Apóstoles, cuando regresó exultante porque confiaba plenamente en la capacidad de un puñado de sabios bienintencionados para conjurar el maleficio de la Gran Guerra que se avecinaba. Su padre se había equivocado entonces. ¿Se equivocaría él igualmente ahora? ¿Tendría algún efecto aquel diagrama? ¿Encerraría realmente el Nombre de Dios o sería una superchería más, fraguada por algún impostor con quién sabe qué designio?

39

Muchos años después, en su retiro del Alster de Hamburgo, Peter Kolb, el asistente de Von Kessler, recordaría aquella primavera de 1944, en París, como la época más feliz de su vida. Tenía muy poco que hacer, aparte de lustrar escrupulosamente las botas del *Hauptsturmführer*. Cada tarde recogía una lista de libros que el judío le entregaba y pedaleaba en su bicicleta hasta la Biblioteca Nacional, en la rue de Richelieu. Un pase del general Stultz lo facultaba para dirigirse directamente a la Sección Reservada, donde el secretario del director lo atendía personalmente. Mientras aguardaba a que localizaran los libros, curioseaba las vitrinas doradas donde se exponían ejemplares de la Biblia de Gutenberg, los manuscritos de Victor Hugo, el tintero de Bossuet, el cuaderno de notas de Proust y otros *bibelots* culturales franceses. Al rato reaparecía el secretario del director llevando ceremoniosamente las obras solicitadas, algunas de ellas ejemplares únicos, de gran valor, él firmaba un recibo, las metía en las alforjas de la bicicleta y las llevaba de vuelta a la sinagoga. Le producía un gran placer saber que aquella ciudad, hermosa como una mujer, le confiaba sus tesoros a él, al humilde hijo de un maestro de Bremen que sólo era aprendiz de tonelero cuando lo reclamó la patria para que vistiera el uniforme de los vencedores. Ir por libros; devolver libros y traer otros. Eso era todo, la guerra no existía para él. El resto del día estaba libre y como era joven disfrutaba plenamente de la Ciudad de la Luz.

Gracias a los fondos inagotables de la Biblioteca Nacional, Zumel se sumergió en antiguos estudios que había abandonado después de la muerte de su padre. Volvió a leer, bajo la nueva perspectiva que le daba la desgracia y el sufrimiento, al mitógrafo Hygino, especialmente en su Fábula 277, donde se expone el origen del alfabeto. También frecuentó a Plutarco, a Clemente de Alejandría, a Orígenes, a Filo Biblio, así como a Calder en su enseñanza de los sabios. Dedicó muchas horas al estudio inagotable del Talmud y al de los comentarios históricos que la compilación ha generado.

—¿Todo esto conduce al Nombre Secreto? —le preguntaba Von Kessler, suspicaz.

—El Nombre Secreto está en el origen sagrado de los alfabetos. Ésta es la única senda que nos puede conducir al Nombre, no conozco otra. El dios del Arca es común a varios pueblos. Todos han recibido el legado del *Shem Shemaforash* y casi todos lo han perdido. Para su reconstrucción hay que tener en cuenta las tradiciones alfabéticas secretas de esos pueblos, sirven para aclarar dudas y despejar enigmas.

—¿Qué pueblos?

—Los frigios tenían el nombre encerrado en el nudo gordiano que Alejandro destruyó; los poetas gadelianos lo tenían en el ritmo interior de sus versos; en Éfeso, lo tenían en un manojo de cañas dispuestas sobre un altar dentro de una gruta; en Gades de Hispania, los turdetanos lo tenían en ciertos acrósticos de sus leyes rimadas, los versos más antiguos de la humanidad; en Bitinia, en Escitia, en Creta, en Sicilia y en Arcadia existieron santuarios donde los sacerdotes custodiaban ese conocimiento secreto.

La Biblioteca Nacional era una fuente de ciencia inagotable. Sus armarios suministraron sucesivamente los comentarios de Rashi al Génesis, el antiguo manuscrito del Séfer Yetsirá denominado Legado de Copenhague; la obra de Knorr von Rosenroth, de la que sólo existen tres ejemplares en el mundo; la codificación de Joseph Caro, un Zohar incunable de la sección raros y reservados, que el director de la Biblioteque no se atrevió a reservar cuando lo solicitó el misterioso lector recomendado por la autoridad alemana.

A veces las sesiones de estudio se prolongaban hasta bien entrada la noche y Von Kessler tenía que resignarse a enviar su informe a Berlín sin consultar con Zumel. A medida que avanzaba en su estudio, el judío se volvía inescrutable y, en cierto sentido, poderoso o quizá inmune, inmune al mundo y a sus efectos, al miedo, al poder, a la muerte, a la miseria de la guerra. Quizá fuera el efecto de la magia judía, o quizá fuera, razonaba Von Kessler, el efecto de su propio descenso a los abismos, desde el que su prisionero se agigantaba y escapaba a su dominio. Una noche, en el jardín del hotel, frente a la segunda botella de vodka, le preguntó:

—¿Es posible que sea tan complicada esta ciencia judía?

El judío lo miró con sus ojos oscuros, orlados de profundas ojeras, y le dijo:

—Es complicada para el que, como yo, no sabe navegar por ella. A los sabios de antaño les bastaban las pocas páginas del Cantar de los Cantares. A los ignorantes como yo nos resulta arduo penetrar en el conocimiento prohibido. En *De Finibus*, Cicerón censuraba la conducta de Ulises con las sirenas. La pura codicia de conocimiento lo distrajo del regreso a su tierra natal. Nosotros, usted y yo, nuestros patrones de Berlín, sólo estamos interesados en el poder del Arca, no en la sabiduría ni en el acrecentamiento de la humanidad. Nuestra senda debe ser especialmente áspera.

Al día siguiente Von Kessler volvió a la carga.

—Lo de ayer, ¿era un chiste judío? He leído el Cantar de los Cantares y sólo encuentro un poema de amor, con una letra tan atrevida como la de una canción cuartelera.

El judío rió de buena gana. Luego sacó de su cartera su libreta de apuntes, buscó un texto del Zohar y leyó:

—«Este Cantar encierra cuanto existe, todo lo que existió y todo lo que existirá. Todos los hechos que acaecerán en el séptimo milenio, que es el sabbat del señor, están resumidos en este Cantar.»

Von Kessler le dedicaba una de sus excepcionales sonrisas avecindada en mueca dolorosa a causa de la tirantez de su cicatriz.

—Veo que los judíos habéis sido incluso más ambiciosos que nosotros. El Führer se contentó con augurar un Reich que duraría mil años y vosotros habláis del séptimo milenio.

No le pasó desapercibido al judío que su carcelero se refería al Führer en pasado. Miró con interés a Von Kessler. Sabía que la guerra estaba perdida, pero probablemente no era consciente de ello.

40

Por la noche, después de cenar con Von Kessler, Zumel acortaba la sobremesa para recluirse en su cuarto. El pretexto era volver al estudio, pero sólo aguardaba, impaciente, la visita clandestina de Therese. Mientras la esperaba, contemplaba los tejados de París desde las rendijas de la ventana o veía alzarse la masiva silueta de la Gran Sinagoga recortada contra el cielo nocturno, agazapada en las entrañas de la noche, como un gran animal antediluviano.

Therese tenía que recoger el comedor y apilar los platos en el lavadero de la cocina. Raramente terminaba antes de las doce. Después subía por la escalera de servicio con la llave maestra fuertemente apretada en la mano sudorosa y al llegar al cuarto descansillo se detenía detrás de la puerta que comunicaba con la planta y espiaba el largo corredor por el agujero de la cerradura. Cuando se cercioraba de que no había nadie abría y se deslizaba por el pasillo débilmente iluminado por la lamparita roja sobre la puerta del baño comunal. La habitación de Zumel era la número 43. Introducía la llave en la cerradura y la giraba lentamente, con el corazón disparado, porque la cerradura era antigua y antes de ceder sonaban dos chasquidos como dos campanadas. Entonces empujaba la puerta, entraba y volvía a cerrar con el mismo cuidado. Zumel acudía a su encuentro y la abrazaba. Al principio, no hablaban. Se abrazaban con fuerza e intercambiaban un largo beso. Después Therese se metía en el baño y se daba una ducha tibia aprovechando que el sol había calentado los depósitos de la terraza durante todo el día. Cuando comparecía estaba desnuda y llevaba el cabello suelto. Él la aguardaba en la cama, desnudo. Siempre lo hacían de la misma manera, como el primer día: él la cobijaba en sus brazos y ella lo acariciaba hasta provocarle una erección suficiente. Entonces lo cabalgaba haciéndole sentir los pechos llenos y grávidos sobre la cara. Cuando se acercaba al orgasmo cambiaba de posición para que él la montara. Zumel la besaba con fuerza en el momento álgido para evitar que su placentero lamento alertase a los ocupantes de las habitaciones contiguas. Jadeantes, se dejaban caer el uno al lado del otro, trabados. Después del amor, ella encendía un cigarrillo y arrojaba el humo en lentas volutas hacia la lámpara de tubitos de cristal. Era el momento propicio para comunicarle las emisiones de la BBC de la víspera. A veces se interesaba por la marcha del trabajo.

—¿Qué estás haciendo ahora?

—Andando a ciegas —suspiraba Zumel—. Tratando de entender la obra del carro, la *Ma' aseh Merkabah*.

Ella se apoyaba sobre un codo para escrutar los ojos del judío, febriles y brillantes. La memoria del sufrimiento estaba inscrita en aquellos ojos orlados de profundas ojeras que siempre parecían a punto de llorar. A veces tenía que esforzarse para reprimir el impulso de abrazarlo de manera distinta a la de los amantes.

—Aguardo con paciencia a que Ezequiel regrese y me abra los aposentos de su morada —decía Zumel, hablando como para él mismo.

—¿No te sirve la Estrella de los Templarios?

—Trabajo con su ayuda, pero hay que saber leerla y no es fácil. Necesitaría saber todo lo que mi padre sabía. O quizá necesitaría creer lo que él creía. Me temo que Dios se resiste a acudir a un hombre que duda de él.

—¿Dudas de él? En otro tiempo tuvimos frecuentes discusiones porque yo no creía, ¿recuerdas?

—En ese tiempo no se había desencadenado el Armagedón sobre mi pueblo, ni la miseria inmemorial sobre

Europa. Ahora quedan pocas cosas que inciten a creer en Dios.

Cuando hablaba así era sincero. Sin embargo, a medida que profundizaba en los estudios cabalísticos le parecía que una renovada creencia se aposentaba en su corazón, ya que no en su cerebro, y que el extraño Dios que habita en los números y en las proporciones, el mismo Dios hosco que se manifestaba a su pueblo en el desierto, había tomado posesión de su casa nuevamente y se apoyaba en él, en Zumel Gerlem, como en un escabel invisible. Seis escabeles tenía el trono de Salomón, recordaba, y el séptimo era Salomón mismo. También él se veía a veces como su propio escabel, a los pies de Dios, aupándose para alcanzar el misterio infinito que generaciones de cabalistas habían explorado e iluminado antes que él, las manos muertas y encendidas que regresaban del remoto pasado para iluminar su camino en las agotadoras jornadas de la sinagoga.

Un día, a primeros de junio, tuvo un sueño. Como todos los mortales, Zumel soñaba cuando dormía, pero, al despertar, no solía recordar lo soñado. Aquel sueño fue una excepción porque cuando despertó lo recordó punto por punto y su recuerdo lo acompañaría durante el resto de su vida. Soñó que había penetrado en la cueva de Machpelah, y que una escalinata burdamente tallada en espiral conducía hasta la cámara funeraria de tres nichos con las paredes decoradas con extrañas pinturas. Entonces su padre, el rabino Moshé Gerlem, apareció a su lado con la cabeza cubierta por la toquilla de oración y le dijo:

—Hijo mío, ten cuidado con la lepra en la boca, y con la gangrena en el muslo.

Zumel sabía que la gangrena en el muslo era el atributo del Rey Sagrado que primero se sacrificaba para que el mundo se fecundara con su sangre y después solamente se hería en el tendón del tobillo, en recuerdo de aquel sacrificio.

—Padre —se oyó decir en sueños—. Estoy perdido y busco la Palabra que no se nombra.

—Está escrita en la piedra negra del trueno —respondió su padre—, en la piedra roja de la tempestad.

—Tengo las piedras, padre, pero no consigo descifrarlas.

—¿Te han instruido sobre el 110? En él reside la esencia del secreto, la proporción del diámetro del círculo a su circunferencia, de siete a veintidós. Siete vocales y veintidós letras: ése es el camino del *Shem Shemaforash*, ésa es la proporción de la geometría que lleva al Nombre. Estudia las medidas del Arca y hallarás el camino seguro.

—Lo he buscado en los libros, infructuosamente, padre.

—No está en los libros. No se escribe ni se pronuncia: se sugiere a través de siete objetos que, en cierto orden, componen las iniciales del Nombre. Ese Nombre, que le dio a Moisés poder para las siete plagas, te lo dará a ti contra el Leviatán nazi: la doble iod y la doble álef encierran el Nombre y lo refuerzan. Son las dos columnas de la vida.

La imagen del rabino Gerlem se desvaneció entonces y en su lugar apareció Ruah Kezarit, el espíritu que infunde las pesadillas. Dentro del sueño, Zumel se durmió y tuvo la visión espantosa del serafín, en su terrible versión oriental, antes de que la tradición lo metamorfoseara en ángel. El serafín antiguo era una encrespada serpiente dotada de finos brazos rematados en garras. Lo peor no era su espantable visión sino el silbo ominoso que emitía y la constante vibración de sus escamas de bronce. Zumel sabía que el atributo del serafín era el pánico, y se esforzó por dominarse cuando clavó sus ojos fascinadores en los suyos para que, a través de ellos, contemplara las fuerzas del mal. Zumel sintió la sucesiva presencia de Lilim, que habita en los roquedales de los desiertos; de Shabiri, que se oculta en el abismo de las aguas quietas; de Seirin, que acecha en los acantilados; de Shedim, el de los pies escamosos; de Ruhim, el hocicudo; de los brujos Mazzizim; de Ruaj Solo, que provoca la catalepsia; de Ben Nefilim, el señor de la epilepsia.

Después de transitar los horrores y las visiones, Zumel despertó del sueño y se encontró a la sombra de la acacia que habita la Diosa Madre. Abrió los ojos y contempló las flores blancas y las largas espinas. El sol se deslizaba como una miel espesa por el tronco cuya madera no se pudre en el agua.

—La voz divina le habló a Moisés desde una acacia —se oyó decirle a Von Kessler desde su voz antigua, en la plaza de una polvorienta aldea española—. De madera de acacia se construyeron las tres Arcas: el Arca de Noé, el Arca de Moisés, y el Arca de la Alianza. También las otras arcas sagradas de los armenios y de los egipcios.

Un torbellino de polvo recorrió la plaza. Al fondo había una iglesia de piedra con un delgado campanario octogonal rematado en punta. Unos ancianos miraban pasar los días a la sombra de unos soportales, silenciosos.

Zumel le mostró a Von Kessler la cabeza de asno de oro de Dora, el perro dorado de Salomón, el cetro dorado de David y el oro de las cúpulas de Jerusalén fundada por el dios de los pastores, el dios sol egipcio Set, representado en un onagro, que se convirtió en Dios de Israel con el nombre de «Soy El que Soy» antes de prohibir su representación.

En el sueño, Von Kessler había recuperado su mano, su pierna, su ojo y su apostura de antaño, pero no iba de uniforme. Vestía la misma túnica sencilla de Zumel. El anciano Gerlem le puso su mano sarmentosa sobre la cabeza y lo bendijo.

—Con siete árboles ha construido la Sabiduría su Templo —dijo la voz del Arca—. La Palabra habita en el bosquecillo de siete árboles, cada uno con su atributo, a saber: Realeza, Poder, Sabiduría, Prosperidad, Santidad, Amor y El que no se nombra.

Zumel, en su sueño, salió de la acacia y se encontró rodeado del bosque sagrado que formaba un oasis en medio del roquedo y la arena. Reconoció el sauce, el coscojo, el olivo, el almendro, el terebinto, el granado y el membrillo.

Miró hacia atrás y vio que Moshé Gerlem lo seguía, cojeando en su ancianidad, y que Von Kessler le ofrecía su brazo recuperado para que pudiera caminar.

—El primer día, Rafael te tomará de la mano y honrarás al sol bajo el olivo que alimentó a Elías —dijo el anciano. Zumel comprendió y las palabras fueron como un deslumbramiento.

»El segundo día —prosiguió el anciano—, Gabriel te tomará de la mano y honrarás a la Luna debajo del sauce.

»El tercer día, Sammael te tomará de la mano y honrarás a Nergal bajo el coscojo.

»El cuarto día, Miguel te tomará de la mano y honrarás a Nabu bajo el almendro, la vara de Aarón.

»El quinto día, Izidkiel te tomará de la mano y honrarás a Marduk bajo la rama del terebinto que dio sombra a Abraham.

»El sexto día, Hanael te tomará de la mano y honrarás a Ishtar bajo el membrillo, para que su dulzor llene tu boca.

»El séptimo día, Kefarel te tomará de la mano y honrarás a Ninib bajo el granado, delante de Dios viviente.

El Anciano de los Días había entrecerrado los ojos. Cuando terminó su letanía los abrió y dijo:

—Para que el sol caliente o abrase; para que la luna nutra o marchite; para que Nergal robustezca o debilite;

para que Nabu inspire o engañe; para que Marduk fecunde o esterilice; para que Ishtar inspire o confunda; para que Ninib santifique o maldiga.

Entonces Zumel se atrevió a preguntar:

—Padre, ¿dónde encontraré la sabiduría?

—En todos y cada uno de esos árboles —respondió la sombra desvaneciente—, pero descansarás a la sombra del membrillo para que su dulzor haga más llevadero el trago amargo, porque el Poder te arrebatará como a Elías, en un carro de fuego.

Comprendió que la respuesta estaba en los árboles, en el alfabeto sagrado de los árboles.

41

Francia, 1 de junio de 1944

Fritz Appen, cabo de la 122 Compañía de Transmisiones, destacado en el Puesto de Reconocimiento de Comunicaciones del V Ejército en Turcoing, al norte de Lila, consultó el reloj. Faltaban tres minutos para las siete y media de la tarde, la hora en que la BBC transmitía sus consignas para la Europa ocupada. El cabo abandonó la construcción de una maqueta de la torre Eiffel con palillos de dientes partidos, se dirigió a la sala de radio, ocupó su lugar frente a un potente receptor Telefunken 37 y se colocó los cascos. La onda de la BBC oscilaba en el segmento comprendido entre Radio París, la emisora colaboracionista en la que el locutor Philippe Henry Pacquet se esforzaba, cada vez menos convincentemente, en explicarles a los franceses las bondades de la ocupación alemana, y la de La Voz del Reich, una emisión dirigida a los soldados germanos repartidos por Europa. Al principio de la guerra se podía escuchar, porque sintonizaba buena música americana, pero desde que los Estados Unidos entraron en la guerra había degenerado lo indecible y sólo ponían valses de Strauss, *Lili Marlen*, *Horst Wessel Lied* y, lo peor de todo, no pasaba una semana sin que insertaran la versión completa de *La viuda alegre*, la opereta favorita del bienamado Führer.

Fritz Appen accionó el dial hasta situarlo en el punto óptimo. Había que sortear el chisporroteo de interferencias provocado por los canales alemanes dedicados a enturbiar la audición, en otro barracón de la Compañía de Transmisiones; pero, por lo general, sus colegas ingleses hacían un buen trabajo y la onda emitida desde la Bush House, en el centro de Londres, llegaba clara y nítida. Cuando la captó se reclinó en el asiento con el índice apoyado en la palanca de la grabadora, dispuesto a almacenar los mensajes. Hacía meses que estaban aguardando uno en particular.

En el receptor sonaron las notas de apertura de la Quinta Sinfonía de Beethoven y, a continuación, una voz timbrada dijo: *Et maintenant voici quelques messages personnels...* Comenzó la letanía de mensajes en clave para personas particulares, entre los cuales se colaban consignas para la Resistencia:

André llegó bien a Bagnols.
Las fresas van a subir.
Catherine ha tenido el niño.
El bosque encantado no tiene ardillas.
Mamá vendrá a la ciudad el martes.
Jacqueline se ha mudado a Nantes.

El cartero tiene un juanete.
Las rosas tienen más espinas que el año pasado.
Los sollozos largos de los violines del otoño.

Los sollozos largos de los violines del otoño... Fritz Appen se sintió sacudido por un impulso eléctrico. ¿Qué había oído? *Los sollozos largos de los violines del otoño*... un verso de Verlaine que le resultaba vagamente familiar. Lo repitió, saboreando la suave cadencia de sus sílabas: *les sanglots longs des violons de l'automne.*

De pronto cayó en la cuenta. Era el preaviso para la invasión. El contraespionaje alemán había penetrado decenas de redes de la Resistencia y conocía perfectamente el significado del verso de Verlaine: que la invasión se realizaría durante los quince días siguientes.

Klaus von Verra, de la comandancia de la Gestapo en París, instalada en un palacete de la avenue Foch, descolgó el teléfono y solicitó línea con el Destacamento Especial del Hotel Majestic. Un minuto después hablaba con Von Kessler.

—La BBC acaba de emitir el mensaje que esperábamos. La invasión se producirá durante los próximos quince días, pero el segundo aviso sólo lo recibiremos con veinticuatro horas de antelación.

—¿Lo saben en Berlín?

—Allí también lo han captado. En realidad lo han captado los servicios de escucha de todas las comandancias y regimientos. Los teléfonos están colapsados. Siento colgarte, Otto, pero aquí tenemos mucho trabajo.

Von Kessler depositó el aparato en su horquilla metálica y se quedó pensativo.

Quince días. El judío tenía un máximo de quince días para encontrar la Palabra. De lo contrario todo habría fracasado. ¿Y si la invasión se producía dentro de cuatro días, o de tres?

Cruzó el cuerpo de guardia donde el asistente Kolb, Burrho y Müller mataban el tiempo jugando al póquer y subió al taller del Arca. La puerta estaba cerrada. Permaneció un instante con el puño levantado, indeciso. Después llamó.

No se produjo respuesta.

Volvió a llamar, con más fuerza esta vez.

—Un momento —sonó la voz tranquila de Zumel. Descorrió un pestillo y abrió la puerta. El Arca estaba cubierta con una sábana. En una mesa auxiliar había un flexo encendido y un montón de papeles y notas.

—¡La invasión es inminente! Ya sé que usted hace lo que puede, pero en Berlín esperan que todo esté a punto para el momento del desembarco aliado.

Zumel asintió. Dijo: «Seguiré trabajando, Herr Kessler», y cerró suavemente. Von Kessler permaneció un instante frente a la puerta cerrada, pensativo. Después dio media vuelta y regresó a su despacho e intentó enfrascarse nuevamente en la lectura de *Decadencia del imperio romano* de Gibbon, pero la esperada noticia lo había distraído y no consiguió centrar su atención en la lectura. Su pensamiento voló a miles de kilómetros de distancia, a un lugar de Polonia llamado Stara Boznica, donde había una sinagoga del siglo XIV, la más antigua del país. Cuando las SS tomaron el pueblo reunieron a los judíos en la plaza. Algunos eran jóvenes revolucionarios sionistas que habían abandonado la religión mosaica por el socialismo; otros eran judíos practicantes y devotos. Un capitán SS sacó el rollo de la Torá de la sinagoga y lo extendió sobre el suelo como una alfombra.

—El que le escupa, salvará la vida —anunció—; el que se niegue a escupir será ejecutado en el acto.

Fueron desfilando los judíos de Stara Boznica y todos escupían entre las chanzas de los SS que contemplaban la ceremonia. En las academias de las SS les habían explicado que los judíos de apariencia liberal son, en el fondo, tan perniciosos como los otros e igualmente supersticiosos. Cuando le llegó el turno a uno llamado Max Redlicht, un hombre absolutamente descreído que, por supuesto, no pensaba que fueran sagrados unos viejos pergaminos miniados, se detuvo ante el pergamino manchado por decenas de escupitajos y, volviéndose hacia el comandante que mandaba el *Eisatzgruppen*, lo miró a los ojos y le dijo:

—He hecho muchas cosas en mi vida. Ésta no la haré.

El comandante montó su pistola y se la apoyó en la sien.

—O escupes o te mato.

—Ése era el trato, en efecto —le replicó Max—. Yo ya he cumplido con mi parte. Cumple tú ahora con la tuya.

El comandante le descerrajó un tiro en la cabeza. Después fusilaron a todos los demás, como estaba previsto, pero Max Redlicht les había aguado la fiesta.

42

Zumel regresó a la ventana claveteada y continuó observando la calle por una rendija. Era un día luminoso. Él no creía en nada. Sabía que David estaba a salvo. No tenía nada que perder. En cierto modo pertenecía a Auschwitz. Tampoco quería sobrevivir. ¿Ni siquiera por Therese?

Therese.

Sintió la suavidad de sus manos, de sus pechos, de sus caderas rotundas, el perfume de su aliento. Therese. ¿Estaba enamorado o era sólo el recuerdo agradecido de un amor imposible que un día inspiró en aquella mujer? Recordó una sentencia del *Bereshit Rabbá*: «Todo depende de la mujer.» Dejó la mente vagar, como le enseñaron en la escuela rabínica, y en seguida recordó otra sentencia: «El Santo, bendito sea, sólo desciende allí donde el hombre y la mujer se unen.» Entonces pronunció el conjuro mecánicamente: «El primer día, Rafael te tomará de la mano y honrarás al sol bajo el olivo que alimentó a Elías.» Sólo cuando terminó de pronunciarlo advirtió que el conjuro era parte de un calendario de seis días.

—¿Quiere el Señor probarme dentro de seis días?

Regresó a la mesa, cerró el libro que había estado leyendo y apagó el flexo. La luz que se filtraba por las rendijas iluminaba levemente el Arca. Cubierta por una sábana, parecía un mueble cualquiera en una casa deshabitada. Descendió al piso bajo. Von Kessler lo esperaba al pie de la escalera con expresión expectante.

—Basta por hoy —le dijo—. No puedo seguir.

Aquella noche, abrazado a Therese, después del amor, Zumel se durmió profundamente y tuvo un sueño. Avanzaba, báculo en mano, por una senda pedregosa, en un desierto remoto, camino de una lejana y luminosa ciudad, cuando Moshé Gerlem y un amigo suyo igualmente anciano llamado Graves lo alcanzaron. No eran padre e hijo en el sueño, sino dos caminantes que traban conversación.

El anciano le dijo:

—El rey Salomón recogió en Biblos todos los secretos del Asia. Biblos es Gebal, sus sabios lo ayudaron a trazar el Templo.

Entonces Zumel cogió del brazo al anciano y lo detuvo.

—¿No me conoces, padre?
El anciano lo escrutó con sus ojos nublados.
—Sí, te pareces a mi hijo Zumel.
—Soy Zumel.
—¿Por qué me convocas desde la orilla de la muerte?
—Porque no sé obrar por el Arca, padre. Estoy prisionero de la Palabra, cada día le suplico a Dios que aligere este pesado fardo de mi espalda.
En su oído resonaron unas palabras de Moshé Gerlem que parecían proceder de lo alto.
—Cuando eras niño te hablaba del lenguaje de los árboles y del lenguaje de los pájaros, ¿pensabas que eran fábulas para entretener a un niño? Las palabras que un día escuchaste viven en ti, en el hondo pozo de tu memoria. Ahora sólo tienes que sumirte en ellas y aflorarán; ahora cobrarán sentido.
—¿Hablarán los árboles, padre?
—Los árboles constituyen, por ellos mismos, un alfabeto, un alfabeto sagrado incomparablemente más antiguo que el de los signos fenicios o ibéricos. En los árboles encontrarás el alfabeto de la Sabiduría, la primera alianza entre Dios y los hombres. Recuerda que el pino es el álef de Adonis; que el doble álef está representado por la palmera. ¿No recuerdas el álef del álef?
—Lo recuerdo, padre. ¿No es uno de los títulos secretos de Dios?
—Lo es. Es lo que denomina al Anciano de los Días de la Cábala. Cabalga en el conocimiento, siéntelo entre tus muslos; siente sus crines bajo tu mano. Déjate arrebatar por el Anciano de los Días.
Zumel notó un vacío en el estómago y se sintió ingrávido, como si no apoyara los pies en el suelo, como si sólo el aire denso de la estancia lo rodeara.
—Lo estoy sintiendo, padre.

—¿Dónde estás?

Tenía los ojos cerrados. El viento del desierto, cálido, casi abrasador, perfumado de tamarindo, le azotaba el rostro. Sus labios secos susurraron:

—¡Jachin y Boaz! Las columnas de treinta y cinco codos de altura. Boaz reverdece y asciende. Jachin encanece y desciende. Detrás de Boaz hay una flor de lis esculpida.

—Jachin y Boaz —repitió la voz del anciano—, las columnas del Templo; los montes Gerizim y Ebal; la bendición y la maldición. ¡Bendice!

Los labios agrietados por el desierto y la sed se distendieron:

—¡La bendición de Gerizim para los que vendrán de Inglaterra; la maldición de Ebal, en el valle de Sichem, para los que levantan la cruz gamada y se apartan del Señor!

Un leve temblor hizo crujir las viejas vigas del techo, desprendiendo un polvillo antiguo.

—¿Cómo se llama Boaz en el secreto? —interrogó la voz del maestro.

—¿Boaz? —titubeó Zumel, y sus labios se distendieron para pronunciar una antigua palabra que creía haber olvidado en la infancia—: Abolloneus.

—¡En esa columna se encierra lo que estás buscando! —dijo el anciano.

—¿El *Shem Shemaforash*?

—El *Shem Shemaforash*.

Una nueva luz comenzó a iluminar su entendimiento.

—Abolloneus es una clave del alfabeto de árboles —dedujo—. Contiene las consonantes B, L, N, F, S.

—Ése es el camino, hijo —corroboró el anciano—; pero todavía te faltan las vocales.

—Boaz no tiene vocales —advirtió Zumel.

—Porque las vocales pertenecen a la antigua diosa, a la Diosa Madre —respondió el anciano—. Ahora medita sobre las dimensiones del Arca y recuerda que el Innombrable reside en el número. En la residencia de Dios reside su Palabra.

—Un codo y medio por un codo y medio por dos y medio —recordó Zumel.

—Ésa es el Arca visible —replicó el anciano—. Pero el Arca visible se contiene en la Invisible, en la Gran Arca del Santo de los Santos. ¿Recuerdas sus dimensiones?

—Tres codos, por tres codos, por cinco.

—En la relación entre la Cabeza Pequeña y la Cabeza del Anciano de los Días está la luz del Nombre.

Zumel hizo sus cálculos.

—El Gran Arca tiene cuarenta y cinco codos cúbicos —dijo—, y la pequeña es un octavo.

—Cuarenta y cinco son las columnas de la casa de Salomón en el Líbano y el ocho es el número —dijo el anciano—. Vas por buen camino. Ocho son los años de la Formación, la cifra que conduce a la plenitud.

—El octógono de los templarios —murmuró Zumel.

—Esas columnas alineadas en tres hileras representan el alfabeto sagrado. El profeta Ezequiel contempló el bosque sagrado y alineó los árboles por sus nombres. El alfabeto sagrado consta de veintidós letras, de las cuales siete son vocales.

Zumel cerró los ojos y respiró profundamente. Un chorro de luz se abría paso como una lanza incandescente por las tinieblas de su entendimiento. La voz antigua le trajo el susurro del viento entre los árboles. Escuchó claramente la música de las esferas:

—SS, H, D, T, C, CC, M, G, NG, R.

Despertó temblando y empapado de sudor.

—¡Padre! —gimió—: ¡Todavía me faltan las vocales!

—¿Qué dices? —preguntó Therese entre sueños.

Se inclinó sobre ella y la besó quedamente en los labios. Ella, sin despertar, le devolvió el beso y adoptó una postura de entrega.

43

Zumel había regresado al camino del desierto que conducía a la ciudad luminosa. Esta vez fue él el que tuvo que alcanzar al Anciano que era su padre. El Anciano caminaba a grandes trancos, adelantando el báculo terminado en un tramo horizontal para la mano.

—¿Por qué caminas tan de prisa? —le preguntó.

—Porque el tiempo apremia —respondió sin volver la mirada. Lo estaba esperando—. ¿Ves aquel bosquecillo a lo lejos?

—Lo veo, padre.

—Allí descansaremos, a la sombra de la fuente.

El bosquecillo estaba formado por siete árboles de especies distintas, dispuestos en torno a una fuente, a distintas distancias del agua y entre ellos.

Había tres enormes piedras esféricas y la alfaguara brotaba entre ellas. Se sentaron.

—Estos árboles resumen los siete poderes celestiales y las siete luces en las que se ocultan la Sabiduría y el Nombre. El manzano silvestre te hace inmortal y comienza por CC; el nogal otorga consciencia y comienza por C; el espino blanco comienza por Z; el mimbre comienza por S.

—¿Y las vocales, padre?

El Anciano lo miró a los ojos con infinita piedad.

—Las vocales siempre estuvieron delante de tu corazón, viven con nosotros y las respiramos. Son A, O, U, E, I.

—Son cinco vocales, padre. Faltan dos para el nombre.

—La doble iod, II, y la doble álef, AA. El Nombre Santísimo se oculta en las siete vocales, pero la clave está en las dos dobles A e I.

Al amanecer, Zumel se vistió con la túnica de lino del legado Plantard y se ajustó sobre el pecho el pectoral de latón con las doce piedras. Así ataviado se situó frente al Arca y contempló un momento los *tabotat* dormidos. Los había dispuesto con las partes planas, mirándose. Quizá no era la posición que más agradaba al Arca. Dio un paso atrás, elevó las manos y musitó el segundo conjuro: Gabriel te tomará de la mano y honrarás a la Luna debajo del sauce. Creyó percibir un aumento de temperatura, que atribuyó a los pesados ropones que vestía y a lo cerrado de la habitación, en la que no circulaba el aire. El tercer día se atavió nuevamente como un Sumo Sacerdote para recitar el conjuro: Sammael te tomará de la mano y honrarás a Nergal bajo el coscojo; el cuarto día recitó el conjuro y tampoco pasó nada, pero al quinto, cuando declinaba el sol, sintió una sensación de gravidez en el pecho, como si un cuerpo extraño ascendiera por su garganta, saliera por su boca y presionara sobre sus dientes. Eran aire y sonidos, abrió la boca y exhaló un sonido inhumano, como la voz de las sirenas o el entrechocar de las placas del serafín. Las letras impresas se parecen tanto a los sonidos como una rosa dibujada por un niño se parece a una rosa verdadera, pero lo que dijo fue:

—II.I.E.U.O.A.AA.

Apenas lo hubo pronunciado percibió una vibración exterior y un sobresalto en la sangre. Cerró los ojos y la débil luz que se filtraba por los postigos cerrados pareció que se remansaba y vibraba sobre el Arca abierta, que despertaba en su interior una inédita y potente luminosidad azul. Entonces su garganta ronca emitió un sonido inhumano: JIEVOAA, cuyos ecos batieron como mazos la sangre en sus sienes. Perdió el conocimiento y se desplomó. La fosforescencia aumentó al tiempo que un creciente zumbido de abejas llenaba el aire.

44

Londres

En las Salas Subterráneas de la Guerra reinaba una frenética actividad. Los mensajeros iban y venían con carteras cerradas con candados entre Grosvenor Square y la mansión de Hayes Lodge, cuartel general de las fuerzas expedicionarias americanas.

—Temporal de fuerza cinco en el estrecho —dijo Eisenhower, depositando sobre el escritorio la nota que acababan de pasarle—. En estas condiciones no hay nada que podamos hacer. ¿Cómo está el tiempo en la costa francesa?

—Fuerte galerna, general —informó el meteorólogo jefe.

El general meditó un momento. Los hombres estaban embarcados, las vituallas almacenadas, las unidades de marina en sus puestos, y una maldita tormenta iba a dar al traste con todo.

—Dé orden de aplazar la operación, toda la operación.

El coronel asistente de Estado Mayor descolgó el teléfono y pidió línea con el centro coordinador de la Operación Overlord. En aquel momento, una ráfaga de viento abrió una de las ventanas agitando los visillos como una bandera. La nota meteorológica voló de la mesa y fue a aterrizar sobre la alfombra.

—Un momento, Charles —dijo Einsenhower.

—¿General?...

—Bien pensado, la galerna puede servirnos de cobertura. Los alemanes no pensarán que seamos capaces de invadirlos en estas condiciones, bajarán la guardia...

—Sí, señor, pero...

Eisenhower le dedicó una de sus agradables sonrisas:

—Transmita la orden de seguir adelante con Overlord, tal como estaba previsto.

45

Gran Sinagoga, París

Un leve resplandor azulado iluminó la superficie dorada produciendo un chisporroteo de minúsculas descargas eléctricas en los ángulos, las alas extendidas de los querubines intercambiaban una culebrilla luminosa, el zumbido de abejas se hacía más persistente y el Arca irradiaba calor.

De pronto el torbellino de la sangre cesó, el corazón se detuvo y se apagó el zumbido. Una sensación de infinita piedad sucedió al pánico de la presencia de Dios. Flotando en el eterno silencio de los espacios infinitos, Zumel comprendió la obra del Arca, un concepto que había estudiado en Pascal sin llegar nunca a comprender cabalmente. Percibió que un insecto se había detenido en el aire y que las partículas de polvo estaban quietas en la rendija de luz que se filtraba desde una grieta de la ventana claveteada. El mundo se ha detenido y yo puedo pensar y puedo moverme. La abrumadora sensación de estar en presencia del Poder lo emocionó. Un leve quejido se abrió paso desde su garganta. Se le nublaron los ojos. El Arca flotaba en una cascada de luz fría, azul.

—¡Dios mío! —exclamó—. Verdaderamente eres terrible.

Extendió las manos hacia el Arca en actitud orante. La Palabra se adensó en su pecho, le ascendió por la garganta, se formó en sus labios y sonó quedamente. El Arca se encendió sin llama y emitió un resplandor púrpura, al tiempo que desprendía el cálido perfume de los desiertos a la puesta de sol. El *Shem Shemaforash* obraba.

—¡Confunde a tus enemigos! —exclamó—. ¡Desmorona sus murallas! ¡Aventa sus despojos, porque tú eres el Dios fuerte de Israel que acudes en ayuda de tu pueblo!

«Al día séptimo se levantaron al alba, dieron siete vueltas a la ciudad del mismo modo. A la séptima vuelta, mientras los sacerdotes tocaban las trompetas, Josué dijo al pueblo: gritad, porque Yahvé os ha entregado la ciudad... cuando el pueblo oyó el sonido de las trompetas, elevó un clamor de gritos y la muralla de la ciudad se desplomó.»

A cien kilómetros de distancia, el mariscal del Reich Erwin Rommel, *el Zorro del Desierto*, ordenó detener el enorme Horst descapotable a la sombra de uno de los plátanos que bordeaban la carretera. De pronto había tenido la intuición de que el desembarco no se iba a producir en los próximos días. «Los hombres están cansados —razonó—, y yo también lo estoy. El único proceder sensato es descansar y relajarnos durante una semana para esperar con ánimo tranquilo lo que ha de venir.» Tomó rápidamente su decisión.

—Da la vuelta, Franz —le ordenó al chófer—. Vamos a irnos unos días a Alemania. Necesitamos descansar de todo esto.

—Creo que es una medida prudente, general —convino su ayudante de campo—. Un descanso le vendrá bien a todo el mundo.

El mismo día, a la misma hora, otros caudillos nazis con grandes responsabilidades en la zona de la invasión decidieron ausentarse de su puesto de combate. Dollmann, el general del VII Ejército destacado frente a las playas normandas, recibió una convocatoria para rutinarios ejercicios de estrategia en la escuela de Estado Mayor en Rennes. Le hubiera sido fácil excusarse alegando necesidades del servicio, pero decidió asistir para poder chismorrear sobre ascensos y prebendas con sus compañeros de rango. Por su parte, Sepp Dietrich decidió ir a Bruselas para adquirir ciertas obras de arte que le ofrecía un marchante.

El cuarto día, Miguel te tomará de la mano y honrarás a Nabu bajo el almendro, la vara de Aarón.

El quinto día, Izidkiel te tomará de la mano y honrarás a Marduk bajo la rama del terebinto que dio sombra a Abraham.

46

Lila, Francia

El cabo Fritz Appen estaba exultante después de terminar su maqueta de la torre Eiffel: doce mil trescientos palillos de dientes partidos y teñidos con posos de café, los remaches y los refuerzos pintados a mano, con lupa y pincel de una sola crin de caballo, novecientas horas de trabajo a lo largo de tres años en cuatro destinos distintos, aunque todos ellos en Francia, componían aquella obra notable que era un monumento a la paciencia y a la laboriosidad germánicas. Al terminar había titubeado sobre qué bandera colocar en la cúspide de la torre, pero al final se decidió por la del Reich, con la cruz gamada en el centro y la cruz de hierro en un ángulo.

Estaba contemplando su obra, junto con otros compañeros de barracón, cuando el despertador le recordó que faltaban tres minutos para las nueve quince de la noche, la hora en que comenzaba la segunda emisión de la BBC. Se colocó los cascos, sintonizó el Telefunken y buscó las familiares notas de la Quinta Sinfonía de Beethoven. El mensaje número trece que leyó la monótona voz desde Londres estaba tan desprovisto de emoción como los restantes: *blessent mon cœur d'une langueur monotone*, hieren mi corazón con monótona languidez.

Era la segunda parte de la contraseña para la Resistencia: la orden de sabotear las carreteras, el ferrocarril y las líneas telegráficas y telefónicas del sector costero porque la invasión se produciría antes de cuarenta y ocho horas.

Por un momento el cabo Fritz Appen se sintió confundido por la emoción de estar viviendo un momento histórico. Probablemente era el primer alemán que tenía noticia del comienzo de la mayor batalla de todos los tiempos. Esa emoción, que por un momento incluso había superado a la de haber rematado su maqueta de la torre Eiffel, dio paso a la zozobra de no saber si, al fin, aquella bandera que ondeaba en la cúspide de su obra iba a durar mucho sobre Francia, incluso era posible que la obra misma, su torre de palillos de dientes, su monumento imperecedero al tesón germánico, resultara dañada o incluso destruida si su unidad se veía obligada a realizar un rápido repliegue. Procuró alejar tan torvos presentimientos y cumpliendo con su deber fue a comunicarle la noticia a su oficial superior, el sargento Hans Somkenbauer, el cual, a su vez, la transmitió al oficial de servicio, el teniente Kurt Heilmann.

—¡El segundo verso de Verlaine!

Dos minutos más tarde, un cabo motociclista saltaba sobre su BMW con sidecar para llevar la noticia al Estado Mayor de Gerd von Rundstedt, instalado en una casa de dos pisos de la rue Alexandre Dumas, en el suburbio parisiense de Bourgival. El cabo dejó al soldado al cuidado de la motocicleta y subió al piso segundo, donde estaba el despacho del oficial de Inteligencia, coronel Wilhelm Meyer-Detring, para entregarle en mano el oficio, pero se encontró con que este oficial estaba de permiso en Berlín.

El cabo titubeó.

—El coronel Meyer-Detring había insistido en que este comunicado se le entregara a él personalmente —adujo.

—Pues ya ves que está ausente —le dijo el escribiente que lo recibió—. ¿No te sirve otro?

—Supongo que se lo podré entregar al oficial que lo sustituya.

—Es el teniente coronel Mayerborst, pero está dando un paseo nocturno a caballo por el bosque de Fleury y no regresará hasta tarde —dijo, señalando una puerta de despacho cerrada.

—¿Pueden dejarlo sobre su mesa, entonces? Es muy urgente.

El escribiente se encogió de hombros.

Cuando regresó del paseo a caballo, el coronel Mayerborst leyó el comunicado que había sobre su mesa y montó en cólera.

—¿Cómo no se me ha comunicado antes?

—Mi teniente coronel, es que lo han traído tarde.

El teniente coronel lo llevó personalmente al general Bodo Zimmerman, un viejo prusiano que desconfiaba por igual del servicio de Inteligencia de la Abwehr y de su rival el RSHA de Himmler, especialmente si coincidían en algo. La pretendida trascendencia del verso de Verlaine era una de las pocas cosas en que los dos servicios secretos coincidían. De pie, frente a la ventana que daba al boulevard de l'Hôspital, calculó la importancia del mensaje. Un hombre pedaleaba de regreso a casa. Una brisa inquietaba las copas de los sauces. Por un momento se le ocurrió que aquel viento presagiaba tempestad. No, el mensaje no es tan importante después de todo, decidió. No obstante, no estará de más que lo conozca el mariscal. Telefoneó al palacio de Saint Germain en Laye, la residencia de Von Rundstedt a las afueras de París.

—El mariscal se ha retirado a sus habitaciones hace diez minutos —le comunicó el oficial de guardia.

De ordinario, Von Rundstedt se iba a la cama una hora después, pero aquel día había pasado la tarde en el invernadero de la mansión cuidando sus rosas y se sentía fatigado. Le habían traído la cena del exclusivo restaurante Coq Hardit, del que era cliente asiduo, que había acompañado con una botella de burdeos Château Grand Mayne de 1922 casi entera y se había ido a la cama con una novela policíaca de Agatha Christie.

Zimmermann se quedó pensando con el auricular en la mano. Detrás de los ventanales, el viento agitaba las copas de los árboles. Decidió no molestar al mariscal. La alarma podía esperar unas horas, después de todo. Se despidió del oficial de enlace y colgó, pero se quedó pensativo, con la mano en el teléfono. Por otra parte, razonó, el mensaje de Verlaine es inequívocamente el que anuncia invasión en cuarenta y ocho horas. Debo avisar al mariscal. Se disponía a descolgar de nuevo cuando sonó el teléfono. El oficial de guardia le comunicaba el parte meteorológico. En el canal se había levantado un viento de fuerza cinco. Zimmermann decidió que con ese tiempo los aliados no desembarcarían, después de todo. Hubiera sido una locura.

Al rato recibió una llamada del coronel Benzer, del Estado Mayor del IX Ejército.

—Zimmermann, ¿sabe ya el mariscal que han radiado la invasión?

—No, no lo sabe. Me da la impresión de que es una argucia de guerra sicológica para mantenernos despiertos y cansados.

En Calais también se agitaban las copas de los árboles.

—Creo que tienes razón —respondió Benzer después de un largo silencio—. Los aliados no pueden ser tan tontos como para informarnos de su llegada a través de la BBC, con una frase en clave que lleva ocho meses circulando por Europa.

La estación de escucha de radio de Salmuth también había captado la emisión y había alertado a los niveles de mando inferiores y al grupo de ejércitos B, dirigido desde el cuartel general de Rommel.

—El general Rommel está en Alemania —respondió el oficial de guardia.

—Pues póngame entonces con su segundo.

—El general Hans Speidel está ausente.

Estaba celebrando una cena en La Roche Guyon en honor de su cuñado el doctor Joachim Horst y del filósofo Ernst Jünger.[1]

47

Berghof, Berchtesgaden, Alemania

A media tarde, el Führer había presidido una reunión de la comisión técnica encargada de evaluar un nuevo modelo de motor diésel para camiones. Después se había reunido con dos funcionarios del Ministerio de Armamentos, que lo informaron sobre las importaciones de wolframio de Portugal y Galicia. Antes de cenar había evacuado la muestra de heces que le solicitaba el doctor Morell. La cena había sido ligera: revuelto de verduras con huevos y

1. El historiador David Irving, en su libro *La guerra de Hitler*, página 511 de la edición española, escribe: «La señal también se capta en el cuartel general de Von Rundstedt y avisa a todos los afectados, pero por razones ignoradas el OKW, Berghof, y el Séptimo Ejército no recibieron aviso alguno [...], esto resulta todavía más inexplicable si tenemos en cuenta que el servicio de información alemán en París había analizado los mensajes secretos de la BBC —sólo en la tarde del día primero de junio se radiaron ciento veintiocho avisos de desembarco— y descubrieron que casi todos los veintiocho que se transmitieron a las células en que los alemanes se habían infiltrado lo fueron a células situadas en la zona de Normandía-Bretaña. Se ignoran los resultados de la investigación ordenada por Hitler.»

el elixir estomacal. Después de la cena, en la terraza del Berghof, el Führer había meditado sobre la guerra mientras contemplaba a lo lejos los destellos de los escuadrones de bombardeo americanos que pasaban a gran altura camino de sus objetivos. Por una desgraciada coincidencia, las rutas de los bombarderos aliados procedentes de Italia se cruzaban cerca de la residencia alpina del Führer con los ingleses que operaban desde Gran Bretaña. De día veía pasar a los americanos y de noche a los británicos volando hacia Austria y Hungría, después de descargar su mortífera carga sobre las martirizadas ciudades del Reich. Cuando el objetivo era Munich, un leve resplandor anaranjado se divisaba desde el Berghof, especialmente si había nubes que reflejaran los incendios. Al principio, cada avistamiento de bombarderos provocaba en Obersalzberg un pandemónium de sirenas de alarma, lo que obligaba a los habitantes del Berghof, según las estrictas normas sobre alarmas aéreas, a escapar por la puerta trasera camino del refugio aéreo, un túnel cercano excavado en la montaña. Con cada alarma se reproducía una escena lamentable y humillante. Por otra parte, el refugio, construido atropelladamente bien entrada la guerra, se había planeado deficientemente y distaba mucho de ser un lugar cómodo. Había que subir sesenta y cinco peldaños antes de alcanzar el refugio propiamente dicho, provisto de habitaciones con literas, de servicios con duchas y de una cocina de campaña. Como las alarmas solían durar pocos minutos, casi todos esperaban en la escalera, sentados en los peldaños. A la luz rojiza de las lámparas de seguridad contemplaban al Führer, algo cargado de espaldas, hosco y concentrado, humillado, que se mantenía invariablemente junto a la gruesa puerta de acero a través de la cual se filtraban los sonidos de los disparos de las baterías antiaéreas.

Aquel día, cuando regresaron al Berghof, el teléfono de la centralita no paraba de sonar. Era una llamada personal para Eva Braun de parte de Eleonore Bauer, una antigua monja del colegio donde la compañera del Führer se educó. Eva se echó a llorar desconsoladamente en los brazos de su amiga Marion Schönemann. El actor Heini Handschuhmacher, gran amigo de Eva Braun, había muerto en el bombardeo de Munich aquella mañana. Hitler trató de consolarla.

—Estos asesinos pagarán cara su maldad —declaró, mostrando un puño lívido—. La Luftwaffe tiene a punto unos aviones revolucionarios, sin hélice, dos veces más rápidos que los bombarderos americanos. Nuestros aviadores lanzarán cien toneladas de bombas por cada tonelada que esas hidras arrojan sobre la inocente población del Reich. También disponemos de cohetes estratosféricos que caerán inexorablemente sobre los ejércitos y las ciudades enemigas. Faltan pocos días para que veamos arder Londres como una tea. Finalmente —declaró con voz profunda, más calmada—, disponemos del arma más decisiva de la Historia, el arma que otorgó supremacía a los egipcios, el arma que conquistó la Tierra Prometida, el arma que asegurará la supremacía de la raza aria para el resto de los tiempos.

Aquellas crípticas palabras del Führer causaron honda impresión en los testigos. Los tres que sobrevivieron a la guerra las recordarían, años después, casi literalmente. Fue un día agotador en el que sólo se recibieron malas noticias. A media mañana, el ama de llaves del piso de Hitler en Munich telefoneó a su patrón para suplicarle que trasladara los enseres de la vivienda a un lugar más seguro porque el centro de Munich estaba ardiendo. Hitler se negó:

—Frau Winter, tenemos que dar ejemplo.

Después de la cena, Hitler se recluyó en sus habitaciones particulares con Eva Braun y los scotch-terriers de ella, *Stasi* y *Negus*. Durante un rato se escucharon los compases de *Lieder* de Schubert en el gramófono del dormitorio del Führer. Después se apagó la luz y se quedaron en silencio.

48

Gran Sinagoga, París

—El sexto día, Hanael te tomará de la mano y honrarás a Ishtar bajo el membrillo para que su dulzor llene tu boca —recitó. E inmediatamente sintió en sus fauces una saliva espesa que sabía a miel.

Zumel se apartó las manos del rostro y contempló el Arca radiante. Un leve resplandor azulado iluminó la superficie dorada produciendo en los ángulos un chisporroteo de descargas eléctricas minúsculas. Las alas extendidas de los querubines intercambiaban una culebrilla luminosa. El zumbido de abejas se hacía más persistente y el Arca irradiaba calor.

Mientras tanto, al otro lado del canal, en los puertos y en los atracaderos de toda la costa, miles de barcos de diferentes calados zarpaban en silencio y se aventuraban en medio de la galerna.

Los soldados, cargados con la impedimenta, vomitaban sobre las bordas.

—Vamos, muchachos —animaba un sargento—: Dentro de una hora estaremos pisando tierra firme y calentita.

Los radares alemanes no detectaron ningún movimiento del enjambre de embarcaciones. Por una extraña coincidencia, sus servidores dormían o estaban tan distraídos que no percibieron nada.

Las primeras noticias comenzaron a llegar al puesto de mando de Eisenhower.

—Señor, todo discurre a pedir de boca —informó su jefe de operaciones—. Los alemanes no lo han descubierto todavía.

—¿Es posible?

—Eso parece, señor.

Años después, durante una cena con el director del *New York Times*, Eisenhower confesaría: «El desembarco de Normandía fue un verdadero milagro. Aquella galerna que al principio parecía haberse puesto de parte del enemigo sirvió, después de todo, para que los alemanes permanecieran ciegos y sordos mientras les metíamos bajo las narices el ejército de invasión. Imagínese seis mil navíos en el mar sin que un solo avión de reconocimiento de la Luftwaffe los detectara, ni un submarino, ni un barco, ni un radar.»

49

Normandía, Francia

A las dos treinta de la madrugada, el sargento Lotar Lhenburg, que había salido a orinar fuera del búnker donde dormía, creyó escuchar un sonido metálico en el mar. Con ayuda de unos binoculares escrutó la niebla que cubría las playas. Le pareció distinguir una forma gris como a medio kilómetro de distancia. Podría ser un barco, pensó. El ruido parecía el de una ancla al deslizarse por el costado del barco. ¿Un barco fondeando ahí delante a estas horas? Decidió permanecer atento. Un minuto después percibió un rumor insistente que iba en aumento. Finalmente descubrió la causa: cientos de aviones enemigos penetraban tierra adentro, sobrevolando la tempestad.

Sonó un teléfono. Uno de los puestos de retaguardia avisaba de que estaban aterrizando planeadores. El cielo estaba lleno de paracaidistas.

—Hay miles de ellos —decía el comunicante—, cientos de miles, es un espectáculo sobrecogedor, sargento.

Al mismo tiempo comenzó a despejarse la tormenta. Del mar llegaban otros ruidos de anclas lanzadas al fondo, así como ruidos de motores maniobrando. A medida que se levantaba la niebla se veían los centenares de barcos de todos los calados que se alineaban en la bahía del Sena frente a las playas de Normandía.

—¡Es la invasión, maldita sea! —gritó el sargento Lhenburg a los hombres que iban reuniéndosele en el parapeto—. Peter: telefonea al mando del área. Nos están invadiendo.

Por toda la línea de la costa cundió la alarma. Los que dormían se levantaron; los armeros distribuyeron munición; se desconvocaron los permisos; se adoptaron las medidas de la Situación Uno de máxima alarma.

El jefe del Estado Mayor del XV Ejército telefoneó a su comandante, el general Hans von Salmuth.

—Un comunicado del Séptimo Ejército, general. Frente a las playas normandas hay buques de transporte de tropas y otros de guerra, grandes y pequeños, con grandes masas de embarcaciones anfibias, pero no se ha efectuado desembarco alguno.

El general Hans von Salmuth miró hacia la oscuridad exterior.

—Bien, parece que el desembarco se ha suspendido. Será mejor que volvamos a la cama. Levantó la mano a guisa de saludo y regresó a su habitación.

Las barcazas de desembarco comenzaron a descolgarse con cabrias y grúas sobre el mar encrespado.

—¿Cómo va la cosa?

—Sigue el viento fuerza cinco, pero la tendencia es a amainar. Cabecearán un poco, pero llegaremos a la playa, si Dios quiere.

«La mar comenzó a calmarse en cuanto las lanchas enfilaron el camino hacia las playas», escribe Tim O'Leary en su *Historia del Día D.*

—Ha amainado la fuerza del viento.

—¡Gracias a Dios!

A las cinco y media de la madrugada, un leve resplandor azul en el horizonte indicaba que comenzaba a amanecer. Media docena de aviones de observación sobrevolaron las playas para dirigir el tiro de la marina. Unos minutos después, con la luz turbia que precede al amanecer, los cruceros y navíos abrieron fuego sobre las defensas costeras con sus piezas de grueso y mediano calibre. Inmediatamente después una oleada de aviones bimotores descargó una lluvia de bombas sobre los obstáculos costeros, los campos minados, las alambradas y los búnkers.

El teniente Eismann, del 22 de Granaderos de Eisen, se asomó a la ventanilla de su puesto de tiro.

—¿Se ve algo?

—Sí, se ve. Una muralla de hierro. Decenas de lanchas de desembarco. ¡Sargento: dé la alarma, despierte a todo el mundo porque esto va en serio! ¡No se ve el mar!

A las seis de la madrugada, los primeros lanchones abrieron sus compuertas sobre la arena.

Los que defendían la costa dispararon sobre los invasores, pero en la playa mejor defendida, la de Utah, las ametralladoras alemanas permanecieron en silencio. Una corriente generada por la tormenta arrastró las barcazas de desembarco a medio kilómetro de su objetivo y las depositó en otra playa desprovista de defensas.

El telégrafo comenzó a repicar en la oficina de comunicaciones del Berghof. La cinta perforada registró un largo telegrama cifrado, procedente de Berlín, en el que se comunicaba que los aliados estaban lanzando paracaidistas en la región normanda y que una fuerza de desembarco había aparecido delante de las costas.

El oficial de comunicaciones llevó el texto descifrado al ayudante del Führer, Otto Günsche.

—Parece que la invasión ha comenzado.

Otto Günsche volvió a leer el telegrama. Estaban esperando el desembarco desde hacía meses. Había que despertar inmediatamente al Führer para que se hiciera cargo de la situación. Miró por la ventana. Un súbito vientecillo agitaba la masa oscura de las copas de los árboles recortada contra la claridad del cielo. «Por otra parte —meditó—, las noticias son todavía bastante imprecisas y el Führer ha tenido un mal día.» El doctor Morell le había suministrado uno de sus compuestos macrobióticos para asegurarle un sueño tranquilo. Günsche se quedó en el pasillo, indeciso, con el papel en la mano. Miró a través de la ventana las ramas de un abeto que el viento mecía dulcemente, como al compás de uno de esos valses que tanto gustaban al Führer. No, mejor dejarlo dormir.

Otto Günsche regresó a la oficina del telegrafista.

—Manténgame informado de cualquier noticia que llegue.

—A sus órdenes.

Mientras Hitler, Rommel y Von Rundstedt dormían apaciblemente en suelo alemán, a cientos de kilómetros de las amenazadas murallas de la *Festung Europa*, donde la guerra y el destino de la humanidad se estaban decidiendo, Winston Churchill, en pijama y batín, paseaba desvelado en la sala de su vivienda de Storey's Gate con un vaso de coñac francés en la mano, aguardando noticias y tratando de alejar una imagen que últimamente frecuentaba sus sueños: la de una multitud de cadáveres británicos desangrándose en las playas de Francia y tiñendo de rojo el canal.

Churchill miró el teléfono. Tenía línea directa con Potsmouth, sede del Estado Mayor de la invasión. Con sólo descolgarlo podía comunicar con el general sir Hasting Ismay, pero recordó sus últimas palabras: «Hemos lanzado nuestra flecha. Ahora sólo cabe esperar que la mano misericordiosa de Dios la guíe a su blanco en interés de la justicia y de la humanidad.» A aquella hora, sir Hasting Ismay estaba escribiéndole a un amigo: «Esta noche es la peor de la guerra, lo peor casi ha pasado, la situación es espantosa.»

En el otro extremo de Londres, el general Eisenhower velaba en su residencia de Southwick House y contemplaba agitarse los árboles en el jardín. Bajo la carpeta de su escritorio había un folio con su dimisión, para tramitarlo en caso de que la operación fracasara. Lo había redactado meses atrás y se lo sabía de memoria: «Las tropas de tierra mar y aire han prestado todo su valor y devoción más allá de lo que se les podía exigir. El fracaso sólo se me puede imputar a mí. Consecuentemente, dimito de todos mis cargos como generalísimo de las fuerzas aliadas en Europa.»

50

París, martes, 6 de junio de 1944

El mayordomo dio dos discretos golpes en la puerta del dormitorio del mariscal Von Rundstedt y cuando escuchó «Adelante» entró con la bandeja del desayuno, casi empujado por el capitán Emil Eissen. Von Rundstedt, en batín y zapatillas, se extrañó de la insólita irrupción de su asistente.

—¿Qué ocurre, Eissen?

—Herr mariscal, los aliados están desembarcando en Normandía. Le traigo el mapa provisional y los últimos comunicados recibidos.

Con gesto preocupado, Von Rundstedt desplegó el mapa sobre una mesa auxiliar, se caló el monóculo y buscó en la costa normanda los lugares de aterrizaje de planeadores. Eissen le indicó las playas donde habían desembarcado las tropas aliadas.

—Cinco cabezas de puente —resumió Eissen—. En todas se libran encarnizados combates.

El mariscal no era hombre que cambiara fácilmente de opinión. Hacía meses que venía sosteniendo que los aliados desembarcarían en el paso de Calais. No le entusiasmaba la idea de que hubieran escogido un lugar distinto. Aunque, por otra parte, Normandía podía ser una trampa perfecta, desde el punto de vista estratégico, para atraer las reservas alemanas mientras la fuerza principal desembarcaba tranquilamente en Calais. Así debía ser. Sin embargo, esa opción, la de un desembarco principal, quizá único, en Normandía, no carecía totalmente de lógica.

Von Rundstedt meditó un momento sobre los mapas.

Una sospecha le iluminó el semblante, ordinariamente inexpresivo: ¡Normandía era el verdadero objetivo! Eso era. Era lógico que aquellas playas alejadas de sospecha y deficientemente defendidas fueran el objetivo de la invasión principal. La trampa aliada consistía precisamente en hacerle creer ¡a él! que se trataba de una maniobra de distracción. Normandía era la meta. Estuvo claro desde el principio y si la inteligencia militar no hubiera desestimado una serie de indicios que lo sugerían, lo habrían advertido a tiempo para ponerle remedio. Cuando tomó su decisión, el generalísimo de las fuerzas alemanas en Francia emitió la orden decisiva:

—¡Que la Duodécima y la *panzer* Leh se dirijan inmediatamente a Normandía! Dé inmediatamente la orden, Eissen.

El asistente titubeaba.

—¿Hay algo más que deba decirme, Eissen? —preguntó el mariscal sin levantar la cabeza del mapa.

—Sí, Herr mariscal, si me lo permite. Le recuerdo que la XII División Panzer SS «Juventudes Hitlerianas» está estacionada entre París y Caen, y la *panzer* Leh, entre Caen y Chartres.

—Sé perfectamente dónde están esas fuerzas. ¿Qué intenta decirme?

—Para llegar a Normandía tendrán que recorrer un camino largo y peligroso, por carreteras angostas dominadas por la aviación aliada, mariscal.

—¡No habrá aviación aliada! —replicó Von Rundstedt—. Si parten inmediatamente llegarán allí antes de que se levanten las nieblas. Hacia mediodía ya se habrán cobijado en sus posiciones. Cuando levante el día se mezclarán en combate con los aliados y estarán a salvo de su aviación y de su marina. ¡Póngase en marcha!

—A sus órdenes.

—¡Ah!, informe al cuartel general del Führer cuando esas tropas estén en movimiento, no antes.

—Mariscal...

—Nada más por ahora, Eissen. Cumpla las órdenes inmediatamente y cuídese de que nadie me moleste en los próximos cuarenta y cinco minutos. Los aliados pueden esperar; la guerra puede esperar, incluso el cabo austríaco puede esperar; mi baño y mi desayuno, no. Prepáreme un informe completo. Quiero línea abierta con las zonas afectadas.

Mientras su mayordomo le preparaba el baño, exactamente a veintidós grados, Von Rundstedt meditó frente al ventanal que daba al parque. Un viento procedente del sureste agitaba los árboles. Después de todo, la galerna del canal no había detenido a Eisenhower.

—Normandía —murmuró mientras se sumergía en la bañera hasta que el agua le cubrió la cabeza—. ¡Normandía! Estos cowboys carecen del más mínimo sentido histórico. ¡Atacar por Normandía!

Todas las invasiones históricas que conocía el mariscal habían partido de Calais.

Berghof, Berchtesgaden, Alemania

El general Jold, jefe de operaciones del Alto Estado Mayor de Hitler, cerró la ventana, que una súbita ráfaga de viento había abierto, y se inclinó nuevamente sobre los mapas para valorar la situación:

—Creo que no debemos despertar al Führer. Lo de Normandía no es más que un ataque de diversión para preparar el ataque principal. Que Inteligencia prepare una valoración completa y la actualice cada quince minutos. Se la entregaremos al Führer cuando despierte. Mientras tanto, dejémoslo descansar.

—El mariscal Von Rundstedt ha ordenado que la Décima Panzer y la *panzer* Leh de la reserva OKW se dirijan a Normandía.

—¡Qué se cree el engreído de Von Rundstedt! —estalló Jold—. Sabe perfectamente que esas tropas forman parte de la reserva central de la OKW y que sólo el Führer puede disponer de ellas. ¡Ordene de inmediato que se detengan en seco donde estén!

París, 9.17 horas

En el Excelsior reinaba una gran animación. El personal de servicio y los huéspedes civiles confraternizaban animadamente en el vestíbulo, comentando las últimas noticias. La emisión matinal de la BBC había transmitido la noticia que todos esperaban desde hacía años: la liberación de Francia había comenzado. El general De Gaulle, el presidente Roosevelt, el rey de Inglaterra, el rey Haakon de Noruega, el primer ministro belga y el presidente del gobierno holandés habían radiado mensajes de esperanza a sus respectivos súbditos. Un ejército integrado por franceses libres, americanos, ingleses, canadienses y polacos había desembarcado en Normandía. Las noticias eran todavía bastante confusas y hasta contradictorias, pero en cualquier caso era revelador que todos los huéspedes alemanes del hotel hubieran partido atropelladamente por la mañana temprano para incorporarse a sus destinos. En el vestíbulo reinaba un ambiente festivo, camareros y clientes confraternizaban y brindaban por una Francia libre. Incluso aquellos que eran sospechosos de haber colaborado con los ocupantes invitaban a rondas y se unían al jolgorio, como si ese tardío gesto pudiera cancelar las pequeñas abyecciones y claudicaciones de los cuatro años de ocupación.

La inesperada aparición del agente de la Gestapo Burrho, con su traje mal cortado, heló las sonrisas y los brindis. Se hizo un profundo silencio mientras él, ajeno a la hostilidad que despertaba, se dirigió al mostrador de recepción a grandes zancadas.

—¡Necesito inmediatamente un receptor de radio! —advirtió al recepcionista—. Firmaré un recibo.

Mientras el recepcionista iba a buscar el receptor, Therese, que estaba alarmada por la ausencia de Zumel, se dirigió al agente de la Gestapo:

—Perdone, el señor Zumel Gerlem no durmió anoche en el hotel. ¿Podría decirme si ha cambiado de alojamiento?

Burrho se sonrió y acarició a la camarera con su habitual mirada lasciva.

—¿Tanto necesitas un buen polvo?

Therese ignoró la grosería.

—Por favor, se lo suplico, ¿puede decirme dónde está?

Llegó el recepcionista con un aparato de radio enorme. Burrho se lo quitó de las manos y se dispuso a salir. Therese se interpuso en su camino con expresión angustiada.

—Está ahí enfrente, en la Gran Sinagoga —dijo Burrho—. Tenemos mucho trabajo, así que será mejor que nos prepares una cesta con comida y vino para más tarde.

51

Gran Sinagoga, París

—Kessler al aparato.

Una remota voz femenina se impuso a las interferencias de la línea.

—¿Es usted? No se retire, por favor. Le va a hablar el *Reichsführer* Himmler.

Sonó la voz chillona de Himmler:

—¿Kessler? ¿Qué hace su maldito judío? ¡La invasión ha comenzado!

—Hace doce horas que está encerrado con el Arca, *Reichsführer*. Esta noche no ha dormido. Ni siquiera hemos ido al hotel.

—Comuníquele que la invasión está en marcha. Ésta es la única ocasión que tiene para redimirse y salvar a su hijo. Dígale que si el Arca no nos garantiza una gran victoria sobre los aliados, él y su hijo colgarán mañana mismo de los ganchos de una carnicería. Volveré a llamarlo dentro de una hora. Ahora voy a comunicarle al Führer que el Arca está actuando conforme a lo que esperábamos. No nos falle.

Kessler permaneció unos instantes con el auricular en la mano después de que se interrumpiera la comunicación. De algún modo misterioso el judío había insistido en permanecer en vela junto al Arca precisamente aquella noche, en lugar de irse a dormir entre los brazos de su camarera. Quizá realmente existía la magia del Arca y el cabalista había tenido la premonición del desembarco. ¿Qué estaría diciendo la BBC? Mientras Burrho traía del hotel un receptor de radio, Von Kessler se puso la guerrera negra del uniforme y se calzó la gorra para una visita formal al judío. No estaba del todo seguro de si estaba asistiendo desde una privilegiada posición a la escritura de una gran página de aquella guerra, o quizá de la historia, o simplemente a una estafa basada en una superchería judía que Himmler, el antiguo criador de pollos, se había tragado. En cualquier caso, él estaba dispuesto a cumplir estrictamente con su deber. Ascendió lentamente por la negra escalinata de altos peldaños. En el pasillo del primer piso hacía más calor que de costumbre.

—¡Mire, capitán! —Müller señalaba la puerta de la sala donde operaba el judío. Un tenue resplandor se filtraba por debajo e iluminaba las carcomidas maderas del suelo.

Von Kessler se plantó delante de la puerta y gritó:

—¡Zumel Gerlem!

La puerta irradiaba calor.

—Gerlem, ¿está usted bien? —gritó, después de una breve pausa—. Responda.

No hubo respuesta. Aparte de un débil zumbido parecido al que produce un enjambre de abejas, no se oía nada.

—¡Gerlem!

En aquel momento regresó Burrho con la radio y con la noticia.

—¡Los aliados han desembarcado! —lo oyó anunciar desde el vestíbulo—. ¡En el hotel no se habla de otra cosa!

—Suban ustedes inmediatamente —ordenó Von Kessler.

La luz se espesó hasta formar una niebla azul levemente fosforescente que flotaba hasta cierta altura y después se apagaba fundiéndose en las tinieblas.

—¡Gerlem, abra inmediatamente esta puerta! —gritó Von Kessler, golpeándola con su puño de madera.

Los hombres de la Gestapo se aproximaron dispuestos a actuar. Burrho propinó una palmada a la puerta y retiró la mano dolorida.

—¡La puerta quema, *Hauptsturmführer*! —se alarmó.

El destello azul envolvía al hombre cuyos labios ardientes habían pronunciado la Palabra y su rostro luminoso tenía los ojos blancos, catalépticos. De la superficie incandescente del Arca se desprendía un chisporroteo de minúsculas descargas eléctricas que se escapaban, en culebrillas luminosas, a lo largo de las aristas. Las alas extendidas de los querubines intercambiaban chispas. El zumbido de abejas invisibles se hacía más persistente. El Arca irradiaba un fuego sin llamas que abrasaba las piedras. Por el orificio de la cerradura, un chorro de luz roja atravesaba el corredor como una lanza incandescente y se estrellaba contra el muro de la escalera.

Müller y Burrho, desconcertados, se volvieron hacia Von Kessler:

—¡Parece que está ardiendo, *Hauptsturmführer*! —dijo Burrho.

—¡Derribad la puerta! —ordenó Von Kessler.

—¡Quema, *Hauptsturmführer*! —objetó Müller, mirándola aprensivamente.

—¡Con eso, recua de asnos! —gritó Von Kessler, señalando un banco del pasillo.

Usando el mueble como ariete, los esbirros de la Gestapo arremetieron contra la sólida puerta de roble. A la tercera embestida la puerta cedió y se abrió de par en par. La luz interior los deslumbró, dejándolos momentáneamente ciegos. A tientas se apartaron unos pasos, resguardándose a uno y otro lado de la puerta. Cuando lograron sobreponerse pudieron contemplar el Arca con todo su poder. De ella brotaba un vivo resplandor que se adensaba en la estancia y envolvía a Zumel como una helada llamarada. El cabalista estaba de pie, vestido con los ropones de lino, la cabeza hundida entre los hombros, enajenado o muerto.

—¡Sacad de ahí a ese hombre! —gritó Von Kessler.

Cuando los agentes de la Gestapo intentaron penetrar en la luz azul, el zumbido de las abejas aumentó y las alas de los querubines emitieron una descarga. Se escuchó un chasquido similar al que produce un hierro al rojo vivo cuando penetra en el agua. Los intrusos chisporrotearon un segundo, carne quemada y paño chamuscado, como el insecto que se acerca demasiado a la lámpara, y se desplomaron. Muertos. Von Kessler comprendió, con horror, que estaban carbonizados. Recordó las palabras del Levítico 10, «Entonces salió de la presencia de Yahveh un fuego que devoró a Nadab y Abihú, y murieron delante de Yahveh».

52

Berghof, Berchtesgaden, Alemania, 11.00 horas

Lucía el sol sobre las cumbres nevadas y una brisa estival agitaba las copas de los árboles en el Kehlstein. Hitler, en bata, escuchó cómo llamaban a la puerta de su dormitorio. Eva ya se había marchado a sus habitaciones.

—Adelante.

Entró el mariscal Keitel seguido del asistente Otto Günsche, que llevaba un gran mapa con el resumen de la situación en Francia. Hitler escuchó en silencio el informe de Keitel: miles de paracaidistas enemigos lanzados en la retaguardia y un desembarco con decenas de blindados y vehículos anfibios en cinco playas normandas. Levantó la cabeza y se quedó mirando un momento la arboleda del Kehlstein que el viento agitaba. Keitel esperaba una explosión de ira. Le sorprendió mucho descubrir una sonrisa mefistofélica en el rostro habitualmente severo y ceñudo del Führer.

—¡Las noticias son inmejorables, mariscal! —exclamó con expresión triunfante—. Durante meses esas tropas han estado fuera de nuestro alcance, con el mar por medio, pero ahora los tenemos en la ratonera y los vamos a exterminar como a ratas.

Keitel, confundido, miró a Günsche, cuyo rostro era tan impenetrable como el de una esfinge. Comprendió que nadie iba a compartir sus reservas sobre la idoneidad de la situación e hizo lo que solía hacer en estos casos, apoyar la opinión del amo.

Hitler se duchó y tomó un desayuno ligero. En cuanto salió de sus habitaciones, la secretaria Traudl Junge le comunicó que Goering lo aguardaba en la línea dos.

Hitler descolgó el teléfono.

—¿Conoces las noticias, no? —preguntó, exultante—. Los tenemos en Normandía, exactamente donde yo predije que desembarcarían. Por cierto, que contra la opinión de Rommel y de Von Rundstedt.

Goering comprendió. En algún momento, el estratega de salón había sugerido un desembarco en Normandía, como lo había sugerido en otros cien lugares, en una de sus discusiones de diletante frente a los mapas. Ahora lo recordaba y estaba encantado, sin comprender lo apurado de la situación. Ante la casa ardiendo, aquel loco se paraba a contemplar la belleza de las llamas. Él, como jefe de la destruida Luftwaffe, sabía que la guerra estaba perdida. No obstante, dijo:

—¡Es un día glorioso, *mein* Führer! Yo y mis pilotos estamos a tus órdenes.

Aquel día la reunión rutinaria del Estado Mayor de Hitler se celebró en el castillo Klessheim, a una hora de coche del Berghof, donde el Führer ofrecía una comida oficial al primer ministro húngaro Dome Szojoay. A la delegación húngara, que se había enterado del desembarco aliado por la BBC, le sorprendió agradablemente encontrar al Führer tan risueño y despreocupado.

—Churchill y los vaqueros han desembarcado en Normandía —comentaba, encantado—. Esta vez no cometeremos el error de Dunkerque. Esta vez no se escapará ni uno. Cogeremos cientos de miles de prisioneros y se los cambiaremos por camiones y equipo pesado. No le pienso dar de comer a tanto holgazán el tiempo que dure la guerra. —Arremetió con denuedo sus coles con guisantes guarnecidas de hierbas medicinales, mientras el húngaro a su derecha se enfrentaba a un gigantesco entrecot, equivalente a cinco raciones de carne semanales en la maltrecha economía racionada del Reich—. Hace un rato he hablado con Von Rundstedt. El prusiano parecía menos altivo que de costumbre. Casi me ha suplicado que entregue las reservas *panzer* para contraatacar y expulsar al enemigo de las playas. El general Friedrich Dollmann, que está al frente del Séptimo Ejército, no cesa de lloriquear porque los aliados están ensanchando su cabeza de playa al oeste del río Orne. ¡Qué ciegos pueden estar ciertos generales! No advierten que lo que nos interesa es precisamente que el enemigo comprometa más hombres y más material, que ensanche esas cabezas de puente. Cuantas más tropas lleguen, mayor será nuestra victoria. No me van a distraer con una operación del tres al cuarto. Sé lo que traman. Cuando crean que estamos comprometidos en Normandía desembarcarán en Calais. Ése será el verdadero desembarco.

Keitel, que daba cuenta de su entrecot al otro lado de la mesa, se sorprendió. Hacía un par de horas, el Führer se ufanaba de haber pronosticado que el desembarco se produciría en Normandía, en contra de la opinión de sus generales. Ahora parecía adherirse a la opinión general sobre un desembarco principal en Calais. Desde el desastre de Stalingrado había perdido la fe en su intuición o quizá, ofuscado por su orgullo, se negaba a admitir que su intuición le había fallado, o aún peor, que sus enemigos lo habían engañado.

Keitel cruzó los cubiertos sobre el plato. La carne estaba estupenda, pero él había perdido todo el apetito. ¿Qué futuro le esperaban a él y a su mujer, a sus hijos y a sus nietos después de la derrota? ¿Qué futuro le esperaba a Alemania?

«El Führer se comportaba como si estuviera embrujado, como si algún maleficio limitara su capacidad de razonar —escribió en un largo memorial, días antes de su ejecución tras los procesos de Nuremberg—. Durante el tiempo que estuve a su lado nunca lo vi adoptar medidas tan insensatas y contraproducentes, ni siquiera cuando lo de Stalingrado. Solamente a primera hora de la tarde cayó en la cuenta del mayúsculo error que estaba cometiendo y concedió permiso a Von Rundstedt para disponer de las divisiones *panzer* de la reserva OKW, pero para entonces era demasiado tarde. El sol lucía sobre Francia y hubiera sido suicida exponer aquellos preciosos tanques y vehículos acorazados a los ataques de los aviones enemigos que señoreaban el aire. Las divisiones *panzer* tuvieron que aplazar la salida hasta la noche siguiente, y esas horas perdidas pesaron decisivamente en el resultado de la batalla.»

A las doce de la noche, el almirante Dönitz, en una cena con altos cargos de la Marina, reconoció que la invasión había triunfado: «Caballeros: ya tenemos el segundo frente —dijo—. ¡Que Dios se apiade de Alemania!»

En el Berghof, la euforia de la mañana se transformó en lúgubre silencio. Los grandes jerarcas nazis comenzaron a llegar para velar cada uno por su persona en el momento en que comenzaran a rodar cabezas. El hotel Türkenhof, en Berchtesgaden, se quedó sin habitaciones. Los grandes del partido celebraban conciliábulos con los altos cargos del Ejército. Solicitaban audiencias con el Führer, preparaban defensas. Comenzaron los amargos reproches: Goering a la Armada por haber asegurado que el enemigo no arriesgaría sus grandes unidades en la invasión; Dönitz al Ejército por no haber organizado una defensa más elástica; el Ejército a Goering por no haberle dispensado cobertura aérea.

Hitler, enfurecido, ordenó lanzar sobre Londres todas las bombas volantes disponibles, pero una confusión en los trenes que transportaban las rampas de lanzamiento envió casi todo el material a lugares inadecuados. Algunos componentes vitales desaparecieron misteriosamente.

Hitler ordenó la formación de una comisión investigadora que depurara responsabilidades y estudiara la causa por la que todo había salido tan rematadamente mal.

—¿Por qué se ignoraron los mensajes de la BBC que avisaban de la invasión? —le dictó a la taquimecanógrafa Gertrude Junge—. ¿Por qué tantos oficiales de alta graduación estaban ausentes de sus puestos de mando en la noche del 5 al 6 de junio? Y una pregunta específica para el *Reichsführer* Himmler: ¿Por qué aquello que me había prometido, la Operación Jericó, falló tan estrepitosamente?

También Himmler quería saberlo. A media tarde, cuando las noticias de Normandía permitían adivinar que las orgullosas murallas de la *Festung Europa* se habían desmoronado, volvió a telefonear a Von Kessler:

—¡Capitán: confié en usted y todo ha salido rematadamente mal! ¿Qué ha ocurrido?

Von Kessler no respondió. Colgó y se quedó mirando el teléfono. Comprendió que el judío no había fracasado. Al contrario, había hecho sonar las trompetas de Israel para desmoronar las murallas de la *Festung Europa* que defendían al Reich. Ahora Alemania, como la Jericó de la Biblia, estaba a merced de sus enemigos. Con el segundo frente abierto en Europa, a dos pasos del Ruhr alemán, las hordas asiáticas de mongoles y siberianos, los infrahombres de docenas de razas podridas penetrarían en el Reich a sangre y fuego, arrasándolo todo a su paso, violando y matando, mancillando la sangre alemana. Imaginó a las chicas arias de los *Lebensborn*, a Inga Lindharsen, concibiendo hijos de aquellos bárbaros morenos de ojos oblicuos, grandes dientes amarillos y piernas arqueadas.

El sonido de una puerta del piso superior atrajo su atención. Zumel.

Von Kessler empuñó su pistola Luger y la amartilló sobre la pinza que formaban el índice y el pulgar de su mano de madera. La luz azul y el zumbido de las abejas habían desaparecido.

El Arca había hecho su obra.

Zumel estaba en lo alto de la escalinata.

—Usted ha destruido el Reich —le espetó Von Kessler.

Zumel no respondió. Con torpeza automática, descendió por la escalera y se detuvo frente a su carcelero. Estaba cubierto de sudor, el rostro hinchado y enrojecido por el calor, las manos trémulas, la frente extrañamente contraída con las venas dibujando una ípsilon azul, la mirada indiferente, los hombros hundidos, la expresión de una gran fatiga.

Von Kessler apoyó la boca del cañón de su arma en la sien del judío.

—Arrodíllate.

Zumel obedeció. Escuchó el muelle del gatillo al contraerse bajo la presión del dedo. Cerró los ojos. *Shemá Israel...*

Transcurrieron unos segundos eternos.

Von Kessler aflojó la presión del dedo sobre el gatillo. Contempló la cabeza del prisionero.

—Todos hemos perdido mucho... —murmuró.

Zumel no entendió las palabras. Iba a levantar la vista hacia su carcelero cuando escuchó el ensordecedor estampido del disparo.

Otto Von Kessler, caballero de la Cruz de Hierro, se desplomó ante su prisionero, manando sangre por el orificio de la sien. Se había suicidado.

La puerta principal estaba abierta.

Zumel sale de la sinagoga y se detiene en la acera sin saber adónde ir, confuso y alelado. Pasan los trabajadores pedaleando con más ánimos que de costumbre. Una mujer lo está esperando al otro lado de la calle. Le sonríe.

El prisionero cierra los ojos y deja correr las lágrimas sobre las irritadas mejillas, sintiendo el escozor de la vida, el verde y callado rumor del corazón.

EPÍLOGO

Los únicos archivos occidentales donde podían encontrarse referencias a la Operación Jericó, los del Departamento de Operaciones Especiales SOE, se destruyeron por orden del Ejecutivo en 1946, cuando el gobierno británico suprimió aquel departamento. Sin embargo, un informe de Himmler acerca de la Operación Jericó apareció en la revista impresa a ciclostil *Rodina* (Kíev, abril-mayo de 1998). El informe consta de cinco folios, está fechado en abril de 1944, y procede de los archivos capturados por los soviéticos en 1945 en las ruinas de Berlín. Estos documentos permanecieron embalados en cajas, en los sótanos de los Archivos de la Gran Guerra Patriótica, en Moscú, hasta que el gobierno ruso autorizó su consulta, en 1997. Agradecemos a la historiadora Ludmila Sajanova la información sobre este asunto.